AF787642

मर्द नहीं रोते

(कहानी-संग्रह)

प्रकाशक / लेखक की अनुमति के बिना इस पुस्तक को या इसके किसी अंश को संक्षिप्त, परिवर्धित कर प्रकाशित करना या फ़िल्म आदि बनाना कानूनी अपराध है।

मर्द नहीं रोते

सूरज प्रकाश

वाणी प्रकाशन ग्रुप
भारतीय ज्ञानपीठ
वाणी प्रकाशन : भारतीय ज्ञानपीठ की पुस्तकों के एकमात्र प्रकाशक एवं वितरक

लोकोदय ग्रन्थमाला : ग्रन्थांक 1152

सजिल्द पहला संस्करण : 2012
सजिल्द दूसरा संस्करण : 2025

वाणी प्रकाशन : भारतीय ज्ञानपीठ की पुस्तकों के एकमात्र प्रकाशक एवं वितरक

वाणी प्रकाशन

4695, 21-ए, दरियागंज, नयी दिल्ली-110 002
दूरभाष : 011-23273167, 23275710
ईमेल : sales@vaniprakashan.in
www.vaniprakashan.com

ISBN : 978-93-7112-148-4

मूल्य : ₹ 425

मर्द नहीं रोते
(कहानी-संग्रह)
सूरज प्रकाश

© सूरज प्रकाश

MARD NAHIN ROTE
(Short-Stories)
by Sooraj Prakash

मुद्रक : आर. टेक ऑफसेट प्रिंटर्स, दिल्ली-110 032

अनुक्रम

बाबू भाई पंड्या

बाबू भाई पंड्या से मेरी मुलाकात डॉक्टर भाटिया ने करायी थी। उन दिनों मेरी पोस्टिंग अहमदाबाद में थी और डॉक्टर भाटिया सिविल अस्पताल में बर्न्स विभाग में काम कर रहे थे। डॉक्टर की पत्नी पारुल मेरी दोस्त थी और उसी ने भाटिया को मेरे लेखन के बारे में बताया था। एक दिन डॉक्टर भाटिया ने बातों ही बातों में मुझसे पूछा था कि मैं अपनी कहानियों के लिए पात्र कहाँ से लाता हूँ तो मैंने हँसते हुए जवाब दिया था कि कहानियों के पात्र न तो तय करके कहीं से लाये जा सकते हैं और न ही लाकर तय ही किये जा सकते हैं। बहुत सारी बातें होती हैं जो पात्रों के चयन का फैसला करती हैं।

''लेकिन किसी-न-किसी तरह से पात्र का चयन तो करते होंगे आप लोग?'' उन्होंने जोर देकर पूछा था।

मैंने कहा था उनसे कि कौन व्यक्ति कब और कैसे हमारी किसी रचना का पात्र बनता चला जाता है और हमें पता भी नहीं चलता, बल्कि ये कहना भी बहुत मुश्किल होता है कि जो व्यक्ति हमारी किसी रचना का पात्र बना है, वह हू-ब-हू वैसा ही हमारी कहानी में उतरेगा भी या नहीं। कई-कई बार एक ही पात्र रचने के लिए हम बीसियों व्यक्तियों के जीवन की घटनाएँ उठाते हैं तो कई बार एक ही व्यक्ति के इतने रूप हमारे सामने खुलते हैं कि जितनी मर्जी कहानियाँ लिख लो।

''लेकिन कुछ-न-कुछ तो ऐसा होता होगा सामने वाले व्यक्ति में कि उसमें से आप लोग कहानी तलाश कर लेते हों।''

''होता भी है और नहीं भी होता। दरअसल, पहले से कुछ भी तय नहीं किया जा सकता कि सामने वाला व्यक्ति हमें सारी सम्भावना के बावजूद कोई कहानी देकर जाएगा ही।''

''और अगर मैं कहानी की असीम सम्भावनाओं वाले पात्र से मिलवाऊँ तो?'' वे अभी भी अपनी जिद पर अड़े थे।

"मैंने कहा न कि जरूरी नहीं कि मुझे उसमें कहानी की सम्भावनाएँ नजर आएँ ही। हो सकता है उस पर कहानी तो क्या लतीफा भी न कहा जा सके और ऐसा भी हो सकता है कि वह पात्र मुझे इतना हांट करे और पूरा उपन्यास लिखवा कर ही मेरा पीछ छोड़े। लेकिन ये सारी बातें तो आपके पात्र से मिलने के बाद ही तय हो सकती हैं। किस बाँस से बाँसुरी बनेगी, ये तो बाँस देखकर ही तय किया जा सकता है।"

"आप एक काम करें। कल बारह बजे के करीब मेरे डिपार्टमेंट में आ जाएँ, वहीं आपको मैं एक ऐसी ही शख्सियत में मिलवाऊँगा जिसे आप हमेशा याद रखेंगे। कहानी तो आप उस पर लिखेंगे ही, ये मैं आपको अभी से लिखकर दे सकता हूँ।"

"जरूर लिखूँगा कहानी, अगर वो खुद लिखवा ले जाए।"

"आप लिखें या न लिखें, वह खुद लिखवा ले जाएगा।"

और इस तरह से बाबू भाई पंड्या से मुलाकात हुई थी मेरी।

मैं ठीक बारह बजे डॉक्टर भाटिया के पास पहुँच गया था। हम दोनों अभी चाय पी ही रहे थे कि केबिन का दरवाजा खुला और एक बहुत ही बूढ़ा-सा आदमी अन्दर आया और बोला, "नमस्कार डॉक्टर साहब।"

डॉक्टर ने उसके नमस्ते का जवाब दिया और उसके हाल-चाल पूछे। तभी उस बूढ़े आदमी ने एक लिफाफा मेज पर रखते हुए कहा, "डॉक्टर साहब, ये आपके टेलीफोन का बिल जमा कर दिया है और ये आपने अपने भाई के लिए जो फॉर्म मँगवाये थे, वो भी लाया हूँ, भगवान उसे भी खूब तरक्की दे।"

"ठीक है बाबू भाई। और कुछ?" डॉक्टर भाटिया ने उससे पूछा था और मेरी तरफ इशारा किया था कि यही है वो आदमी जिससे मिलवाने के लिए मैंने आपको यहाँ बुलवाया है और जिस पर आपको कहानी लिखनी है।

मैंने तब गौर से उस बूढ़े व्यक्ति को देखा था। उम्र होगी पिचहत्तर से अस्सी के बीच, नाटा कद, गंजा सिर, लेकिन चेहरे पर गजब का आत्मविश्वास और एक तरह की ऐसी चमक जो जीवन से जूझ रहे लोगों के चेहरे पर सहज ही आ जाया करती है। वे सीधे और तनकर खड़े थे और कहीं से ये आभास नहीं देते थे कि लगे, उम्र के इतने पड़ाव पार कर चुके हैं।

बाबू भाई पंड्या डॉक्टर भाटिया से कह रहे थे, "डॉक्टर साब, बाकी तो सब ठीक है, बस ज़रा एक मेहरबानी चाहिए थी।"

"बोलो न बाबू भाई।"

"वो जो चार नम्बर वार्ड में तेरह नम्बर का मरीज है, उसे रात भर नींद

नहीं आती। बेचारा कमजोर बहुत हो गया है। मैंने डॉक्टर भट्ट से कहा भी था कि उसके लिए कोई स्पेशल खुराक लिख दें तो बेचारा ठीक होकर काम पर जाए। बहुत ईमानदार आदमी है बेचारा। लेकिन क्या करे। अस्पताल में पड़ा है। घर में अकेला कमाने वाला। ठीक हो कर जाएगा तो बच्चों के लिए कमाकर कुछ लाएगा। आपको दुआएँ देगा।''

''ठीक है बाबू भाई। उसके केस पेपर्स मेरे पास ले आना। मैं कर दूँगा। और कुछ बाबू भाई?''

''बस इतनी मेहरबानी हो जाए तो गरीब परिवार आपको दुआएँ देगा।''

और इससे पहले कि बाबू भाई, हाथ जोड़ कर बाहर जाते, डॉक्टर भाटिया ने उन्हें रोकते हुए कहा था, ''बाबू भाई ये मेरे दोस्त हैं चन्दर रावल। एक बड़ी कम्पनी में काम करते हैं और खूब अच्छी कहानियाँ लिखते हैं।''

बाबू भाई पंड्या ने मेरी तरफ देखते हुए तुरन्त हाथ जोड़ दिये थे और कहा था, ''भगवान आपको लम्बी उमर दे साब। राइटर तो साब, भगवान के दूत होते हैं।'' और उन्होंने अपने कन्धे पर लटके थैले में से कुछ पोस्टकार्ड निकालकर मुझे थमा दिये थे, ''आप लोग तो दुनिया-जहान की बातें अपनी कहानियों में लिखते होंगे। आपके पास तो बहुत सारी मैगजीनें भी आती होंगी। ये मेरे पते लिखे कुछ कार्ड हैं। जब भी आपके पास या किसी मेल-जोल वाले के पास पुरानी मैगजीनों की पास्ती होवे ना तो उसे बेचने का नहीं, मुझे ये कार्ड डाल देना, मैं आकर ले जाऊँगा।''

मैं हैरान रह गया था। कभी कोई पुरानी पत्रिकाएँ भी इतने आग्रह से माँग सकता है और अस्पताल में पुरानी पत्रिकाएँ भी उपयोग में लाई जा सकती हैं, मैं सोच भी नहीं सकता था।

पोस्टकार्ड पर पाने वाले के पते की जगह पर उनके पते की मुहर लगी हुई थी।

''आप पुरानी पत्रिकाओं का क्या करेंगे बाबू भाई?'' मैं उनके मुँह से ही सुनना चाहता था।

''देखो साब, ऐसा है कि जो लोग दर्दी से मिलने कू आवे ना तो खाली बैठा-बैठा दूसरे को गाली देता रहता है, सास होगी तो बैठी-बैठ बहू की बुराई करेगी और क्लर्क होगा तो बॉस की बुराई करेगा। इससे दर्दी को बहुत तकलीफ होती है। वो बेचारा अपने मुलाकाती को तो कुछ कह नहीं सकता। सो इस वास्ते मैं सबसे बोलता हूँ, पुरानी चोपड़ियों होवे तो बाबू भाई पंड्या के पास मोकलो। मैं इदर दर्दी और उसके मुलाकाती को दे देता हूँ, पढ़ो और कुछ अच्छी बातें गुनो। मैं सब लोग को इस वास्ते बोलता हूँ कि पास्ती वाला तो दो रुपये किलो लेवेगा, पर यहाँ सब लोग उन्हें पढ़ेंगे तो उनका टाइम भी पास होवेगा और कुछ ज्ञान-

ध्यान की बातें भी सीखेंगे। मेरे पास एक कपाट है। साब लोगों की मेहरबानी से मिल गया है। उसी में रखवा देता हूँ और रोज सुबे राउंड पर निकलता हूँ तो सबको दे देता हूँ।''

वाह, कितनी नयी कल्पना है! इतने बरसों से सैकड़ों की तादाद में पत्रिकाएँ आती रही हैं मेरे पास। खरीदी हुई भी हैं और वैसे भी, लेकिन आज तक मेरी पत्रिकाओं को मेरे अलावा कभी कोई दूसरा पाठक नसीब नहीं हुआ होगा। कहाँ थे बाबू भाई आप अब तक! मैं मन-ही-मन सोचता हूँ।

''जरूर दूँगा पत्रिकाएँ आपको बाबू भाई, और कोई सेवा हो तो बोलिए।''

''बस साहबजी, आप लोगों की मेहरबानी बनी रहे।''

और वे हाथ जोड़कर चले गये थे। मैं उस शख्स को देखता रह गया था। डॉक्टर भाटिया बता रहे थे, ''यही है आपकी अगली कहानी का पात्र। रिटायर्ड सी.आइ.डी. इंस्पेक्टर बाबू भाई पंड्या। उम्र लगभग अस्सी साल। एक पुरानी-सी मोपेड है इनके पास, उस पर रोजाना प्रगति नगर से आते हैं और दिन भर यहाँ मरीजों की सेवा करते रहते हैं। सारे डिपार्टमेंट्स के मरीज और उनके सगे वाले ही इनके असली परिवार हैं।''

''लेकिन वे तो आपके फोन बिल जमा करके आये थे वो...?''

''दरअसल वे किसी का कोई भी अहसान नहीं लेना चाहते। हम लोगों के छोटे-मोटे काम कर देते हैं और बदले में मरीजों के लिए कुछ-न-कुछ माँग लेते हैं।''

''यार, ये तो अद्‌भुत कैरेक्टर है! इस व्यक्ति को गहराई से जानने की जरूरत है ताकि पता चले कि कौन-सी शक्ति है जो इसे इस उम्र में भी इस तरह की अनूठी सेवा से जोड़े हुए है। घर में और कौन-कौन है इसके?''

''मेरे खयाल से तो सब हैं। बच्चे अफसर वगैरह हैं।''

''और बीवी?''

''बाबू भाई पंड्या के साथ बस, एक ही दिक्कत है कि वे अपने बारे में बात ही नहीं करते। आप उनसे मरीजों के बारे में, उनकी तकलीफों के बारे में और उनकी जरूरतों के बारे में घंटों बात कर लीजिए, लेकिन उनके बारे में यकीनी तौर पर किसी को कुछ भी नहीं मालूम। सब सुनी-सुनाई बातें करते हैं। कोई कहता है कि बीवी के मरने पर वैरागी हो गये और सेवा से जुड़ गये तो कोई बताता है कि अरसा पहले इनकी कस्टडी में एक बेकसूर कैदी की मौत हो गयी थी। कुछ इन्क्वायरी वगैरह भी चली थी। उसकी मौत ने इन्हें भीतर तक हिला दिया और तब से मरीजों की सेवा में अपने आपको लगा दिया है। ये सब सुनी-सुनाई बाते हैं। अब राइटर महोदय, ये आप पर है कि कोई नयी थ्योरी लेकर आएँ तो सारे रहस्यों पर से परदा उठे।''

''लेकिन ये होगा कैसे?'' मैं पूछता हूँ।

"आप एक काम करो यार। दो-चार दिन इसके साथ गुजारो तो ही इसे जान पाओगे या एक और तरीका है। पुरानी मैगजीनों के बहाने उसे बुलाओ अपने यहाँ और तब इसकी भीतरी परतें खोलने की कोशिश करो। मैंने बताया था न। शानदार कैरेक्टर है।"

"न केवल शानदार, बल्कि ऐसा कि आज के जमाने में उस जैसा बनने की सोच पाना भी मुश्किल।"

यह मेरी पहली मुलाकात थी बाबू भाई पंड्या से। मैं सचमुच विचलित हो गया था उनसे मिलकर और डॉक्टर भाटिया की बतायी बातों को सुनकर। जीवन कितना विचित्र होता है! एक अस्सी साल का बूढ़ा आदमी, जिसे अरसा पहले जीवन की आपाधापी से रिटायर होकर आराम से अपना वक्त भजन-पूजा में गुजारना चाहिए था, इस तरह से दीन-दुखियों की सेवा में लगा हुआ है।

और अगली बार मैं एक दिन सुबह-सुबह ही अस्पताल पहुँच गया था। हाथ में ढेर सारी पत्रिकाओं के बंडल लिये। डॉक्टर भाटिया ने बताया था कि वे आठ बजे ही पहुँच जाते हैं ताकि डॉक्टरों के राउंड से पहले ही एक राउंड लगाकर मरीजों की समस्याओं के बारे में जान सकें और उनके लिए डॉक्टरों से सिफारिश कर सकें। मैं बाबू भाई पंड्या की दिनचर्या का पूरा एक दिन अपनी आँखों से देखना चाहता था। कुछेक दिन उनके साथ गुजारना चाहता था ताकि मैं इस चरित्र को नजदीक से जान सकूँ।

मेरे कई बरस के लेखन में यह पहली बार हो रहा था कि कहानी का जीता-जागता पात्र मेरे सामने था और मुझे इस तरह से अपने आपसे जोड़ रहा था। वैसे अभी उसके बारे में कुछ भी साफ नहीं था कि ये चरित्र आगे जाकर क्या मोड़ लेगा और अपने बारे में क्या कुछ लिखवा ले जाएगा।

मैं आठ बजे ही अस्पताल में पहुँच गया था और अस्पताल के बाहर बेंच पर बाबू भाई पंड्या का इन्तजार करने लगा। मैंने अपने आने के बारे में डॉक्टर भाटिया को भी नहीं बताया था। मैं अपनी खुद की कोशिशों से इस व्यक्ति से भीतरी संसार में उतरना चाहता था और सबकुछ अपनी निगाहों से देखना चाहता था।

सवेरे के वक्त सिविल अस्पताल में जिस तरह की गहमा-गहमी होती है मैं देख रहा था। मरीज आ रहे थे, भाग-दौड़ कर रहे थे। चारों तरफ कराहें, तकलीफों और दर्द का राज्य। अस्पताल के नाम से ही मुझे हमेशा से दहशत होती है। चाहे अपने लिए अस्पताल जाना पड़े या किसी और के लिए, यहाँ दर्द की लगातार बहती नदी को पार करना मेरे लिए हमेशा मुश्किल रहा है।

तभी बाबू भाई पंड्या आ पहुँचे। अपनी मोपेड से मैगजीनों के भारी बंडल

उतारने लगे। थैले वाकई भारी थे और उनके लिए ढोकर लाना मुश्किल। यही मौका था जब मैं जाकर उनसे बातचीत की शुरुआत कर सकता था और उनका विश्वास जीत सकता था।

"नमस्ते बाबू भाई। कैसे हैं?" मैंने उनके हाथ से थैला लेते हुए कहा।

"अरे आप हैं, राइटर साहब। नमस्ते। आप क्यों तकलीफ करते हैं। मैं ले जाऊँगा। पास ही तो है!" उन्होंने मेरा हाथ रोका।

"रहने दीजिए बाबू भाई। आप सबके लिए इतनी तकलीफ उठाते हैं और सबका कितना खयाल रखते हैं! मैं क्या आपकी इतनी भी मदद नहीं कर सकता?"

बाबू भाई पंड्या का जवाब था, "देखो साब, अगर हम सब एक-दूसरे का ख़याल रखें तो ये जीवन कितना सुखी हो जाए। पर हम सब दूसरे की कहाँ सोचते हैं। हम अगर किसी को खाना नहीं खिला सकते, तो न सही, लेकिन पानी तो पिला ही सकते हैं। उसके पास दो घड़ी बैठ सकते हैं। कैसे आना हुआ, सुबह-सुबह, कोई मरीज है क्या इधर?"

"नहीं बाबू भाई। यों ही इधर से जा रहा था। सोचा, आपसे भी मिल लूँगा और आपको थोड़ी मैगजीनें भी दे दूँगा।"

"बहुत अच्छा किया आपने। बहुत पुण्य का काम होता है किसी के काम आना। मैं तो सबसे यही कहता हूँ कि जो चीज आपके पास अपनी उमर पूरी कर चुकी है और अब आपके किसी काम की नहीं है, तो उसे दूसरों के पास जाने दो। उस आदमी के पास उसका कोई-न-कोई इस्तेमाल निकल ही आएगा। वह चीज़ फिर से पहले जैसी काम की हो जाएगी। एक नया जीवन मिलेगा उसे।"

मैं उनकी सीधी-सादी फिलासफी पर मुग्ध हो गया। कितनी सहजता से वे बड़ी-बड़ी बातें कह जाते हैं। कहीं कोई आडम्बर नहीं, कोई टीम-टाम नहीं।

हम दोनों ने उनकी अलमारी में मैगजीनों के बंडल रखवाये। उनकी अलमारी में अद्‌भुत खजाना भरा हुआ था। किताबों और पत्रिकाएँ तो थीं ही, बच्चों के लिए पुराने खिलौने, प्लास्टिक की नलियाँ, गिलास, मिठाई की गोलियाँ वगैरह भी थीं। वे ये सारी चीजें एक थैले में भरने लगे।

"तो चलूँ अपने राउंड पर?" वे मेरी तरफ देखकर पूछने लगे।

"अगर मैं भी आपके साथ चलूँ तो आपको कोई एतराज तो नहीं होगा?" मैंने संकोच के साथ पूछा। बाबू भाई को उनके काम के जरिये ही जाना जा सकता था।

"हाँ चलो न, इसमें क्या!"

और हम दोनों राउंड पर निकल पड़े। सबसे पहले वे बच्चों के वार्ड की तरफ गये। सारे बच्चे उन्हें देखते ही आवाजें लगाने लगे, "बाबू भाई आये, मिठाई

लाये... बाबू भाई आये, गोली लाये।'' और उन्होंने अपने थैले में से पुराने ग्रीटिंग कार्ड, मिठाई की गोलियाँ और छोटे-छोटे लट्टू जैसे खिलौने निकालकर बच्चों में बाँटना शुरू कर दिया।

''केम छो बाबा, लो तेरे वास्ते ये अपनी करिश्मा कपूर ने कार्ड भेजा है कि बच्चा जल्दी से अच्छा हो जाए तो मैं उसको मिलने को आवेगी। मेरे को फोन करके बोली कि क्या नाम है उसका हाँ... हाँ... अपने सुन्दर का... उसका खयाल रखना। मैंने डॉक्टर से कह दिया है। आके तपास कर जाएगा।'' वे बच्चे के गाल पर हाथ फिरा देते।

वे फिर एक और बच्चे के पास गये।

बच्चा उन्हें देखते ही मुस्कुराया, बाबू भाई ने उसे छेड़ा, ''क्यों रे मास्तर, रात को नींद आयी थी या तारे गिनता रहा?''

बच्चा खुलकर हँसा, ''आयी थी।''

बच्चे की माँ उन्हें बच्चे के बारे में बताती है।

''फिकिर नहीं करो बेन। सब ठीक हो जाएगा और बच्चा पहले की तरह खेलने लगेगा।'' एक और बच्चे के पास जाकर वे उसकी नब्ज देखते हैं। बच्चे की माँ बताती है कि दर्द के मारे बच्चे को बहुत परेशानी हो रही है।

''कोई बात नहीं। ये तो एकदम फरिश्ता लड़का है। वेरी स्वीट ब्वॉय। अभी देखना हम इसे देखने के लिए अस्पताल के सबसे बड़े डॉक्टर को लेकर आते हैं। ये तो बहुत लवली ब्वॉय है। मैं इसे एक मीठी गोली देता हूँ। खा लो बच्चे। इससे दाँत भी खराब नहीं होते और भूख भी नहीं लगती। जे लो स्पेशल लन्दन से मँगवायी है मैंने बच्चों के लिए। अभी तुम एकदम अच्छे हो जाओगे और फिर से फुटबाल खेल सकते हो।''

मैं देख रहा था उनका राउंड लेना ठीक बड़े डॉक्टर के रांउड लेने जैसा ही है। लोग उनके आते ही खड़े हो जाते हैं। ठीक वैसे ही प्रणाम करते जैसे डॉक्टरों को किया जाता है।

मरीज के साथ वाले उन्हें अपने मरीज के बारे में बता रहे थे और वे कोई न कोई आश्वासन जरूर दे रहे थे। मैंने पाया कि उनके प्रति सभी में अपार श्रद्धा हैं और अगाध प्रेम है उनके मन में अपने मरीजों के प्रति। कहीं कोई दिखावा या आडम्बर नहीं।

एक दूसरे वार्ड में एक आदमी पानी पीने के वास्ते उठ नहीं पा रहा था। वे उसके पास जा के पानी पिलाते हैं और थैले में से प्लास्टिक की नली निकालकर उसे देते हैं, ''जब भी प्यास लगे तो इस नली को मुँह से लगा लेना और लेटे-लेटे पानी पी लेना। कोई तकलीफ नहीं होवेगी।''

वह आदमी करुणापूरित नयनों से उन्हें देखता रह गया। दोनों हाथ जोड़ कर प्रणाम किया उसने बाबा को।

एक अन्य वार्ड में बाबू भाई ने मैगजीनें, फल और दूसरी चीजें बाँटी। हाल-चाल पूछा।

एक मरीज उन्हें हाथ जोड़कर प्रणाम करता है।

"भाई केम छो?" बदले में बाबू भाई पंड्या उसके कन्धे पर हाथ रखकर पूछते हैं, "तू अपनी कह, कैसा है। ले तेरे लिए मिनिस्टर साहब ने सन्तरे भिजवाये हैं, बोला है कि टाइम मिलते ही आऊँगा मिलने।"

हम पूरे अस्पताल का ही राउंड लगा रहे थे। डॉक्टरों के तो वार्ड बँधे होते हैं। बच्चों के डॉक्टर बच्चों के वार्ड में और हड्डियों के डॉक्टर अपने वार्ड में, लेकिन बाबू भाई का कोई तय वार्ड नहीं था। सारे वार्ड उनके थे। सारे मरीज उनके थे। वे सबके सगे थे और सब उनके सगे। वे सबको प्रणाम कर रहे थे और सब उन्हें हाथ जोड़कर प्रणाम कर रहे थे।

बाबू भाई पंड्या को देखते ही एक जवान लड़का उनके पैर छूकर प्रणाम करने लगा। बाबू भाई पंड्या उसे उठाते हैं, "बेटा मेरे पैर नहीं पकड़ो, ऊपर वाले की मेहरबानी है कि वक्त पर तुम्हारे बापू को मदद मिल गयी और उनकी जान बच गयी।"

लड़का अभी भी हाथ बाँधे खड़ा था। एकदम रोने को हो आया, "आप न होते तो उन्हें तो कोई अन्दर नहीं आने दे रहा था। आप ही की वजह से..." उसने दोनों हाथों से बाबू भाई पंड्या के हाथ पकड़ लिये हैं, "मैं कैसे आपका अहसान चुकाऊँगा!"

बाबू भाई पंड्या उसे दिलासा देते हैं, "मुझे कुछ नहीं चाहिए बेटा। अगर तुम कुछ करने की हाल में हो तो एक काम करो। एक दुखी परिवार तुम्हें दुआएँ देगा।"

लड़का कहने लगा, "आप हुकुम करो बाबू भाई।"

बाबू भाई पंड्या उसे बता रहे हैं, "वार्ड नम्बर तीन में बिस्तर नम्बर सोलह पर एक दर्दी है। उसे आज रिलीव करने वाले हैं। उसके घर से कोई लेने वाला आया नहीं है। अस्पताल वाले तो उसे वरांडे में डाल देंगे। बेचारा फिर से बीमार हो जाएगा। तुम एक काम करो। उसे उसके घर तक भिजवाने का इन्तजाम करा दो तो समझो तुम्हारे बप्पा का काम हुआ है। जय श्री कृष्ण।"

लड़का खुश हो गया था, "हो जाएगा। और कुछ बाबू भाई?"

बाबू भाई पंड्या ने उसके कन्धे पर हाथ रखा, "बस, एक बात और, अपने माँ-बाप की खूब सेवा करो। उनकी सेवा से बड़ा कोई धर्म नहीं। बूढ़े लोग दो बात कड़वी भी बोलें तो नीम के पत्ते समझ के ले लो। फायदा ही करेंगे।"

लड़के ने एक बार फिर से बाबू भाई के पैर छुए और चला गया।

हम पूरा राउंड लगाकार वापस आ गये।

बात आगे बढ़ाने की गरज से मैंने पूछा, "बाबू भाई, आप रहते कहाँ हैं?"

बाबू भाई बताने लगे, "थोड़ी दूर है घर मेरा। प्रगति नगर में।"

मैं आगे पूछता हूँ, "आप यहाँ रोज आते हैं?"

"हाँ भाई। अब तो रोज ही आता हूँ। सुबे आठ बजे तक आ जाता हूँ और रात को ही जाता हूँ।"

"और आपका घर बार, आपका काम?"

"भाई ये काम ही तो कर रहा हूँ मैं। ईश्वर के बन्दों का काम। देखो साहब, यहाँ तरह-तरह के दर्दी आते हैं। किसी-किसी वार्ड में तो महीना-महीनों भी रहना पड़ता है। तो ऐसे दर्दी के साथ उसके घर वाले काम-धन्धा तो छोड़ के नहीं बैठ सकते न! और फिर छोटे-छोटे बच्चे होते हैं, गरीब लोग होते हैं, जिनका कोई नहीं होता। बूढ़े होते हैं जिनसे कोई बात करने वाला नहीं होता। फिर अस्पताल का स्टाफ बेचारा किस-किसकी सुने। वे भी बेचारे थक जाते हैं। ...तो ये बाबू भाई पंड्या है न, इसे घर पर तो कोई काम है नहीं, सो आ जाता है।"

"लेकिन आप ये सब करते हैं इसके लिए तो ढेर सारे पैसे चाहिए न।"

"ना ना... पैसा तो आप सबका है, मेरे तो बस ये दो हाथ हैं, वही काम करते हैं। पैसा तो ऊपर वाला भेजता ही रहता है। चलिए साहब, जरा गेट तक हो आएँ। कुछ फल आए होंगे, मरीजों के लिए। ले आवें।"

मैं हैरान हो गया—किसने भेजे होंगे।

"बहुत लोग हैं भेजते रहते हैं। एक एमएलए साब हैं। वे हर दिन एक टोकरा फल भिजवाते हैं। एक और साहब हैं, वे बच्चों के लिए खुराक भिजवा देते हैं। और भी कई लोग हैं जो अलग-अलग सामान भिजवाते रहते हैं। मैं आगे दे देता हूँ बस... मैं तो बस डाकिया हूँ ऊपर वाले का..."

"आप कब से ये काम कर रहे हैं?"

"बीस बरस तो हो ही गये होंगे। रिटायरमेंट के बाद से ही सेवा के इस काम से जुड़ गया था।"

"आप क्या करते थे?"

"पुलिस में सीआईडी इंसपेक्टर था। तब किसी-न-किसी केस के लिए अस्पताल के चक्कर काटने पड़ते थे। मैं गरीब मरीजों को देखता। बेचारे राह देखते, कोई उनकी सेवा के लिए आये। एक गिलास पानी पिलाये। तब मैं सिर्फ छुट्टी के दिन आया करता था। रिटायर होने के बाद तो मैंने अपने जीवन का यही मिशन बना लिया है अब तो जीना-मरना यहीं है।"

"बाबू भाई, आप बहुत बड़ा काम कर रहे हैं। मैं देख रहा हूँ कि लोग यहाँ इतने परेशान हैं कि कोई सुनता ही नहीं उनकी। गरीब आदमी की तो कोई सुनवाई ही नहीं है यहाँ।"

मैं महसूस कर पा रहा था कि वे अपने बारे में बातें करते हुए सहज नहीं थे और बड़ी बेचैनी महसूस कर रहे थे। जो कुछ भी उन्होंने बताया, ऊपरी तौर पर मोटी-मोटी बातें ही बताईं। मैंने उन्हें ज्यादा नहीं सताया। डॉक्टर भाटिया इशारा कर ही चुके थे।

"ठीक कहते हैं आप।" वे बात आगे बढ़ाते हैं, "देश में गरीब आदमी की कहीं भी सुनवाई नहीं। उस बेचाने को तो अपनी बात कहने का हक ही नहीं है। अब मुझसे जितना हो पाता है, मैं करता हूँ और रात को जब सोता हूँ तो तसल्ली होती है कि आज का दिन बेकार नहीं गया।"

हम गेट पर पहुँचे। वहाँ दो टोकरे सन्तरे और केले वगैरह पान की दुकान के बाहर रखे थे।

बाबू भाई को देखते ही पान वाला कहने लगा, "बाबू भाई, अभी कोई आदमी आपके लिए ये लिफाफा छोड़ गया है। बोल रहा था, बाद में मिलने आयेगा।"

बाबू भाई ने लिफाफा खोलकर देखा। ढेर सारे पुराने ग्रीटिंग कार्ड थे। वे खुश हो गये, "चलो अच्छा हुआ। कार्ड खतम भी हो रहे थे।"

मैं अपनी उत्सुकता दबा नहीं पाता, "आप बच्चों को ये पुराने कार्ड क्यों देते हैं?"

"इन गरीब बच्चों को नये कार्ड कौन भेजेगा और क्यों भेजेगा? तो मैं लोगों से कहता हूँ कि भई पुराने कार्ड फाड़ कर फेंकने की बजाय मुझे दे दो। बच्चों को बहलाता रहूँगा कि माधुरी दीक्षित ने भेजा है और शाहरुख खान ने भेजा है। बच्चे खुश हो जाते हैं। और हमें क्या चाहिए! बच्चे के चेहरे की मुस्कराहट से ज्यादा कीमती चीज़ दूसरी नहीं होती साहब। हम बस यही काम नहीं करते, भूल जाते हैं। बच्चे कोई सोना-चाँदी नहीं माँगते, जमीन-जायदाद नहीं माँगते, उनके गाल पर प्यार से हाथ फेर दो और दुनिया के सबसे खूबसूरत फूल खिलते हुए देख लो। आइए मैं आपको दिखाऊँ।"

बाबू भाई मेरा हाथ पकड़कर एक बच्चे के पास लेकर जाते हैं। बच्चे के पैर पर पलस्तर लगा हुआ था। उन्हें देखते ही बच्चा खुश हो गया। हाथ जोड़कर नमस्ते की। बाबू भाई उसके सिर पर हाथ फेरते हैं और उसके सामने सौ रुपये का एक नोट, फूलों वाला एक खूबसूरत कार्ड और एक टॉफी रखते हैं, "लो बेटा, कोई एक चीज चुन लो।"

बच्चा भोलेपन से पूछता है, "मैं ये कार्ड ले लूँ। और ये टॉफी भी...?"

बाबू भाई, "ले लो बेटे... दोनों ले लो।" बच्चा कार्ड पाकर बेहद खुश

हो गया था। पूछा था बच्चे ने, ''मेरे लिए है ये?''

''हाँ बेटा तेरे लिए ही है। अपनी वो तब्बू है ना, वो कल रात आयी थी इधर। तू तो सो रहा था तो मेरे पास आयी और बोली कि अभी मैं जाती हूँ। मेरी तरफ से ये कार्ड मुन्ना राजा को दे देना।''

हम देख रहे थे कि बच्चा कार्ड पाकर बेहद खुश हो गया है।

बाबू भाई बताने लगे, ''देखा? बच्चे के चेहरे के बदलते हुए रंग को? बच्चों को खुश करना कितना आसान होता है! बस मैं यही तो करता हूँ।''

मैं भावुक होने लगा था। पता नहीं कैसे ये खयाल मन में आ रहा था कि इस देवता के पैर छूकर उसे प्रणाम करूँ और कहूँ—मुझे भी अपने साथ जोड़ लीजिए। मैं पता नहीं क्यों कागज काले करते हुए ये मोह पाले हुए हूँ कि इससे क्रान्ति आ जाएगी, मेरे लिखे से समाज का भला हो जाएगा या सब लोग सुखी हो जाएँगे।

मैं देख रहा था कि असली मानव सेवा तो ये अस्सी बरस का बूढ़ा कर रहा है और बदले में किसी से अपने लिए कुछ भी नहीं चाहता। कुछ भी तो नहीं। जो कुछ माँगता है इन मरीजों के लिए ही माँगता है। हे देव, प्रणाम है तुम्हें। मैं तो तुम्हारे पासंग खड़े होने लायक काम भी नहीं करता। दावे बेशक इतने बड़े-बड़े करता होऊँ।

भावुक होकर कहा था मैंने, ''बाबू भाई एक बात बोलूँ।''

बाबू भाई मेरे कन्धे पर हाथ रखकर बोले, ''बोलिए ना साब। आप तो खुद इतना बड़ा काम कर रहे हो। लिखने का। समाज में जो भी अच्छा-बुरा है, उसको सामने लाने का काम तो बहुत बड़ा होता है साहब।''

''मैं कभी-कभी आकर आपके साथ काम कर सकता हूँ क्या, ये छोटे-छोटे काम। अगर कुछ और नहीं तो टाइम तो दे ही सकता हूँ।'' हालाँकि मैं जानता हूँ कि संवाद मेरे भीतर से नहीं आ रहा। श्मशान वैराग्य है ये। घर जाते ही मैं दुनियावी धन्धों में फँस जाऊँगा। मैं दो बार भी आकर इनके साथ राउंड लगा लूँ तो भी बहुत बड़ी बात होगी। मुझसे हो ही नहीं पाएगा। लेकिन फिर भी कह तो दिया ही था मैंने।

''आप जरूर आना। ये अस्पताल एक तरह से बहुत बड़ा स्कूल है। जीवन का स्कूल। यहाँ आपको हजार तरह के आदमी मिलेंगे। अच्छे भी, बुरे भी। यहाँ जीवन को आप बहुत नजदीक से देखेंगे। असली जीवन तो यहीं है साब। दुख, तकलीफ, फिर भी चेहरे पर हँसी। एक-दूसरे के लिए कुछ करने की इच्छा। और क्या होता है जीवन में साहब। दो मीठे बोल बोले और सब-कुछ पा लिया। अब चलूँ मैं साहब। आप चाहें तो अपने डॉक्टर दोस्त के पास बैठें। मैं जरा अपने

पुराने मरीजों की नहाने-धोने में मदद करूँ। नर्स बेचारी भी कितने मरीजों की सेवा करें। थक जाती हैं वे भी तो।''

और वे मुझे लम्बे गलियारे के बीच में ही छोड़कर चले गये थे।

मैं एक हफ्ते बाद ही जब अस्पताल पहुँचा था तो पता चला बाबू भाई कहीं गये हुए हैं। बस आते ही होंगे। मैं वहीं बेंच पर बैठ कर इन्तजार करने लगा था। मेरे पास ही बेंच पर कुछ बच्चे बैठे हुए थे। उनमें एक बच्चे के पैर में सूजन थी। मैं उनके इतने नजदीक बैठा था कि उनकी पूरी बात सुन पा रहा था।

''मैं तुझे बोला था ना... वो हड्डी जोड़ने वाले बंगाली के पास लेकर जाते और वो फटाक से हड्डी जोड़ देता, पर तुम लोग माने ही नहीं। यहाँ ले के आ गये।'' उनमें से एक कह रहा था।

ये सुनते ही सूजे पैर वाला लड़का रोने लगा।

दूसरा उसे चुप करा रहा था। ''तू क्यों रो रहा है रे मुन्ना। ये हमारी सिरदर्दी है कि तेरा इलाज होना चाहिए। रो नहीं। कोई-न-कोई रास्ता निकल आएगा।''

सूजे पैर वाला वही लड़का कह रहा था, ''मैं हमेशा तुम लोगों को तंग करता रहता हूँ।''

बड़ा लड़का जवाब में बोला, ''तो क्या हुआ? हम तेरे दोस्त ही तो हैं।''

वड़ी लड़का, ''इतने पैसे कहाँ से लाओगे?''

बड़ा लड़का, ''वो सोचना तेरा काम नहीं है। कुछ-न-कुछ करेंगे।''

वही लड़का, ''देख कबीरा। इसे ऐसे ही रहने दे। अपने आप ठीक हो जाएगा।'' वह उठने की कोशिश कर रहा था।

कबीरा, ''तू चुप-चाप बैठ और हमें सोचने दे।''

लड़के फुटपाथ पर काम करने वाले लग रहे थे। ऐसे मरीजों की अस्पताल में क्या हालत होती है, हर कोई जानता है। अस्पताल में ही क्यों, कहीं भी।

काश... हर अस्पताल में दस-बीस बाबू भाई पंड्या होते। कोई तो इनके हक की बात करने वाला होता। आसपास जितने भी मरीज नजर आ रहे थे, सारा दिन यहाँ से वहाँ तक धकियाए जाएँगे और शाम ढलने पर अस्पताल में होने के बावजूद सबकी तकलीफ बढ़ चुकी होगी।

मैं उन बच्चों की गतिविधियाँ देख ही रहा था कि तभी हमारी ही बेंच पर बैठे एक आदमी ने पूछा बच्चों से, ''क्या बात है। क्यों परेशान हो?''

बड़े लड़के ने बताया, ''ये हमारा दोस्त है। सड़क पार करते समय स्कूटर से टकरा कर गिर गया। डॉक्टर पहले बोला कि इक्सरे कराओ और अब बोलता है

पिलस्टर लगेगा। दवा बाजार से लाने के वास्ते बोला है।''

वह आदमी पूछने लगा, ''पैसे नहीं है क्या?''

लड़के ने सिर हिलाया, ''नहीं हैं।''

वह आदमी दिलासा देने लगा, ''तो घबराने का नईं। बाबू भाई पंड्या के पास जाओ। वोई काम करा देगा।''

अब मुझे पूरे मामले में दिलचस्पी होने लगी कि देखें क्या होता है और ये बच्चे क्या करते हैं।

लड़का हैरानी से पूछ रहा था, ''ये बाबू भाई पंड्या कौन है?''

वह आदमी बताने लगा, ''है एक भला आदमी। उसी को ढूँढ़ो। मिल जाए तो उसे अपनी बात बोलो। मदद करेगा। भगवान है वो। उसके दर से कोई खाली नहीं जाता।''

वह लड़का आगे पूछ रहा था, ''किदर मिलेंगा वो?''

उस आदमी ने तब बताया, ''कहीं भी देखो उसे। किसी-न-किसी दर्दी के पास मिल जाएगा।''

उस लड़के के चेहरे पर चमक आ गयी थी, ''तुम लोग यहीं ठहरो। मैं उसे देख के आता है। चल सत्ते तू भी चल।''

मैं जानता था, बाबू भाई पंड्या अभी नहीं आये हैं। चाहता तो इन बच्चों को बता भी सकता था और उनके आने पर उनसे मिलवा भी सकता था। मदद की लिए अलबत्ता उनसे कहने की जरूरत ही नहीं पड़ती है। अपने-आप ही मिल जाती, लेकिन मैं देखना चाहता था कि इन बच्चों से उनका संवाद कैसे होता है?

कबीरा नाम का वह बड़ा लड़का कई लोगों से बाबू भाई पंड्या के बारे में पूछ रहा था। लोग उसे कभी दायें तो कभी बायें भेज रहे थे। एक आदमी ने तो उसे बाहर की तरफ ही भेज दिया। बाकी लड़के भी परेशान से पूरे अस्पताल में बाबू भाई को खोज रहे थे।

उस दिन मेरी बाबू भाई से मुलाकात हो नहीं पायी थी। मैं काफी देर तक बैठकर लौट गया था।

इसके बाद भी दो बार और ऐसा हुआ कि बाबू भाई पंड्या से मिल नहीं पाया। अलबत्ता, उन बच्चों से जरूर मुलाकात हो गयी। जिस बच्चे के पैर में सूजन थी, वह बच्चों के वार्ड में भर्ती हो चुका था और उसके पैर में पलस्तर चढ़ा हुआ था। उसके साथ के तीनों लड़के उसके पास ही बैठे थे।

मैं उन बच्चों के पास चला गया और पूछने लगा, ''मैंने तुम लोगों को दो-तीन दिन पहले बाबू भाई को खोजते हुए देखा था। क्या उन्हीं की मदद से ये भर्ती हो पाया है?''

''हाँ साब, अपन को भगवान मिल गया साब, अगर वो न होते तो हमारे इस दोस्त को पलस्तर तो क्या साहब, कोई पट्टी तक बाँधने को तैयार नहीं था।''

''क्या करते हो तुम लोग?'' पूछा मैंने।

''मेरा नाम कबीरा है। ये सत्रे और ये गप्पू। हम लोग बूट पालिश करते हैं। मुन्ना हमारा दोस्त है, ये अभी सीख रहा है काम करना। हमारा ध्यान नहीं था। अचानक सड़क की तरफ दौड़ा और एक स्कूटर से टकरा कर गिर गया। पैर की हड्डी टूट गयी। अगर बाबू भाई न मिलते तो... हमारे पास तो दवा के पैसे भी नहीं थे।''

अब दूसरा लड़का बताने लगा, ''जब हम बाबू भाई के पास गये तो वो आए और बोले, कोई बात नहीं। ये तो एकदम फरिश्ता लड़का है। ये एकदम अच्छा हो जाएगा और फिर से फुटबाल खेलने लगेगा। अभी देखना हम इसे अस्पताल के सबसे अच्छे वार्ड में भर्ती कराते हैं, चलो मेरे साथ। ये तो बहुत लवली ब्वॉय है।'' वे खुद हमारे साथ दो-तीन डॉक्टरों के पास लेकर गये साहब। डॉक्टर लोग को पूरी बात बतायी और फिर एक ट्राली लेकर आये और मुन्ना को पिलास्तर वाले कमरे में ले गये।''

अब तीसरा लड़का बता रहा था, ''हमें रोना आ रहा था साब, तो बाबू भाई बोले, रोते नहीं... रोते नहीं। रोने से आँखें दुखेंगी और फिर दवा के लिए पैसों की जरूरत पड़ेगी। फिर तुम बाबू भाई पंड्या को खोजोगे। ऐसा काम नहीं करो कि दवा की ज़रूरत पड़े। हाँ तो तुम लोक फिकिर नहीं करना... बच्चे अगर फिकर करें तो कैसे चलेगा भई... अभी मैं बड़े साब से बोल के इदर दो दिन रहने के वास्ते वार्ड में तुम्हारे दोस्त को जगा दिला देता हूँ। खाने का भी ठिकाना हो जाएगा। जब खाना देने वाला ब्वॉय आये तो बोलना बाबू भाई पंड्या के आदमी हैं, थोड़ा जास्ती खाना दे देगा। मिल बाँट के खा लेना। मैं भी बोलकर रखूँगा।''

बच्चे अभिभूत थे और उनके पास बाबू भाई की तारीफ़ के लिए शब्द नहीं थे। उनके गले रुँधे हुए थे और समझ में नहीं आ रहा था कि उनकी इतनी सारी बातें कैसे बताएँ।

मैंने पूछा, ''यहाँ कोई तकलीफ तो नहीं है?''

कबीरा नाम का लड़का बताने लगा, ''नहीं साब, बाबू भाई ने सबको कह दिया है कि बच्चे का खयाल रखें। कोई तकलीफ नहीं है साब।''

अब दूसरा लड़का मुझे बता रहा था, ''साब यहाँ अस्पताल में हर आदमी उनको सलाम मारता है, वो किसी भी डॉक्टर के कमरे में चले जाते हैं और काम करा के आते हैं। कोई भी उससे ऊँची आवाज में बात नहीं करता।''

अब तीसरा लड़का बताने लगा, ''इदर सरकार ने उसे रखा होएँगा कि गरीब

लोक की मदद करो करके।''

तो कबीरा ने उसे टोका, ''अबे ये तो सरकारी हस्पताल है रे तो सबको सरकार ही रखी होएगी ना...''

सत्ते, ''जो भी हो एक बात माननी पड़ेगी, आदमी हीरा है, कितना बुड्ढा है, फिर भी सबके काम करता रहता है।''

अब बच्चे मेरी उपस्थिति भूलकर आपस में ही बात करने लगे थे। एक तरह से अच्छा ही था। बच्चे उनके बारे में क्या राय रखते हैं, उन्हीं की जबानी सुनने में क्या हर्ज है?

सत्ते, ''कितने बरस उमर होगी रे उनकी?''

कबीरा, ''अस्सी साल के तो होएँगे रे।''

तेंडया, ''अस्सी साल तो भोत होते हैं।''

कबीरा, ''तो क्या हुआ! काम करने वाले कभी उमर देखकर थोड़े ही काम करते हैं।''

कबीरा, ''यार मैं तो दंग हूँ इस आदमी की हिम्मत देखकर। अस्सी साल की उमर में भी इतनी हिम्मत। आदमी नहीं फरिश्ता है ये।''

सत्ते, ''अगर ये न होते तो मुन्ना का पिलास्टर तो क्या पट्टी भी न लग पाती, जब वो डॉक्टर से कह रहे थे इसके बारे में तो मैं सोचता था इस तरह से तो कोई अपने मरीज के लिए भी नहीं कहता।''

तभी साथ वाले मरीज के पास बैठा आदमी बीच में ही कहने लगा, ''तुम लोग बाबू भाई पंड्या की बात कर रहे हो क्या?

कबीरा, ''हाँ क्यों?''

मरीज, ''वो वाकई फरिश्ता है। पता नहीं किस-किस मरीज की सेवा करके इसने उन्हें ठीक-ठाक वापस भिजवाया है। इसकी सेवा से ही हजारों आदमी मौत के मुँह से वापस आये होंगे।'

उसकी देखा-देखी एक और आदमी भी बातचीत में शामिल हो गया, ''इस बेचारे ने जिन्दगी भर तो सेवा की है, मरने के बाद भी अपना पूरा शरीर अस्पताल को दान कर दिया है, ताकि डॉक्टरी पढ़ने वाले बच्चों के काम आ सके।''

पहले वाले ने जानकारी बढ़ायी, ''मैंने सुना है अपनी पूरी पेंशन भी यहीं खर्च कर देता है।''

दूसरे ने आगे बताया, ''मैंने तो ये भी सुना है कि इसके बच्चे बड़े-बड़े अफसर हैं। अपनी गाड़ियाँ हैं उनकी।''

अब पहला बता रहा था, ''मुझे तो ऐसा लगता है कि अपने घर पर इसकी कद्र नहीं होती होगी इसलिए दूसरों के बीच अपन वक्त बाँटता रहता है।''

अब दूसरे ने फैसला सुना दिया, ''जो भी हो, हमें उससे मतलब नहीं। हम तो ये जानते हैं कि वे आदमी नहीं, देवता हैं।''

मैं बच्चों के साथ थोड़ा वक्त गुजारकर लौटकर आया था। वापस आते समय सोच रहा था कि ये आदमी तो वाकई देवता है। किसी आम आदमी के बस में नहीं होता ये सब करना। और वो भी आज के युग में। मैंने मन-ही-मन बाबू भाई पंड्या को प्रणाम किया था। ये तीसरी बार था कि मैं उनसे बिना मिले लौट रहा था। गये होंगे किसी मरीज को उसके घर पहुँचाने या किसी डॉक्टर के व्यक्तिगत काम निपटाने।

अगली बार अस्पताल जाने पर मुझे उनके एक और ही रूप के दर्शन हुए। मैं अस्पताल पहुँचा ही था कि बाबू भाई पर मेरी नजर पड़ी। वे एक तरफ एक डेड बॉडी को अकेले ही कपड़े में लपेट रहे थे। वहीं पास ही बैठी एक अकेली औरत रो रही थी और बाबू भाई निष्काम भाव से अपने काम में लगे हुए थे। आस-पास खड़े कई लोग देख रहे थे, लेकिन कोई भी उनकी मदद के लिए आगे नहीं आ रहा था। बाबू भाई पंड्या ने अपना काम खत्म करके एक टैक्सी बुलवायी और डेड बॉडी को टैक्सी की छत पर बँधवा दिया। रो रही अकेली औरत को सहारा देकर उन्होंने टैक्सी में बिठाया और जेब से कुछ पैसे निकालकर उस औरत को दे दिये और हाथ जोड़कर उसे विदा कर दिया। मैं देख पा रहा था कि उस औरत के हाथ दूर जाती टैक्सी से देर तक नजर आते रहे थे।

इस बार भी मैं हिम्मत नहीं जुटा पाया था कि उनके सामने भी पड़ सकूँ। मैं इस बार भी उनसे मिले बिना मन-ही-मन देवतुल्य प्रतिमा को प्रणाम करके लौट आया था।

अगली बार जब मैं उनसे मिलने गया तो वे एक आदमी को अस्पताल से विदा कर रहे थे। वह आदमी जोर-जोर से रोये जा रहा था और बाबू भाई उसे चुप करा रहे थे, ''रोते नहीं बेटा, तुम किस्मत वाले हो। तुम अपनी बीवी को इतना प्यार करते हो। सारे काम छोड़कर इतनी दूर से उससे मिलने आते हो। उसका पूरा खयाल रखते हो। ऊपर वाले पर भरोसा रखो, उसे कुछ नहीं होगा। वह एकदम ठीक होकर अपने पैरों पर चलकर तुम्हारे साथ वापस जाएगी।''

वह आदमी बार बार 'बाबू भाई' ही कह पा रहा था। वे उसके कन्धे पर हाथ रखकर हँस रहे थे, ''सात फेरों की याद है न... वैसे ही वो अपने पैरों से चलेगी जैसे चलकर तुम्हारे घर आयी थी और तुम देखोगे बेटा। उसे बहुत

प्यार से रखना बेटा। बहुत अच्छी लड़की है।''

''बापू आप न होते तो...''

''मैंने तो अपनी तरफ से कुछ नहीं किया बेटा। ऊपर वाले का ऑर्डर हुआ कि यहाँ मदद चाहिए तो आ गया। अच्छा लगता है कि तुम एक-दूसरे के बारे में सोचते हो। जरा उनकी सोचो कि जिनके पास कोई नहीं आता। जाओ, जो भी काम करना, ईमानदारी से करना और जो भी कमाओ उसमें से थोड़ा दूसरों के लिए भी रखना। हम इसलिए न रोयें कि हमारे पास जूते नहीं हैं। हम उनकी भी सोचें जिनके पैर ही नहीं होते, जाओ बेटा। छत और छतरी के फर्क को कभी मत भूलना। बेटा, जाओ, अपना खयाल रखना।''

वह आदमी कह रहा था, ''आप बहुत भले आदमी हैं बाबा। आजकल के जमाने में दूसरों के लिए कौन इतना करता है!''

बाबू भाई, ''बेटे, हम अच्छे तो सब अच्छे। हम बुरे तो सब बुरे हो जाते हैं। हमारी अच्छाई ही हमारा साथ देगी बेटा। सेवा में ही मेवा है। भगवान गवाह है इस सेवा के अलावा जिन्दगी में और कोई भी चीज इतनी पवित्र और खूबसूरत नहीं है बेटा। कोई भी ऐसा काम न करो कि सामने वाले को अपनी आँखें पोंछनी पड़ें। सबके चेहरे पर हँसी लाओ। वही जीवन को जीने लायक बनाती है। जीते रहो बेटा।''

वह आदमी बाबू भाई के पैर छू रहा था। जाते समय उसके दोनों हाथ जुड़े हुए थे। आँखों में आँसू की दो बूँदें अटकी हुई थीं।

इस बीच मैं बाबू भाई से पचासों बार मिला। उनके साथ अस्पताल के कई वार्डों के चक्कर काटे। कई पत्रिकाएँ और किताबें उनके लिए जुटायीं और उनके साथ घंटों बैठकर मरीजों के हाल-चाल बाँटे, लेकिन इसके बावजूद मैं डॉक्टर भाटिया से किया गया वायदा पूरा नहीं कर पाया था। लिख ही नहीं सकता था।

इस बीच बाबू भाई भी कई बार मुझसे मिलने आये। वे कभी हमारे ऑफिस पत्रिकाएँ लेने आ जाते। पोस्टकार्ड डाल देने भर से वे आ जाते। मैंने उनके पोस्टकार्ड कई दोस्तों को दिये और इस बात का इन्तजाम कर दिया था कि हर महीने उनके पास काफी मात्रा में पत्रिकाएँ पहुँचती रहें। वे आते, थोड़ी देर बैठते और पत्रिकाएँ बाँधना शुरू कर देते। वे उतनी ही देर रुकते जितनी देर में वे बंडल बाँधें और गेट पास बनकर आये, लेकिन वे कभी भी रुककर एक गिलास पानी भी नहीं पीते। अपने बारे में तो वे कभी बात भी नहीं करते। बहुत कुरेदने पर भी नहीं। यहाँ तक कि इस विषय को ही टालते। मैं भी उन्हें नाराज करके कुछ जानना नहीं चाहता था। हालाँकि उनके बारे में मुझे और भी बहुत-सी जानकारी मिली थी

और डॉक्टर भाटिया भी अक्सर उनके बारे में नयी-नयी बातें बताते रहते, लेकिन मैं चाहकर भी उनके बारे में लिखने की हिम्मत नहीं जुटा पाया था।

जब भी उन पर कहानी लिखने की सोचता, वे इतने विराट और दयालुता की प्रतिमा हो जाते कि मेरी लेखनी छोटी पड़ जाती और कुछ भी लिखने से इंकार कर देती। शब्द मेरा साथ छोड़ देते।

यह भी पहली बार हो रहा था कि कहानी के लिए पात्र साक्षात मेरे सामने था और मैं नहीं लिख पा रहा था। लिखना चाहता था मैं, लेकिन हो ही नहीं पाता था। एक साक्षात् जीवन-चरित को शब्दों में बाँध पाने में मैं अपने आपको असमर्थ पा रहा था।

इस बीच अहमदाबाद छूट गया। वहाँ से आये मुझे छह बरस तो हो ही गये होंगे। मैं अहमदाबाद छोड़ने से पहले आखिरी बार उनसे मिलना चाहता था। पैकिंग के बाद ढेर सारी पत्रिकाएँ भी निकल आयी थीं, वे भी उन्हें देना चाह रहा था, लेकिन मिलना हो नहीं पाया था। दो-एक बार गया था तो वे मिलें नहीं थे और पोस्टकार्ड डालने पर आये नहीं थे। हो सकता है बीमार वगैरह हो गये हों या कोई और बात हो। मन में एक कसक-सी थी कि पता नहीं फिर कब मिलना हो... लेकिन शायद ऐसा ही होना था। मैं उनसे बिना मिले चला आया था। शायद कुछ और कोशिश करता या उनके दिये पते पर ही चला जाता तो हाल-चाल तो मिल जाते, लेकिन शहर छोड़ने की गहमागहमी और दोस्तों की विदाई दावतों के बीच बाबू भाई पंड्या जरूरी कामों की सूची में कहीं नीचे चले गये थे।

बेशक मैं अहमदाबाद से मन पर बहुत बोझ लेकर आया था। इस शहर ने मुझे बहुत कुछ दिया था और बहुत कुछ सीखा था मैंने वहाँ, लेकिन बाबू भाई पंड्या से मिलना इन सबसे ज्यादा कीमती सौगात थी मेरे लिए।

अहमदाबाद से डॉक्टर भाटिया आये हुए हैं। बरसों बाद उनसे भेंट हुई है। वे उसी अस्पताल में अपने विभाग के हैड हो गये हैं। बातों-ही-बातों में बाबू भाई पंड्या का जिक्र आया।

उन्होंने जो कुछ बताया है उससे मैं दहल गया हूँ। मैं सोच भी नहीं सकता था कि बाबू भाई पंड्या के साथ भी ऐसा हो सकता है।

डॉक्टर भाटिया बता रहे हैं, ''बाबू भाई को उनकी बहू ने घर से निकाल दिया है। वे खुद बता रहे थे कि बहू उनके आने-जाने के टाइम से और घर में किसी भी किस्म की दिलचस्पी न लेने के कारण उनसे चिढ़ी रहती थी। एक

वजह पेंशन भी थी जिसे वे अपने चहेते मरीजों पर ही खर्च कर डालते थे।''

''अरे ये तो बहुत बुरा हुआ! इस उम्र में और ऐसे देवता आदमी की ऐसी दुर्गत! कहाँ रह रहे हैं वो अब?''

''रहना कहाँ? अब तो हमारे अस्पताल में ही आ गये हैं। वे पिछले पच्चीस बरस से अपना सारा वक्त वहीं तो दे रहे थे। एक किनारे अपना थोड़ा सा सामान लेकर टिक गये हैं। इतना बड़ा अस्पताल है, किसी को क्या फर्क पड़ना है।''

ये बताते हुए डॉक्टर भाटिया अपनी गली आँखें पोंछ रहे हैं। मेरी आँखें भी भर आयी हैं। किसी तरह भरे गले से पूछता हूँ, तो क्या उनकी दिनचर्या अब भी वही है? अब तो उमर भी बहुत हो गयी होगी।''

''हाँ, उमर तो बहुत हो गयी है और अब उतना कर भी नहीं पाते, लेकिन अब भी सारा दिन मरीजों के पास जाकर बैठते हैं। उनके साथ बातें करते हैं। थोड़ी-बहुत मदद तो कर ही देते हैं।''

''एक बार कोई बता रहा था कि उन्होंने अपना शरीर भी अस्पताल के नाम डोनेट कर रखा है?'' मैं पूछता हूँ।

''हाँ, यह सही है, उन्होंने अपनी आँखें और अपना पूरा शरीर अस्पताल को डोनेट कर रखा है। मैं आपको बता नहीं सकता, उनके रहने से हम डॉक्टरों को, अस्पताल के स्टाफ को और मरीजों को कितना सहारा रहता है! सबसे बड़ी बात है कि वे मरीज में विश्वास जगाये रहते हैं जिससे हमारे लिए इलाज करना बहुत आसान हो जाता है।''

''यार, अपनी जिन्दगी में मैंने इतने जीवट वाला आदमी नहीं देखा जो जीते जी तो इतना कर ही रहा है, मरने के लिए पहले से तैयार होकर वहीं आ गया है कि उसके मरने के बाद उसके शरीर को भी किसी मकसद के लिए इस्तेमाल किया जा सके।''

''कहते हैं बाबू भाई कि अपना शरीर तो दान कर ही रखा है। मरने के बाद यहाँ लाने में सबको तकलीफ ही होगी, मैं खुद ही आ गया हूँ, जब भी मेरी आखिरी साँस का नम्बर आए तो आप लोग मेरी पर्ची काट देना। मेरे केस की फाइल बन्द कर देना। आप लोगों को आसानी होगी।''

''क्या अब भी सारे वार्डों के वैसे ही चक्कर लगाते हैं और बच्चों बूढ़ों को कार्ड, मैगजीनें और दूसरी चीजें देते रहते हैं?''

''नहीं, अब तो वो सब जगह जा नहीं पाते। हमारे पास भी कम ही आते हैं। हम ही बीच-बीच में उन्हें देख आते हैं और उन्हें पुराने कार्ड वगैरह दे आते हैं और उनसे मजाक में कहते हैं, लो बाबू भाई पंड्या। अपनी करीना कपूर ने आपके लिए ये कार्ड भेजा है। कह रही थी बाबू भाई से किसी दिन जरूर मिलने

आऊँगी।''

हँसते हैं तब बाबू भाई। कहते हैं, ''हाँ भई, अब तो मेरी ही बारी है। देखना किसी दिन खुद भी आएगी बाबू भाई पंड्या से मिलने के वास्ते।''

''आपकी बात बिलकुल सही है, लेकिन दिक्कत यही है कि बाबू भाई पंड्या जैसे लोगों की नियति यही होती है।''

''मुझे तो डर है कि पिचासी साल की उमर में अगर उन्हें कुछ हो गया तो पता नहीं, अस्पताल के अहाते में रहते हुए भी उन्हें दवा की आखिरी खुराक भी मिलेगी या नहीं।''

मैं डॉक्टर भाटिया की बात सुनकर चुप रह गया हूँ। कई बार शब्द भी तो साथ नहीं देते।

शायद बाबू भाई पंड्या जैसे आदमी पर कहानी लिखी ही नहीं जा सकती। ऐसे लोग तो खुद जीती-जागती कहानियाँ रचते हैं।

उन्हें सिर्फ प्रणाम किया जा सकता है।

क्या आप ग्रेसी राफेल से मिलना चाहेंगे?

चर्चगेट। मुम्बई में पश्चिमी रेलवे में उपनगरीय ट्रेनों का अन्तिम पड़ाव। आप जब वहाँ पहुँचेंगे तो स्टेशन के अहाते से बाहर निकलने के लिए तीन तरफ के लिए तीन-चार रास्ते मिलेंगे। दायीं तरफ, बायीं तरफ और सामने—नाक की सीध में। सीधे चलने पर बायीं तरफ खुलने वाला रास्ता पश्चिमी रेलवे के मुख्यालय और फाउंटेन की तरफ जाता है। वहीं एक तरफ केमिस्ट की दुकान है, और स्टेशन के अहाते से बाहर आने के लिए तीन-चार चौड़ी सीढ़ियाँ उतरनी पड़ती हैं। वहीं वे आपको नजर आएँगी। उम्र पचपन के आस-पास। बिखरे हुए, खिचड़ी बाल। रंग गोरा और चेहरा साफ। कभी वे बहुत खूबसूरत रही होंगी, लेकिन अब उनके चेहरे पर और पूरे शरीर पर लम्बी थकान की भुतैली छाया है। साड़ी पुरानी और अकसर थिगलियाँ लगी हुई। पैरों में प्लास्टिक की चप्पलें। सामान के नाम पर उनके पास दो बड़े-बड़े झोले हैं जिनमें पता नहीं क्या क्या अल्लम-गल्लम भरा हुआ है। पास में एक मोटा-सा सोंटा। कुत्ते भगाने के लिए। यही उनकी पूरी गृहस्थी है। पिंछले बीस बरस से। और यही उनका ठीहा भी है। इतने ही बरस से। सर्दी-गरमी, बरसात, कोई भी मौसम हो, कोई भी समय रहा हो, दिन-रात, आप उन्हें यहीं पर, हमेशा यहीं पर पाएँगे। अगर वे वहाँ नहीं भी होंती तो भी उनकी खाली जगह देखकर साफ महसूस होता है कि वे कहीं आस-पास ही हैं और दो-चार मिनट में ही लौट आएँगी, अपने ठीहे पर। वैसे भी उन्हें कहीं नहीं जाना होता। कहीं भी तो नहीं। कई बार हमारी गैरमौजूदगी ही, हमारी मौजूदगी की चुगली खाने लगती है। किसी बन्द दरवाजे की घंटी की आवाज हमारे पास जस-की-तस लौट आती है और हम समझ जाते हैं कि घर में कोई भी नहीं है। और कई बार ऐसा भी होता है कि हम घंटी बजाते ही समझ जाते हैं कि अभी थोड़ी ही देर में कोई जरूर ही दरवाज़े तक आयेगा और हमारे लिए दरवाज़ा खोलेगा। कई बार ऐसा भी होता है कि हम किसी मरीज से तीसरी-चौथी बार मिलने के लिए अस्पताल जाते हैं और उसका खाली, साफ-सुथरा

बिस्तर देखकर एक पल के लिए चौंक जाते हैं और तय नहीं कर पाते कि हमारा मरीज चंगा होकर अस्पताल से रिलीव हो गया है या इस दुनिया से ही कूच कर गया है। हमारी असमंजस की हालत देखकर साथ वाले बिस्तर पर लेटा मरीज हमें संकट से उबारता है कि चिन्ता न करें, मरीज घर ही गया है। हमारी साँस में साँस आती है और हम वहाँ से लौट आते हैं।

तो मैं बात कर रहा था मिसेज ग्रेसी राफेल की। मिसेज ग्रेसी राफेल लगभग बीस बरस पहले जब पागलखाने से छूट कर आयी थीं तो उनके सामने पूरी दुनिया थी, लेकिन ऐसी कोई भी जगह नहीं थी जिसे वे अपना घर कह कर साधिकार जा सकतीं। रही भी होंगी ऐसी जगहें कभी, तो वे भी उनकी अपनी नहीं रही थीं। उनके दिमाग से सब नाम, रिश्ते, घर, मकान, शहर धुल-पुँछ चुके थे और जो बाकी बचे भी थे, वहाँ उन्हें जाना नहीं था। आखिर वहीं से तो वे पागलखाने में भेजी गयी थीं। पता नहीं, वे भी बचे थे या नहीं! अब उनके सामने पूरी दुनिया थी और अपना कहने को कोई भी नहीं था।

पागलखाने से बाहर आयी ठीक-ठाक औरत कहाँ जाती और किसके पास जाती। सचमुच पागल होती तो सोचने की जरूरत ही नहीं थी, लेकिन वे पूरे होशो-हवास में थीं और जानती थीं कि वे औरत हैं, अकेली हैं, अभी जवान हैं और बेसहारा हैं। शुरू-शुरू में सुरक्षित और स्थायी ठीहे की तलाश में इधर-उधर भटकती रहीं। उस समय उनकी उम्र पैंतीस के आस-पास थी। अलग-अलग पागलखानों में सात-आठ बरस गुजारने के बाद और तथाकथित रूप से पागल करार दिये जाने के बावजूद उनमें इतनी समझ बाकी थी कि वे कहीं भी रहें, दिन तो कैसे भी करके गुजारा जा सकता था, लेकिन लावारिस, अकेली और जवान औरत के लिए घर से बाहर कहीं भी, खाली जगह में और सार्वजनिक जगह पर रात गुजारना कितना मुश्किल और संकटों से भरा और असुरक्षित हो सकता है, वे इस बारे में सतर्क और सचेत होने के बावजूद भटकती रही थीं। सब जगह एक ही डर था। वे कहीं भी सुरक्षित नहीं थीं। जुबान तो वे कब से खो चुकीं थीं। वे अकेले के बलबूते पर इस मोर्चे पर कुछ भी नहीं कर सकती थीं। वे कई दिन तक इधर-उधर डरी-सहमी बिल्ली की तरह भटकती रही थीं। अलग-अलग ठिकानों पर गयी थीं। धर्मशालाओं में, स्टेशनों के प्लेटफार्मों पर लेकिन कहीं भी वे अपने आपको सुरक्षित नहीं पा सकी थीं। सब जगह देह नोचने और फाड़ खाने वाले ही तो थे। मौका मिलते ही अपने और उनके कपड़े उतारने लगते थे। ऐसे लोगों के लिए पागल, गरीब, बीमार, बच्ची, बूढ़ी किसी में तब तक फर्क नहीं था जब तक वह मादा हो और नरपशु को तथाकथित यौन सुख देने की स्थिति में हो। पागल और भूखी मादा तो उनके लिए और भी बेहतर

थी, क्योंकि उसका विरोध का स्वर उसे दो रोटी देकर बन्द किया जा सकता था। जहाँ लोग बीमार, अपने तन की हालत से बेसुध नंगी घूम रही पागल औरतों तक को नहीं बख्शते थे और दो रोटी के लालच में उनके साथ पशुवत कुकर्म करके उन्हें गर्भवती तक बना डालते थे, मिसेज राफेल तो फिर भी जवान और खूबसूरत थीं। लोग उनके पीछे कुत्तों की तरह जीभ लपलपाते घूमते रहते। वे सुरक्षित नहीं थीं। कहीं भी नहीं। औरतों में बेशक एक प्राकृतिक जन्मजात गुण होता है कि किसी भी तरह के शरीरिक यौन हमले के संकेत उन्हें पहले से ही मिलने शुरू हो जाते हैं और वे सतर्क हो जाती हैं। पागल की-सी हालत में होने के बावजूद उनके खिलाफ सबसे बड़ी बात यह थी कि वे औरत थीं, जवान थीं, अकेली थीं, और हर समय घर से बाहर थीं, असहाय थीं, और इन सारी चीजों के चलते यह मान लिया जाता था कि वे पुलिसवालों के लिए, चोर-उचक्कों के लिए, प्लेटफार्मों पर सोने वालों के लिए, कुलियों, उठाईगीरों के लिए, और निठल्लों के लिए सर्वसुलभ थीं। वे रात-रात भर सहमी-सहमी गठरी बनी जगती रहतीं और एक जगह से दूसरी जगह, शहर-दर-शहर भटकती फिरती थीं।

और आखिर उन्हें यही जगह सबसे मुफीद लगी थी। इसका कारण यह था कि चर्चगेट स्टेशन लगभग रात एक डेढ़ बजे तक जागता रहता था और दो ढाई घंटे की कच्ची-पक्की नींद लेकर साढ़े तीन बजे तक सवेरे की सवारियाँ उठाने के लिए फिर जाग जाता और अपने काम-धाम पर लग जाता था। वे अपने आपको यहाँ काफी हद तक महफूज समझ सकती थीं। बेशक शुरू-शुरू में कई बरस तक वे यहाँ भी लगातार डरी हुई हालत में रात भर दुबकी बैठी रहती थीं। उस पर भी उन्हें चैन न लेने दिया जाता। वहीं खुले आसमान तले रहने को अभिशप्त बूट पॉलिश वाले, निठल्ले सारी रात उन्हें परेशान करते, उनका सामान बिखेर देते, लालच देते, धमकियाँ देते, मारते, उन पर पानी गिरा देते, उनका सारा-का-सारा सामान कई-कई बार गायब कर देते, इधर-उधर फेंक आते, रेलवे रिजर्व पुलिस वाले उन्हें बचाने की बजाय आये दिन उन्हें वहाँ से खदेड़ देते, या थाने ले जाने के बहाने उन्हें अँधेरे कोनों में ले जाने की फिराक में रहते ताकि बहती गंगा में खुद भी हाथ धो सकें। वे अपना सारा-का-सारा ताम-झाम उठाये अपने आपको बचाने की हर चन्द कोशिशें करतीं। उन्हें गालियाँ देतीं, शोर मचातीं और उनके आगे हाथ-पैर जोड़तीं। सुनवायी कहीं नहीं थी। पुलिसवालों के जाते ही हौले-हौले वहीं आ बैठतीं। शुरू-शुरू में उन्हें सताने का आलम यह था कि उठाईगीरे उनका सामान उठा न ले जाएँ, इस डर से उन्हें स्टेशन पर ही बने बाथरूम तक जाने के लिए दो-चार मिनट के लिए सही, अपना सारा सामान अपने साथ ढोकर बाथरूम तक ले जाना पड़ता। बेशक वे खुद भी नहीं ही जानती होंगी

कि इन बड़े-बड़े थैलों में क्या भरा हुआ है और कब से भरा हुआ है। काम का है भी या नहीं, लेकिन अब ये सब उनके व्यक्तित्व का हिस्सा बन चुका है।

बाद में बाथरूम की भंगिनों ने जब उन्हें पहचान लिया और उनके अस्तित्व को वहाँ स्वीकार भी कर लिया, तभी जाकर उनकी समस्याएँ कुछ हद तक कम हुई थीं।

और इस बात में ही कई बरस बीत गये थे कि उन्हें चर्चगेट पर स्थायी रूप से रहने वाले लोगों के बीच नागरिकता दे दी गयी थी और लोग-बाग उनकी मौजूदगी को सहज रूप से स्वीकार कर पाये थे। कई बार हमें पूरी उम्र लग जाती है अपने अस्तित्व को स्वीकार करवाने में। हम मौजूद होते हैं, लेकिन देखने, जानने और महसूस करने के बावजूद हमारी मौजूदगी को हमेशा नजरअन्दाज किया जाता है। हम हैं या नहीं हैं लोग इस बात को अपनी सुविधा के अनुसार तय करते हैं। हमारी सारी कोशिशों के बावजूद।

वैसे तो वे हर समय ही फुर्सत में होती हैं। कभी बैठी होती हैं तो कभी लेटी, और कई बार सचमुच सो भी रही होती हैं। लेकिन जब वे अच्छे मूड में होती हैं, खासकर शाम के वक्त तो आप उन्हें किसी भी सुघड़ गृहिणी की तरह अपने ख़ुद के धोये कपड़ों की तह लगाते, हौले-हौले कुछ गुनगुनाते देख सकते हैं। उनके सारे काम, दिनचर्या के सारे-के-सारे काम स्टेशन पर, यहीं पर पूरे होते हैं। वे वहीं नहाती धोती, खाती-पीती, सोती-जागती और अपने नित्यकर्म निपटाती हैं। इसके अलावा तो उन्हें और कोई काम होता ही नहीं है।

यह मुम्बई की ही खासियत है कि यहाँ सारी चीजें एक बार तय हो जाएँ तो हमेशा वैसे ही चलती रहती है। बिना किसी व्यवधान के। बरसों-बरस। भीख या दान या खैरात देने वाले और लेने वाले भी तय हैं। लोग बरसों-बरस उन्हीं भिखारियों को या जरूरतमन्दों को भीख देते चले आते हैं। लगभग उसी समय के आस-पास आते हैं, सवेरे ऑफिस जाते समय या वापिस आते समय वे रुकते हैं या गाड़ी रोकते हैं, और अपने तयशुदा भिखारी या जरूरतमन्द को खाने के पैकेट, बिस्किट के पैकेट, बड़ा पाव या कुछ और चुप-चाप देकर आगे बढ़ जाते हैं। बिना कुछ भी बोले। ऐसा अरसे तक चलता ही रहता है।

ग्रेसी राफेल का गुजारा भी इसी तरह से चलता है। उन्हें चाय पिलाने वाले तय हैं। खाना खिलाने वाले तय हैं और उन्हें कपड़े-लत्ते देने वाले भी तय हैं। कुछ लोग उन्हें नकद पैसे भी दे जाते हैं। वे बरसों से वहाँ हैं। लाखों लोग स्टेशन से रोजाना दोनों वक्त गुजरते हैं, उन्हें वहाँ देखते हैं। बिना आँखें मिलाये या बात किये भी उनकी मौजूदगी को स्वीकार करते हैं, तो यह अहसास पनपने लगता

है कि हम चीज़ों को एक समय के बाद जस-का-तस स्वीकार कर लेते हैं। ऑफिस जाने वाली महिलाएँ जाते समय पुरानी साड़ियों, पुराने कपड़ों, शालों, या अंडरगार्मेंट्स के पैकेट उन्हें चुपचाप थमा कर आगे बढ़ जाती हैं। कोई उनके जीवन में नहीं झाँकता और न ही किसी किस्म का सवाल ही पूछा जाता है। बस, मौन की भाषा और इतना-सा लेनदेन। यही सिलसिला शाम के वक्त भी चलता है। महिलाएँ अकसर उन्हें त्योहार के दिनों में कोई पकवान या खाने की दूसरी चीजें भी दे जाती हैं। वे ये सारी चीजें चुपचाप अपने पास रख लेती हैं और देने वाले की तरफ देखतीं भी नहीं। किसी किस्म की कोई प्रतिक्रिया नहीं। कई बार देर रात तक उनके ठीहे के पास पावभाजी के स्टॉल लगाने वाले भी उन्हें पावभाजी या बड़ा पाव वगैरह दे देते हैं या कोई ग्राहक ही उनके लिए पावभाजी खरीद देता है और वे खा लेती हैं। लेकिन वे न तो किसी से कुछ माँगती हैं और न ही किसी की दी हुई चीज को ठुकराती ही हैं।

और इसी तरह से चल रही है जिन्दगी ग्रेसी राफेल की। अरसे से, निरुद्देश्य, अर्थहीन। खाली-खाली दिन, खाली-खाली रातें, किसी से कोई भी संवाद नहीं, सम्पर्क नहीं, लेने-देने नहीं, कहीं आना-जाना नहीं, कोई काम नहीं। शायद ही वे कभी किसी से बात करती हों, या कोई उनसे संवाद करता हो। वे किसी के सुख-दुख में शामिल नहीं हैं और उनके दुख? वे तो किसी ने जाने ही नहीं। वे कहीं भी किसी की जिन्दगी में नहीं हैं और न ही उनकी जिन्दगी में ही कोई बचा है। वे बीस बरस से इसी तरह का जीवन जीती चली आ रही हैं। आगे भी इसी तरह का निचाट जीवन उन्हें जीते जाना है। बेकार-सा, बेमतलब-सा और बेरौनक-सा। उनकी स्मृति में कुछ भी बाकी नहीं बचा है। न अच्छा न बुरा। जो था भी, उसे वे कब का भुला चुकी हैं। वे सिर्फ वर्तमान में जी रही हैं। वर्तमान भी कैसा? जिसे न ढोया जा सकता है, न त्यागा। कितनी अजीब बात है कि दुनिया में करोड़ों लोग बेकार की, बेमतलब की और कई बार बेहद तकलीफ भरी जिन्दगी जीते चले जाते हैं, लेकिन जीना छोड़ता कोई भी नहीं। जो जैसा चल रहा है, चलने दो, जब तक चलता है चलने दो। भविष्य कैसा है, ये तो वे पिछले बीस बरस से देख ही रही हैं। जो है, उसमें बेहतरी की गुंजाइश ही कहाँ बची है!

उन्हें पता है कि किसी सुबह वे यहीं इसी ठीहे पर मरी हुई पायी जाएँगी। बेशक उनके ठीक पास से लाखों लोग रोजाना गुजरते हैं, काफी देर तक लोगों को पता ही नहीं चलेगा कि लेटी नहीं, वे यहाँ से हमेशा के लिए जा चुकी हैं। उन्हें पता है, उन्हें लावारिस मौत मरना है। और लावारिस मरने वालों का न कोई नाम होता है, न धर्म या जाति ही। बीस बरस से उन्होंने जो जगह घेर रखी है, वह ज़रूर खाली देखने की लोगों को आदत पड़ जाएगी।

लेकिन वे हमेशा से ऐसी नहीं थीं। उनका भी घर-बार था, उनकी जिन्दगी में भी कई लोग थे और वे भी कई रिश्ते जी रही थीं। पत्नी, माँ, बेटी, बहन सब-के-सब रिश्ते उन्होंने भी जीये हैं। और खूब जीये हैं। वे भी एक सम्मानजनक जीवन जी रही थीं और उनका भी अच्छा-खासा घर-बार था, सामाजिक दायरा था और वे एक सुघड़ गृहणी के रूप में, एक सफल पत्नी के रूप में और एक आदर्श माँ के रूप में पूरे सात-आठ बरस तक रहीं थीं। उनका नाम था, अपना सर्किल था और पहचान थी। ये सब आगे भी बने रहते अगर...। अगर... बहुत सारे अगर-मगर हैं। कहाँ तक गिनाएँ! एक कारण से दूसरा जुड़ता चला गया और वे अकेली, असहाय और निरुपाय होती चली गयीं। काश, उनके पिता की असमय मौत न हुई होती, काश, उन्हें अपनी पढ़ाई बीच में छोड़नी पड़ती। काश, उन्हें हैदराबाद न जाना पड़ता, न उन्होंने टाइपिंग सीखी होती और न उन्हें मिस्टर राफेल के ऑफिस में नौकरी करनी पड़ती और न ही मिस्टर राफेल पसन्द करके ब्याह करके घर ले आते और न ही वे मिस्टर राफेल के शक की शिकार हो गयी होतीं। इस शक ने एक हँसता-खेलता परिवार हमेशा-हमेशा के लिए खत्म कर दिया था और वे अपना घर-बार होते हुए भी न केवल बेघर-बार हो गयीं थीं, बल्कि एक ऐसा अभिशप्त जीवन जीने के लिए मजबूर हो गयी थीं जिसके बारे में वे कभी सोच भी नहीं सकती थीं कि चेरियन परिवार की यह होनहार लड़की एक दिन चर्चगेट स्टेशन पर इस हालत में बीस बरस के लम्बे अरसे तक रहने को मजबूर होगी और उससे पहले उसे सात-आठ बरस बिना पागल हुए भी पागल बन कर दूसरी पगली औरतों के बीच अलग-अलग पागलखानों में पड़ेंगे। कब सोचा था उन्होंने कि उनके लिए पूरी दुनिया ही अपरिचित हो जाएगी और उनका किसी से भी, यहाँ तक कि अपने बच्चों से भी हमेशा-हमेशा के लिए नाता टूट जाएगा। वे एक ऐसी गुमनाम और बेरहम जिन्दगी जीने को अभिशप्त हो जाएँगी जिसमें कभी किसी से भी एक भी संवाद की गुंजाइश ही न बचे। पता नहीं, उन्होंने आखिरी बार किससे, कब और क्या बात की होगी।

आज की ग्रेसी राफेल तब ग्रेसी चेरियन हुआ करती थीं। वे कई बार अपने स्कूल की बेस्ट स्टूडेंट का खिताब पा चुकी थीं और स्कूल के स्पोर्ट्सडे पर सबसे ज्यादा इनाम बटोर कर लाना उनके लिए बायें हाथ का खेल था। वे स्कूल की शान थीं और तय था, अपने घर में, रिश्तेदारी में और अपने समाज में उन्हें हमेशा एक ऐसी लड़की के रूप में देखा और सराहा जाता था जो चेरियन परिवार का नाम खूब रोशन करेगी। वे कर ही रही थीं और आगे भी तरक्की की और सीढ़ियाँ चढ़तीं। बचपन में वे खूब हँसती थीं। खुद भी हँसतीं और सारे घर में हँसी बिखेरती रहतीं। उनकी हँसने की आदत का यह आलम था कि बात-बेबात पर जब देखो

खिड़खिड़ कर रही हैं। घर वाले उनकी हँसी से परेशान होकर कोसते कि जब ससुराल जाएगी तो सारी हँसी धरी-की-धरी रह जाएगी। वे जवाब देतीं कि तब-की-तब देखी जाएगी। कई बार मजाक में कही गयी बातें भी किस तरह से भविष्यवाणियाँ बन जाया करती हैं। उनकी हँसी पर भी नजर लग गयी और वह हमेशा के लिए थम गयी।

अभी वे ग्यारहवीं में ही पढ़ रही थीं कि उनके पिता को व्यापार में घाटा होने लगा। घर का आर्थिक ग्राफ एकदम नीचे आ गया और घर में खाने के भी लाले पड़ने लगे। एक दिन अचानक उनके पिता नींद में ही चल बसे और किसी को कुछ करने या सोचने का मौका ही न मिला। ग्रेसी भाई-बहनों में सबसे बड़ी थीं, इसलिए उसी को अपनी पढ़ाई अधबीच में ही छोड़ देनी पड़ी। एक बसा-बसाया घर देखते-ही-देखते भुखमरी के कगार पर आ गया।

घर में कोई भी कमाने वाला नहीं बचा था। नारियल और रबड़ की थोड़ी बहुत खेती थी, लेकिन उससे न तो कर्ज पट सकते थे और न ही घर का खर्च चल सकता था। जैसे-तैसे घर की गाड़ी खींची जा रही थीं। कुछ दिन ये हैदराबाद में अपनी चचेरी बहन के पास भी रही थीं। उनकी चचेरी बहन और जीजा दोनों ही एक सरकारी संस्थान में काम करते थे और उनकी बहन की डिलीवरी होने वाली थी। डिलीवरी से पहले बहन की सेवा करने और बाद में नवजात बच्चे की देखभाल करने के लिए किसी की जरूरत थी। ग्रेसी की पढ़ाई वैसे भी छूट चुकी थी और यही उचित समझा गया कि उन्हें वहाँ भेज दिया जाए। उनका दिल भी लगा रहेगा और वे कुछ-न-कुछ सीख कर ही लौटेंगी। निश्चित ही इसके पीछे आर्थिक समीकरण भी काम कर ही रहे थे। और इस तरह ग्रेसी को हैदराबाद भेज दिया गया था। उस समय उनकी उम्र मात्र सत्रह बरस थी और हैदराबाद जाने के साथ ही उनका घर हमेशा के लिए छूट गया था।

हैदराबाद में दीदी के घर रहते हुए ही उन्होंने टाइपिंग सीखी थी और जीजाजी ने उन्हें अपने एक परिचित मिस्टर राफेल के ऑफिस में टाइपिस्ट की नौकरी दिलवा दी थी। ग्रेसी ने अपनी मेहनत के बल पर ऑफिस में एक ख़ास जगह बना ली थी और वे खासी लोकप्रिय हो गयी थीं। और यही मेहनत और लोकप्रियता उनके लिए जी का जंजाल बन गयी थी। आर्थिक मोर्चे पर आत्मनिर्भर हो जाने के बाद उनका आत्मविश्वास भी बढ़ा था और वे घर पर भी पैसे भेजने लगी थीं ताकि भाई-बहनों की पढ़ाई का कोई सिलसिला बन सके।

कम्पनी के मैनेजर मिस्टर के टी राफेल अकसर उन्हें अपने केबिन में बुलवाने लगे थे और ऑफिस के बाद भी उन्हें देर तक किसी-न-किसी काम में उलझाये रहते। इधर-उधर की बातें करते और किसी-न-किसी बहाने ग्रेसी के पहनावे की,

काम की और खूबसूरती की तारीफें किया करते। वे इन तारीफों का मतलब ख़ूब सम्झती थीं और उनकी आँखों में लपलपाती कामवासना को साफ पढ़ सकती थीं। वे शर्म से लाल हो जातीं, लेकिन जानते-बूझते हुए भी कुछ न कह पातीं। एक तो वे अपने खुद के घर पर नहीं थीं और दूसरे कम्पनी के मैनेजर उनके जीजा के दोस्त थे। वे किसी को भी नाराज करने की स्थिति में नहीं थीं और कुल मिलाकर उनकी उम्र अभी उन्नीस बरस भी नहीं हुई थी, जबकि राफेल कम-से-कम पैंतीस बरस के थे। वे उनके और उनकी पारिवारिक स्थिति के बारे में कुछ भी नहीं जानती थीं। वे अपना काम खत्म करके जितनी जल्दी हो सके, केबिन से बाहर आने की कोशिश करतीं।

तभी एक दिन मिस्टर राफेल ने खुद उनके घर आकर ग्रेसी के जीजाजी से ग्रेसी का हाथ माँग लिया था। भला जीजा को क्या एतराज हो सकता था! उन्होंने अपनी ड्यूटी पूरी कर दी थी। ग्रेसी को काम-धन्धे से लगा ही दिया था। ग्रेसी की मम्मी से औपचारिक सहमति ले ली गयी थी और इस तरह ग्रेसी चेरियन स्टार एंटरप्राइजेज की मामूली टाइपिस्ट से रातों-रात मैनेजर की ब्याहता बन गयी थीं।

वे समझ नहीं पायी थीं कि उन्हें इस तरक्की पर खुश होना चाहिए या अफसोस मनाना चाहिए। उनके बस में है ही क्या कि चीजों का विरोध कर सके। उनका बस चलता तो वे खूब पढ़ना चाहतीं, राष्ट्रीय स्तर की एथलीट बनाना चाहतीं और एक शानदार जिन्दगी जीना चाहतीं। अब उनके हिस्से में अपनी पसन्द का कुछ भी नहीं रहा था। हँसना तो वे कब से भूल चुकी थीं। अब तक बोलना भी छूटने लगा था। घर छूट चुका था और वे अब वही कुछ स्वीकार करने का मजबूर थीं जो दूसरे उनके लिए तय करें।

उन्होंने इस शादी के लिए एक ही शर्त रखी कि उन्हें कुछ दिन तक अपनी पगार का कुछ हिस्सा घर पर भेजने की अनुमति दी जाए ताकि भाई-बहन तो अपनी पढ़ाई पूरी कर सके। बाकी जो जैसा हो रहा है होने दो। लेकिन इस वायदे का भी कुछ मतलब नहीं रहा था क्योंकि जल्दी ही उनकी नौकरी छुड़वा दी गयी थी। लड़ने का सबसे बड़ा हथियार आर्थिक आधार होता है और इसी मामले में उन्हें कमजोर कर दिया गया था।

शादी के बाद ही उन्हें पता चला था कि उनके पति हद दरजे के शराबी आदमी हैं और चरित्र के भी कमजोर हैं। उनकी ज़िन्दगी में अकसर लड़कियाँ आती-जाती रहती हैं। ग्रेसी ने तब यही सोचा था कि शादी से पहले जैसे भी रहें हों, अब तो घर-बार बस जाने के बाद उनकी जीवनशैली बदलेगी और उनका भटकाव कम होगा। लेकिन ये उनका भ्रम था। शादी के बाद भी उनकी जीवनशैली

में कोई फर्क नहीं आया था। वे ख़ूब पीते थे और कोई शाम ऐसी नहीं गुजरती थी जब वे धुत्त होने के स्तर तक न पी लेते हों। शुरू-शुरू के कुछ दिन तक वे बिलकुल ठीक रहे और वक्त पर घर आते रहे, लेकिन जल्दी ही वे अपने रंग में आ गये थे। वह बाहर से भी पीकर आते थे और घर पर फिर से बोतल खोलकर बैठ जाते। अकेले ही। बेशक ग्रेसी की अब तक खूब तारीफ करते रहे थे और उन्हें खुद पसन्द करके लाये थे फिर भी कुछ ऐसा था कि जिसे भीतरी खुशी नहीं कहा जा सकता था। कोई उमंग नहीं, खुशी नहीं और नयापन नहीं। जैसे वे ग्रेसी को घर लाने के बाद उन्हें भूल ही गये थे। घर में लाये किसी भी सामान की तरह। नौकरी तो उनकी तुरन्त ही छुड़वा दी गयी थी। ग्रेसी उनकी शराब की आदत को लेकर या देर रात घर आने को लेकर कुछ कहना चाहतीं तो वे झिड़क देते कि मुझे किसी की भी कोई भी बात सुनने की आदत नहीं। मैं अपना काम कर रहा हूँ और तुम अपना काम करो। घर सभाँलो।

ग्रेसी सारा दिन खाली बैठी-बैठी बोर होतीं। दीदी-जीजा भी ऑफिस गये होते इसलिए उनके घर जाने का भी मतलब न होता। उन्होंने अपने आपको पूरी तरह घर के लिए समर्पित कर दिया था, लेकिन घर की जरूरतें इतनी कम थीं कि उनके पास सारा दिन बोर होने के अलावा कुछ भी न होता। उहोंने एक बार दबी जबान में राफेल से कहा था कि वे आगे पढ़ना चाहती हैं और हो सके तो काम भी करना चाहती हैं, लेकिन राफेल को दोनों की बातें मंजूर नहीं थीं। एक बार फिर झिड़क कर मना कर दिया। वे कट कर रह गयीं। ऐसी भी शादी क्या कि पति से कोई संवाद ही नहीं। वे कब जाते हैं, कब आते हैं और कितना घर पर रहते हैं और जब घर पर रहते हैं तो बीवी से कितनी देर बात करते हैं, इस बारे में ग्रेसी को न कुछ कहने का हक था, न सवाल करने का। कई बार वे सोचतीं कि इससे तो अच्छा वे कुँवारी ही थीं। कम-से-कम जीवन अपने तरीके से जीने का हक़ तो था। यहाँ तो उनकी कीमत राफेल के घर में एक सामान से ज्यादा नहीं थी। बस, राफेल की जरूरतें पूरी करते रहो और घर में सारा दिन बन्द होकर घुटते हो। बेकार दिन गुजारने के बाद बेकार रातों का इन्तजार करो।

इस बीच उनके दो बच्चे हुए थे। दोनों लड़के। सिर्फ दो बरस के अन्तराल पर। तेइस बरस की उम्र में वे दो छोटे-छोटे बच्चों की माँ बन चुकी थीं। इससे उनके जीवन में बदलाव भी आया था और ठहराव भी। समय भी बेहतर गुजरने लगा था। सारा दिन बच्चों की देखभाल में कब गुजर जाता, पता ही न चलता।

तभी राफेल का दिल्ली ट्रान्सफर हो गया था। ग्रेसी को लगा था कि शायद यहाँ आकर उनके जीवन में बदलाव आयेगा, लेकिन ऐसी कुछ भी नहीं हुआ था, बल्कि वे पहले की तुलना में और अकेली हो गयी थीं। हैदराबाद में कम-

से-कम आस-पास मलयालम या अँग्रेजी बोलने-समझने वाले कुछ तो लोग थे, कुछ रिश्तेदार और दीदी, जीजा वगैरह तो थे ही, यहाँ वे बिलकुल अकेली पड़ गयी थीं। कोई बात करने वाला ही नहीं था। दिल्ली जाने के बाद राफेल की दिनचर्या और व्यस्त हो गयी थी और उनका समय और ज्यादा बाहर गुजरने लगा था। वे सारा दिन अपने आपको बच्चों में उलझाये रहतीं। बहुत हुआ तो कभी बॉल्कनी में आकर खड़ी हो जातीं और नीचे सड़क पर चल रहे ट्रैफिक को देखती रहतीं।

तभी उन्होंने पाया था कि जब भी वे बॉल्कनी में खड़ी होती हैं, उनके ठीक सामने वाले घर में खिड़की में परदे के पीछे से एक चेहरा छुपकर उन्हें देखता रहता है। स्मार्ट-सा, गोरा चिट्टा आदमी। उम्र चालीस के आस-पास। वे लज्जावश अन्दर आ जातीं और जब वे दोबारा किसी काम से या यों ही वहाँ खड़े होने के मकसद से बॉल्कनी में जातीं तो पातीं कि वह तब भी उन्हीं की तरफ देख रहा होता। वे समझ न पातीं कि वह लगातार उन्हीं के घर की तरफ क्यों देखता रहता है! एक बार निगाह में आ जाने के बाद तो जब वे देखतीं, उस शख्स को अपनी तरफ ही देखता पातीं। वे हैरान होतीं इस आदमी को और कोई काम भी है या नहीं, जब देखो, खिड़की पर ही टंगा रहता है। पहले तो वह उन्हें देखता ही रहता, अब कुछ दिन से उन्हें देखकर मुस्कराने भी लगा था।

डर के मारे उन्होंने बॉल्कनी में जाना ही कम कर दिया था, लेकिन वे अपने कमरे के भीतर से छुपकर भी देखतीं तो उस आदमी को अपने घर की तरफ ही देखता पातीं। वे बहुत डर गयी थीं। कहीं राफेल ने उसे देख लिया तो उन्हें कच्चा चबा ही जाएगा, सामने वाले को भी जिन्दा नहीं छोड़ेगा। वैसे उन्हें यह देखकर मन-ही-मन अच्छा भी लगता कि कोई तो है भले ही अनजान, अपरिचित ही सही, उनकी तरफ तारीफ भरी निगाह से देखता तो है। राफेल ने तो शादी के छः बरसों में कभी भूले से भी उनकी तारीफ नहीं की थी। सोचा था ग्रेसी ने, कुछ माँगता थोड़े ही है, बस, इस तरफ देखता ही रहता है। देखने दो। उस खिड़की में उनके अलावा और कोई चेहरा कभी भी नजर नहीं आता था।

लेकिन यहीं उनसे चूक हो गयी थीं। हालाँकि अब वे उस चेहरे की तरफ से उदासीन हो गयी थीं और पहले की तरह बॉल्कनी में जाने लगी थीं, लेकिन यह इतना आसान नहीं था। उस तरफ न देखते हुए भी वे जानती थीं कि खुली खिड़की में से या परदे के पीछे से एक जोड़ी आँखें उन्हीं की तरफ लगी हुई हैं।

एकाध दिन ऐसे ही चला था। वे बॉल्कनी में जातीं, उस तरफ देखती भी नहीं और लगातार महसूस करती रहतीं कि उन आँखों की आँच बिन देखे भी उन तक पहुँच रही है। तभी अचानक उस तरफ निगाह घुमाने पर उन्होंने पाया था कि खिड़की

तो बन्द है।

पहले तो उन्होंने इसकी तरफ ज्यादा ध्यान नहीं दिया, लेकिन जब दिन में कई बार देखने पर भी उन्होंने खिड़की को बन्द ही पाया तो वे परेशान हो उठीं। कहाँ चला गया वो शख्स? बेशक कुछ कहता नहीं था, लेकिन उसकी मौजूदगी ही एक सुखद-सा अहसास देने लगी थी। बेशक वे उसे जानती नहीं थीं, कौन है, क्या करता है, उसके घर में और कौन-कौन है, उन्हें भी नहीं मालूम था फिर भी एक नामालूम-सा खालीपन उन्हें महसूस होने लगा था।

खिड़की पूरे सात दिन तक बन्द रही थी। इस बीच ग्रेसी ने सैकड़ों बार बॉल्कनी में आकर उस तरफ देखा होगा, लेकिन एक बार खिड़की के पल्ले बन्द पाकर उनके दिल में एक हूक-सी उठती। पता नहीं कहाँ गया वो आदमी! कहीं बीमार तो नहीं हो गया!

आठवें दिन ग्यारह बजे के आस-पास का समय होगा। वे घर के कामकाज से निपट कर गीले कपड़े धूप में डालने के लिए बॉल्कनी में आयी ही थीं कि उन्होंने बिल्डिंग के नीचे एक टैक्सी को रुकते देखा। तभी उन्होंने देखा कि टैक्सीवाला एक आदमी को सहारा देकर टैक्सी से बाहर निकाल रहा है और हौले-हौले सहारा देता हुआ इमारत के अन्दर ला रहा है। उस आदमी ने ऊपर उनके घर की तरफ देखा। वे देखकर हैरान रह गयीं। वही आदमी था। बीमार, थका हुआ और एकदम कमजोर। चलने में भी उसे तकलीफ हो रही थी। लेकिन उनसे आँखें मिलते ही उसके चेहरे पर फीकी-सी हँसी आयी थी।

वे लपककर भीतर आ गयी थीं। इसका मतलब उनका शक सही निकला। वह आदमी जरूर बीमार रहा होगा तभी तो टैक्सीवाला उसे सहारा देकर भीतर ला रहा था।

काफी देर तक बॉल्कनी में जाने की उनकी हिम्मत नहीं हुई। उन्हें धुकधुकी लगी हुई थी मानो उन्हें ही कुछ हो गया हो। टैक्सी जा चुकी थी।

काफी देर के बाद वे बॉल्कनी में गयी थीं तो खिड़की हमेशा की तरह खुली हुई थी और वह स्वयं वहाँ खड़ा था। बेहद कमजोर, दाढ़ी बढ़ी हुई और चेहरे पर थकान। वह उन्हें देखते ही मुस्कराया। वे एकदम चौंक गयीं। वह उन्हें इशारा करके बुला रहा था। उनकी साँस फूल गयी और वे अचानक तय नहीं कर पायीं कि वे कैसे रिएक्ट करें। यह आदमी तो शराफत की सारी सीमाएँ लाँघ रहा है! दिन-दहाड़े उन्हें अपने घर में बुला रहा है। बीमार है तो क्या हुआ, आदमी को शर्म-लिहाज तो होनी चाहिए, न जान न पहचान, अपने घर में इस तरह के इशारे करके बुलाने का क्या मतलब!

वे बॉल्कनी से वापिस लौट आयीं और कमरे में आकर लेट गयीं। लेकिन भीतर

आने के बाद भी उन्हें चैन नहीं था। लगता, बेचारा बीमार है, अस्पताल वगैरह से आया होगा, घर में खाने को कुछ नहीं होगा या दवा वगैरह की ही जरूरत हो सकती है। जाकर देखने में कोई हर्ज नहीं है। वे काफी देर तक इसी उथल-पुथल में अन्दर बाहर होती रहीं कि क्या करें। लेकिन हिम्मत न जुटा पायीं। वे फिर बाहर बॉल्कनी में आयीं तो देखा, खिड़की बन्द हो चुकी थी और फिर वह शाम तीन-चार बजे तक न खुली। अब ग्रेसी की बेचैनी बहुत बढ़ गयी कि वे करें तो क्या करें! वहाँ जाने की हिम्मत तो नहीं ही थी उनकी, लेकिन चैन भी नहीं आ रहा था कि शायद बेचारे को दवा की ही जरूरत होगी इसलिए बुलवा रहा होगा। अकेला ही रहता है। पता नहीं घर में पीने का पानी भी हो या नहीं।

जब दोपहर के वक्त काम वाली बाई आयी तो तभी उन्हें सूझा कि इसे भेज कर सही बात का पता लगाया जा सकता है। लेकिन इसे विश्वास में कैसे लिया जाए? कैसे बताया जाए कि सामने की बॉल्कनी वाला आदमी आज बीमारी की हालत में अस्पताल से वापिस आया है और उसे मदद की जरूरत है। काफी उधेड़बुन के बाद जब उनसे रहा नहीं गया तो आख़िर उन्हें बाई को विश्वास में लेना ही पड़ा। एक मनगढ़न्त किस्सा बताया कि जब टैक्सीवाला उन्हें ऊपर छोड़ कर वापिस आ रहा था तो वे उस वक्त बाजार से लौट रही थीं। टैक्सीवाला किसी को बता रहा था कि साहब बहुत बीमार हैं और उनकी देखभाल करने वाला कोई भी नहीं है। तू जाकर देखकर आ न बेचारे को, शायद दवा वगैरह की जरूरत हो। बाकी बात बाई ने खुद ही सभाँल ली, "हमें मालूम है मेमसाब, वो बहुत ही शरीफ आदमी है। कई दिन से बहुत बीमार है बेचारा। अकेला रहता है। कोई नहीं है दुनिया में उसका। खाना भी होटल में खाता है। मैं जा के देखती हूँ।"

जब तक बाई वहाँ से वापिस नहीं आ गयी, ग्रेसी का मन तरह-तरह की आशंकाओं से घिरा रहा। वे लगातार अन्दर बाहर होती रहीं। बाई जब वापिस आयी तो उसके चेहरे का रंग उड़ा हुआ था। हाथ में कुछ कागज और पैसे थे। बताने लगी—"साब की हालत तो बहुत खराब है। डॉक्टर ने पता नहीं क्यों अस्पताल से घर भेज दिया। न कोई देखने वाला, न दवा देने वाला। घर में खाने को भी कुछ नहीं। ये पैसे दिये हैं दवा और कुछ सन्तरे वगैरह लाने को। मेम साब क्या करूँ मैं? मुझे तो पता नहीं, कौन-सी दवा लानी है और कितनी लानी है। इत्ते सारे कागज दे दिये मुझे।"

"दरवाजा खुला था क्या?"

"नहीं, बड़ी मुश्किल से दरवाजे तक चल के आये।"

"फिर?"

''मैंने फिर सहारा देकर बिस्तर पर लिटाया, पानी पिलाया और तब वो बोले कि किसने भेजा है।''

''तो क्या बोली तू?''

''क्या बोलती मैं, मैं यही बोली कि टैक्सीवाले ने बताया था कि आपको दवा ला के देनी है।''

''ठीक किया तूने। चल एक काम करती हूँ। मैं तेरे साथ चलकर ये दवाएँ दिलवा देती हूँ। तू जाकर दे देना और पूछ भी लेना अगर उन्हें और कोई काम हो या किसी काम वाली बाई की जरूरत हो तो...।''

''मैं पूछूँगी।''

तब ग्रेसी बाई के साथ केमिस्ट के पास गयी थी। जब सारी दवाएँ मिल गयीं तो पैसे देते समय ग्रेसी ने केमिस्ट से यो ही पूछ लिया था कि ये सब किस बीमारी की दवाएँ हैं।

''कैंसर की। क्यों, आप दवा लेने आयी हैं और आप ही को पता नहीं।''

ग्रेसी का कलेजा एकदम मुँह को आ गया था। वे बड़ी मुश्किल से अपनी भावनाओं को बाई और केमिस्ट से छुपा पायी थीं।

उस दिन बेशक बाई ही जाकर दवाएँ दे आयी थीं और कमरा वगैरह भी साफ कर आयी थी, उसका बिस्तर ठीक से लगा आयी थी, लेकिन घर आते-आते ग्रेसी की बुरी हालत हो गयी थी। अब उन्हें समझ में आ रहा था कि वे अब तक एक बीमार, मरते हुए आदमी की हँसी ही देखती आ रही थीं। चुक रहे आदमी की हँसी, जिसका मन की खुशी से कोई नाता नहीं होता।

ग्रेसी की बाई ने ही वहाँ का काम हाथ में ले लिया था। सफाई, खाना बनाना और जूस वगैरह बना देना, पीने के लिए पानी उबाल देना, दवा दे देना, और जरूरत पड़ने पर दूसरे काम कर देना। उस आदमी ने अपने घर की एक चाबी बाई को ही दे दी थी ताकि उसे बार-बार उठने की जहमत न उठानी पड़े। बाई चूँकि ग्रेसी के घर काम करने के बाद वहाँ जाती, इसलिए चाबी उसने ग्रेसी के पास ही रखवा दी थी। बताती थी बाई ग्रेसी को उसके बारे में, ''साब बहोत शरीफ है। सारा दिन लेटा रहता है। किताबें पढ़ता रहता है। मुझे इतने पैसे दे देता है कि कहीं और काम करने की जरूरत ही न पड़े। कहता है, आज तक उसकी किसी ने इतनी सेवा नहीं की है जितनी मैं करती हूँ।''

अब खिड़की खुलती तो थी, लेकिन वह चेहरा नजर नहीं आता था। अब ग्रेसी के घर की तरफ कोई नहीं देखता था, लेकिन ग्रेसी जानती थीं कि वह शख्स सारा दिन लेटे-लेटे जरूर उनका इन्तजार करता होगा। लेकिन वे सबकुछ जानते हुए भी वहाँ जाने की हिम्मत नहीं जुटा पाती थीं। एकाध बार उनके मन में आया

कि मिस्टर राफेल को बाई के हवाले से उस आदमी की बीमारी के बारे बतायें और उन्हें वहाँ जाकर उसे देख आने के लिए कहें, लेकिन वे राफेल को जानती थीं। किसी भी बात का गलत अर्थ लगाने में उन्हें जरा भी देर न लगती और मुसीबत उन्हीं की होती। बेशक बाई से उसकी सेहत के बारे में, दिनचर्या के बारे में जानने को बेचैन रहतीं। बाई भी बिला नागा उसकी सेहत का बुलेटिन प्रसारित कर जाती।

उस दिन बाई काफी देर तक नहीं आयी थी। रोज़ाना आठ बजे आकर पहले उसके नाश्ते-पानी का इन्तजाम करती और बाद में ग्रेसी के घर का काम करती। ग्रेसी ने अपने घर का काम तो निपटा लिया था, लेकिन उन्हें लगातार इस बात की चिन्ता लगी हुई थी कि उसने अब तक नाश्ता भी नहीं किया होगा, पता नहीं, खाली पेट दवा कैसे लेगा! ग्रेसी का मन बहुत बेचैन था, लेकिन कुछ भी सूझ नहीं रहा था कि वे क्या करें। बच्चे स्कूल जा चुके थे, नहीं तो उनके हाथ ही कुछ खाने के लिए भिजवा देतीं। बच्चे दो बजे लौटते थे और अभी सिर्फ ग्यारह ही बजे थे। बेचारा सुबह से भूखा होगा। पता नहीं बाई को भी आज क्या हो गया!

जब ग्रेसी से और नहीं रहा गया, तो उन्होंने एक गिलास गाजर का जूस तैयार किया, हल्का-सा नाश्ता बनाया, हिम्मत करके चाबी उठायी और चल दीं—जो भी होगा देखा जाएगा। आखिर किसी के जीवन-मरण का प्रश्न है। सिर्फ़ खाने की बात नहीं है, दवा की भी बात है। वे मन कड़ा करके उसके दरवाजे पर पहुँचीं, दरवाजे में चाबी घुमायी और हल्के से दरवाजा धकेला।

वह सामने ही लेटा हुआ था। आँखें बन्द। दाढ़ी कई दिन से बढ़ी हुई और चेहरा एकदम निस्तेज। बहुत कमजोर हो गया था वह। दरवाजा खुलने की आवाज से उसकी नींद खुली और उसने मुड़ कर देखा—उन्हें देखकर चेहरे पर फीकी चमक आयी। कुछ कहना चाहा उसने, लेकिन खुश्क होठों से कोई शब्द बाहर नहीं आये। और वह सूनी आँखों से अपने मेहमान को देखता रह गया। उसने जीभ अपने पपड़ाये होठों पर फिरायी। ग्रेसी समझ गयीं कि उसे प्यास लगी है।

ग्रेसी ने सामान एक तिपाई पर रखा और एक गिलास पानी भरकर उसके पास लायीं। उसने उठने की कोशिश की, लेकिन उठ नहीं पाया। ग्रेसी थोड़ी देर संकोच में खड़ी रहीं, फिर सहारा देकर उसे बिठाया, पानी पिलाया और तौलिये से उसका मुँह पोंछा।

पानी पीकर उसे थोड़ी राहत मिली। दोनों की आँखें मिलीं। उसकी आँखों में बहुत डरावना सन्नाटा था, जिसे देखकर ग्रेसी एकबारगी तो डर ही गयी थीं। वे एक मरते हुए आदमी की आँखें थीं जिनमें बेपनाह मुहब्बत की भीख थी।

उसे नाश्ता-पानी कराके, दवा दे कर और पानी का गिलास सिरहाने रखकर जब ग्रेसी लौटने लगीं तो उस आदमी की निगाहों में जो चमक ग्रेसी ने देखी तो उन्हें लगा, उन्हें बहुत पहले उसके पास आना चाहिए था और कुछ दिन उसकी सेवा करनी चाहिए थी।

जब वे लौटीं, तो उन्हें बहुत सन्तोष था। अपनी जिन्दगी में उन्होंने पहली बार कई चीजें एक साथ देखी थीं। तिल-तिल मरता हुआ आदमी, उन मरती हुई आँखों में भी बेपनाह मुहब्बत थी और शायद पहली बार हो रहा था कि किसी अनजान आदमी की पहली ही मुलाकात में उन्होंने इतनी सेवा की थी और सन्तोष का अनुभव किया था। बेशक दोनों में एक भी संवाद का आदान-प्रदान नहीं हुआ था और दोनों ही एक-दूसरे का नाम भी नहीं जानते थे। वे खुद उसके लिए दवाएँ लायी थीं, लेकिन पर्ची पर उसका नाम देखने की जरूरत महसूस नहीं हुई थी उन्हें।

उसके बाद भी वे कई बार उसके कमरे पर गयी थीं। उसे चुपचाप खाना खिलाया था, दवा दी थी और... और धीरे-धीरे उसे ठीक होते देखा था। संवाद अभी भी दोनों ओर से एक बार भी नहीं हुआ था।

तभी एक दिन हंगामा हो गया था। मिस्टर राफेल ने उन्हें उसकी दहलीज से बाहर निकलते देख लिया था। उनके हाथ में खाने के बरतन थे। वे उसे खाना खिला कर आ रही थीं। घर पहुँचते ही कड़े स्वर में पूछा था राफेल ने, ''कब से चल रहा है ये चक्कर?''

''कौन सा चक्कर?'' मिसेज राफेल ने पलटकर पूछा था।

''ये ही रंगरेलियाँ मनाने का चक्कर और कौन-सा चक्कर, साली बदजात, एक तो दिन-दहाड़े अपने यार से मिलने उसके घर पर जाती है और पूछती है कौन-सा चक्कर?''

''आप ये क्या कह रहे हैं।'' ग्रेसी ने दबी जबान में विरोध किया, ''उसे कैंसर है और उसे दवा देने वाला भी कोई नहीं हैं। बेचारा...'' राफेल ने उन्हें बात भी पूरी नहीं करने दी थी और बिना सोचे-समझे उन पर लात-घूँसों की बरसात शुरू कर दी थी। ग्रेसी को मालूम था, एक-न-एक दिन ये नौबत आनी ही थी, इसलिए वे बिना उफ्फ किये पिटती रहीं। उन्हें पिटते हुए भी इस बात का सन्तोष था कि वे किसी के काम आ सकी थीं। वे गालियाँ बके जा रहे थे और उन पर ऐसे ऐसे आरोप लगा रहे थे जिनके बारे में वे कभी सोच भी नहीं सकती थीं। उन्हें पता था, विरोध का एक भी शब्द राफेल के गुस्से को और बढ़ाएगा और उनकी और ज्यादा पिटाई होगी।

लेकिन ग्रेसी ने भी जिद ठान ली थी कि जब तक वह आदमी पूरी तरह से

चंगा नहीं हो जाता, वे उसकी जितनी भी हो सके, देखभाल करती रहेंगी। राफेल से पिटने के बावजूद। राफेल ने इसी बात पर कई बार उन्हें पीटा था। बच्चों के सामने और एक बार तो रात के वक्त घर से बाहर भी निकाल दिया था। वे अब उनकी पूरी तरह से जासूसी करने लगे थे और पता नहीं कहाँ-कहाँ के पुराने बखेड़े लेकर बैठ गये थे। मिस्टर राफेल ने एक बार भी इस बात की जरूरत नहीं समझी कि जिस आदमी के शक में वे इतने दिनों से अपनी बीवी को पीटे जा रहे हैं और उसका जीना मुहाल किये हुए हैं, कम-से-कम एक बार जाकर देख तो लें कि उसकी ऐसी हालत है भी या नहीं जिसके साथ रंगरेलियाँ मनाई जा सकें। लेकिन राफेल अपना गुस्सा ग्रेसी पर ही उतारते रहे। पता नहीं कितने दिनों का और किस-किस बात का गुस्सा था कि खत्म होने में ही नहीं आता था। वे इन दिनों जैसे पागलपन के दौरे में थे और बात-बेबात ग्रेसी पर बरस पड़ते। घर पर ताला लगा कर जाते और उन्हें भूखा रखते। इतने पर भी सन्तोष न होता तो घर से निकालने की धमकियाँ देते। ग्रेसी छटपटातीं। उस बीमार आदमी को देखने के लिए। काश, वे उस मरते हुए आदमी के लिए कुछ कर पातीं और उसे बचा पातीं।

इस बीच राफेल ने अपने हिसाब से उहें एक बार फिर रँगे हाथों पकड़ा। बाई ने उन्हें दवा की पर्ची और पैसे लाकर दिये थे कि वे बाजार से दवा लाकर रख लें, वह दोपहर को दे आएगी। वे उसके लिए बाजार से दवा ला रही थीं कि रास्ते में राफेल मिल गये थे और यह पता चलने पर कि वे उस आदमी के लिए दवा ला रही हैं, उनके साथ वहीं सड़क पर ही पागलों जैसा व्यवहार करने लगे थे। दवा छीन कर उन्होंने नाली में फेंक दी थी और कागज और बिल वगैरह फाड़ दिये थे। वे बहुत तिलमिलायी थीं कि इससे ज्यादा पागलपन क्या हो सकता है कि एक मरते हुए आदमी की दवा तक छीन कर नाली में फेंक दी जाए। उन्हें बहुत गुस्सा आया था, लेकिन वे खून के घूँट पीकर रह गयी थीं। राफेल के सामने विरोध करने का कोई मतलब नहीं था।

ये कई बरसों के बाद हो रहा था कि आजकल राफेल रोज शाम को ही आकर घर में जम जाते और कई बार ऑफिस ही न जाते। सिर्फ जासूसी करने के लिए।

तभी बाई से उन्हें पता चला था कि उसकी तबीयत और खराब हो गयी थी। बाई ने उसके पड़ोसियों को खबर कर दी थी कि उसकी हालत खराब है और वह दर्द से बेहाल है।

ग्रेसी को पता हीं चल पाया था कि उस आदमी को एक सुबह कहाँ ले जाया गया था और क्यों ले जाया गया था। बाई बता रही थी कि जब वह हमेशा की तरह

काम करने गयी थी तो वहाँ ताला लगा हुआ था और किसी को पूरी तरह से पता नहीं था कि उन्हें किधर ले जाया गया था। उसके बाद उन्हें उसकी कभी भी कोई भी खबर नहीं मिल पायी थी। वे उसे आखिरी बार देख भी नहीं पायी थीं और उसकी दवाएँ उस तक न पहुँचाने का मलाल उन्हें कई दिन तक सालता रहा था।

ग्रेसी ने तब सोचा था कि जितनी भी हो सकी, उन्होंने अपनी तरफ से उसकी सेवा की थी और अब राफेल को कम-से-कम शक की आग में और नहीं जलना पड़ेगा। ये कैसा नेह था जो ग्रेसी ने उस अनजान आदमी को दिया था। न उसका नाम पूछा था, न अपना नाम बताया था। वह क्या था, जिसने उन दोनों को जोड़ा था बिना एक भी संवाद बोले और उस मरते हुए आदमी की आँखों में कुछ पलों के लिए उम्मीदों के चिराग जल उठे थे। ग्रेसी ने उस अरसे में एक भरपूर जीवन जी लिया था। बेशक वे उसके जीवन में कुछ जोड़ नहीं पायी थीं, फिर भी यह अहसास तो था ही कि कुछ तो दिया ही था।

तब राफेल ने एक दूसरा खेल शुरू कर दिया था। पता नहीं इसमें बदले की भावना काम कर रही थी या वे सचमुच उस छोकरी से प्यार करने लगे थे। जब राफेल ने देखा कि वह आदमी अब यहाँ से जा चुका तो फिर से उन्होंने देर से आना शुरू कर दिया था। ग्रेसी को कुछ लोगों ने बताया था कि आजकल उनका अपने ऑफिस की किसी लड़की से अफेयर चल रहा है। ग्रेसी इन सारी बातें की कभी भी परवाह नहीं करती थीं। इस तरह के अफेयर उनके अकसर चलते ही रहते थे। उनके हिस्से में उनका पूरा पति आज तक आया ही नहीं था कि उसे खोने से डरतीं। संकट तब शुरू हुआ जब उसे लेकर वे घर आने लगे और ग्रेसी से उम्मीद करने लगे कि वे उसकी सेवा करें। वह अति साधारण लड़की थी और पता नहीं किस लालच में राफेल से चिपकी हुई थी। सबकुछ जानते-बूझते हुए भी। ग्रेसी ने इस बात को भी स्वीकार कर लिया था। अगर उनके पति को ही अपने बच्चों और अपनी बीवी का, अपने अड़ोसियों-पड़ोसियों की आँखों का लिहाज नहीं है, तो उन्हें क्या पड़ी है! मरने दो। वैसे भी कौन-सा सुख दे रहे थे जो छिन जाता और इस दुख के लिए शिकायत करतीं।

लेकिन हद तो तब हो गयी जब वे उसे सीधे ही बेडरूम में ले जाने लगे और ग्रेसी से नौकरानी का-सा व्यवहार करने लगे। यह उन्हें नागवार गुजरा था। अब तक तो सब सहती आयी थीं, ये उनसे सहन नहीं हुआ। बेडरूम का दरवाजा खुला रहता, बच्चे आस-पास मँडराते रहते, और राफेल कमरे में सारी सीमाएँ लाँघते नजर आते। ग्रेसी ने जब इसका दबे स्वरों में विरोध किया तो उन्हीं पर गुर्राने लगे, ''अब इस घर में तुम्हारी कोई जरूरत नहीं है। या तो खुद घर छोड़कर

चली जाओ या मैं ही घर से निकाल दूँगा। अपने दिन भूल गयी जब दिन-दहाड़े अपने यार से मिलने जाती थी। तुझे जाना हो तो जा अपने यार के पास।''

उस रात पहली बार ग्रेसी अपने पति पर भड़की थीं। बहुत देर तक शोर मचाती रही थीं। इतना कि राफेल दंग रह गये थे कि इस औरत में इतना ताप है। ग्रेसी अपना आपा खो बैठी थीं। पता नहीं कब से घुटती आ रही थीं और अब मौका मिल गया था अपनी बात कहने का। बदहवासी में उन्होंने अपने कपड़े फाड़ डाले थे और सारा सामान बिखेर दिया था। उन्होंने बच्चों की भी परवाह नहीं की थी और सारा घर सिर पर उठा लिया था। कहा था राफेल से, ''मैं भी देखती हूँ कि कैसे वह चुड़ैल इस घर में आती है।'' बच्चे पहली बार माँ के इस रूप को देख रहे थे। वे डरे-सहमे कोने में दुबके खड़े थे।

लेकिन आखिर हार ग्रेसी की ही हुई थी। राफेल उस लड़की को अगले दिन से हमेशा-हमेशा के लिए घर पर ले आये थे और ग्रेसी से साफ-साफ कह दिया कि इस घर में रहना है तो इसे स्वीकार करना होगा। आखिर बच्चों को, अपने घर को और अपनी दुनिया को छोड़कर कहाँ जातीं। ग्रेसी बिस्तर पर पड़ गयी थीं और गहरे डिप्रेशन में चली गयी थीं। डॉक्टर लगातार आता रहा था और इंजेक्शन देता रहा था। कुछ दिन के बाद बेशक ग्रेसी ठीक हो गयीं थी, लेकिन उस लड़की को देखते ही उन पर हिस्टीरिया के दौरे पड़ने लगते और फिर से उनकी तबीयत खराब होने लगती। इंजेक्शनों और दवाओं के असर में वे घंटों सोयी रहतीं और घर के सारे काम वैसे ही पड़े रहते। राफेल इस बात पर बिगड़ते और नित नये झगड़े होते। ग्रेसी समझ नहीं पा रही थीं कि दवा लेते ही उन्हें क्या हो जाता है। लेकिन जो कुछ सामने देखतीं उसे भी सहन करने की ताकत नहीं बची थी उनमें। राफेल ने तो उनसे बात करना भी बन्द कर दिया था। उन्हें अपना होश भी न रहता। बच्चे क्या खाते हैं, कोई उन्हें खाना देने वाला भी है या नहीं, या स्कूल जाते हैं या नहीं, उन्हें पता न रहता। जब तबीयत ठीक होती तो थोड़ा-बहुत काम कर लेतीं, वरना लेटी रहतीं और अपनी किस्मत को कोसती रहतीं। धीरे-धीरे उनकी सेहत खराब होती चली गयी थी और एक दिन राफेल के डॉक्टरों की सलाह पर उन्हें पागलखाने पहुँचा दिया गया था।

वैसे देखा जाए तो वे पागल कहाँ हुई थीं, उनके सामने हालात ही ऐसे बना दिये गये थे कि भला-चंगा आदमी पागल हो जाए। उन्होंने तो फिर भी पूरे छः महीने तक सारी स्थितियों को सहन किया था और चूँ तक नहीं की थी और उस लड़की को वे पूरे छः महीने तक अपनी छाती पर झेलती रहीं। जब भी उन्होंने विरोध किया या करने की कोशिश की, हिस्से में मार ही आयी और

आखिर पागल बना कर उन्हें घर से निकाल ही दिया गया।

उन्हें नहीं पता कि वे कितने अरसे पागलखानों में रहीं और कहाँ-कहाँ भटकती रहीं। एक बार जब वे ठीक हो कर बाहर आयीं भी, तो उस वक्त तक राफेल दिल्ली छोड़ कर जा चुके थे। उनके लिए अतीत के सारे दरवाजे बन्द हो चुके थे। वे बहुत छटपटायी थीं अपने बच्चों से मिलने के लिए। पागलों की हालत में एक शहर से दूसरे शहर में भटकती रही थीं, लेकिन उनके शरीर पर दवाओं का इतना गहरा असर था कि बहुत कोशिश करने पर भी पिछली बातें याद न आतीं। शहर याद आता तो कॉलोनी भूल जातीं और कॉलोनी याद आने पर घर का पता भूल चुकी होतीं। थक-हार कर उन्होंने कोशिश ही छोड़ दी थी और भटकते-भटकते आखिर मुम्बई पहुँची थीं और यहाँ, चर्चगेट के इस कोने में अपना डेरा डाल दिया था। तब से यही उनका स्थायी पता है। ऐसा पता, जिस पर न कोई आता है न आना चाहेगा।

आज अगर वे अपने परिवार में होतीं तो उनका बड़ा बेटा 33 बरस का और छोटा बेटा लगभ 31 बरस का होता। वो तो अब भी इसी उम्र के होंगे, बस, उन्हें ही नहीं पता, कहाँ होंगे वे। राफेल को गुजरे अरसा हो गया है।

कोई बड़ी बात नहीं, उनके दोनों बेटे यहीं मुम्बई में ही हों और रोजाना अपने काम पर यहीं से गुजरकर जाते हों। होने को तो यह भी हो सकता है कि रोजाना सवेरे दस बजे के करीब एक लम्बी-सी कार में वह जो साँवला आदमी आकर खाने का पैकेट उन्हें दे जाता है और कभी-कभी कपड़े भी दे जाता है, मिसेज ग्रेसी राफेल का ही बड़ा या छोटा बेटा हो और अपने परिवार के डर से उन्हें घर ले जाने की हिम्मत न जुटा पाता हो। होने को तो बहुत कुछ हो सकता है मेरे प्रिय पाठक, लेकिन अगर आप कभी चर्चगेट से गुजरें और आपको मिसेज राफेल से बात करने की इच्छा हो और मौका भी मिल जाए तो वे आपको यही बताएँगी कि उन्हें कुछ भी याद नहीं है कि उनका कोई बेटा भी था या उनका कभी कोई घर-बार भी था।

निश्चित ही वे अपने अतीत के बारे में कोई भी बात नहीं करना चाहतीं।

वे आपसे इस बारे में कोई बात नहीं करेंगी।

नेम प्लेट

हमने उस वक्त तक दौड़ में मिल्खा सिंह का ही नाम सुना था। हमें तब तक पता नहीं था कि बड़ी रेसों में दौड़ने के लिए खास तरह के जूतों की और तकनीक की जरूरत होती है। हमें यह भी पता नहीं था तब तक कि किसी भी दौड़ में अव्वल आने के लिए समय की गणना के लिए सेकेंड के हिस्से भी मायने रखते हैं और हम ये भी नहीं जानते थे कि ऐसी दौड़ों में दो-चार सेंटीमीटर से भी पिछड़ जाने का क्या मतलब होता है। ये सारी बाते हमें बहुत देर बाद पता चली थीं। लेकिन उस सारे अरसे के दौरान हम एक बात अच्छी तरह से जानते थे कि हमारे स्कूल में और हमारे ही साथ, हमारी की कक्षा में पढ़ने वाला शिव प्रसाद पन्त किसी भी मिल्खा सिंह से कम नहीं है। बेशक उसके पास जूते, कपड़े और दूसरे तामझाम नहीं थे, फिर भी उसमें बला की चुस्ती, फुर्ती और गति थी। वह जब दौड़ता था तो हमें चीते से भी तेज दौड़ता नजर आता था और उसके साथ दौड़ने वाले उससे कोसों पीछे छूट जाते थे। वह हमेशा अव्वल था और हमारे लिए वही मिल्खा था। छोटे कद और गठीले बदन वाला हमारा शिव प्रसाद पन्त हमारा हीरो था। हमें उस पर नाज था। वह हमारा अपना धावक था और उसका साथ हमें गर्व से भर देता था।

शिव प्रसाद पन्त, लेकिन हम सबका शिब्बू। उससे मेरी दोस्ती लगातार पाँच-छः बरस तक रही। सातवीं से लेकर ग्यारहवीं तक। हम दोनों की दाँत-काटी दोस्ती थी। वह बेशक हमारे घर से बहुत दूर रहता था, फिर भी छुट्टी के दिन भी हमारी मुलाकात हो ही जाती थी। हम दोनों को रोजाना मिले बिना चैन न पड़ता। वह चला आता या मैं ही उससे मिलने चला जाता।

शिब्बू हमारे स्कूल की शान था और मैं इस बात से फूला नहीं समाता था कि वह मेरा पक्का याड़ी है। दूसरे लड़के उससे दोस्ती करने के लिए तरसते और मुझे उसका हर समय का साथ यों ही मिला रहता। शिब्बू बहुत कम बोलता था और हम दोनों लगातार कई-कई घंटों एक साथ बिताने के बावजूद बहुत कम बातें

करते, बस साथ-साथ रहते, घूमते और शरारतें करते।

स्कूल का शायद ही कोई ऐसा बच्चा हो जिसकी कभी-न-कभी बात-बेबात पर पिटाई न होती हो। कभी होमवर्क न करके लाने के कारण या यूनीफार्म न पहन कर आने के कारण या किसी और वजह से, लेकिन पूरे स्कूल में शिब्बू ही ऐसा लड़का था जिसकी कभी भी पिटाई नहीं होती थी। पढ़ाई में वह साधारण ही था और होमवर्क भी अक्सर ही उसका अधूरा रहता और हम सब मिल-मिला कर उसकी कापियाँ दिखाने लायक बना दिया करते थे। यूनीफार्म भी उसके पास एक ही थी जिसे वह रोज रात को धोकर सुबह पहन कर आया करता था। जिस दिन यूनीफार्म सूख न पाती, उस दिन वह बिना यूनीफार्म के, कमीज और धारीदार पायजामे में ही चला आता और ऐसा हफ्ते में दो-तीन बार तो हो ही जाता था, लेकिन उसके लिए सब माफ था।

शिब्बू हमारे स्कूल का बेहतरीन धावक था। न केवल स्कूल का, बल्कि शहर और पूरे प्रान्त में किसी भी स्कूल में उसका सानी नहीं था। वह हमेशा नंगे पैर दौड़ता था और मजाल है किसी भी रेस में कोई उससे आगे निकल जाए! स्कूल में वार्षिक उत्सव पर हमारी याद में पाँच-सात बरसों में जितनी भी खेलकूद प्रतियोगिताएँ हुई थीं, सौ मीटर से लेकर पाँच हजार मीटर तक और ऊँची कूद से लेकर लम्बी कूद तक, सब में वह लगातार अव्वल रहा था। स्कूल की नाक होने के पीछे यही वजह थी कि वह लगातार स्कूल द्वारा जीती जाने वाली चल वैजयन्तियों की संख्या बढ़ा रहा था। प्रतियोगिता कहीं भी हो, किसी भी स्तर की हो और किसी भी रेस की हो, स्कूल से पहला नाम उसी का जाता था और ऐसा शायद ही कभी हुआ हो कि वह अपने स्थान की शील्ड लिये बिना वापिस आया हो। उसके साथ जाने वाले हमारे स्पोर्ट्स टीचर हमेशा आश्वस्त ही रहते कि शिब्बू के होते भला किसकी मजाल कि शील्ड ले जाए!

हमारे अपने स्कूल के वार्षिक उत्सव में तो उसका रंग देखने लायक होता। सारी-की-सारी प्रतियोगिताओं के पहले पुरस्कार उसकी झोली में होते। उसे पुरस्कार देने का क्रम गूँजता रहता और वह एक के बाद एक पुरस्कार लेने के लिए मंच पर आता रहता। हम मंच के नीचे बैठे उसके हाथ से ट्रॉफियाँ लेते रहते और वह मंच पर वापिस जा-जा कर ट्रॉफियाँ बटोरता रहता।

स्पोर्ट्स-डे वाले दिन तो ये हालत होती कि खेलकूदों में हिस्सा लेने वाले बाकी सारे होशियार लड़के, भूपेन्द्र और वीरेन्द्र मैसन, देवेन्द्र भसीन, नन्दू, अवतार सिंह, शम्सुद्दीन, मेहर अली, नानू दीन, शशि मोह पंछी, पवन बिष्ट वगैरह सब-के-सब उसके आगे हाथ जोड़ते कि भइया, एकाध प्रतियोगिता तो हमारे लिए भी छोड़ दो, ये सर्टीफिकेट हमारे बहुत काम आएँगे। तुम्हारे पास तो सैकड़ों

की संख्या में जमा हो रहे हैं। जवाब में वह हँस देता, "मैंने कब मना किया है तुम्हें! आओ आगे और ले जाओ पहला स्थान।" लेकिन पहला स्थान शिब्बू के रहते बाकी के लिए सपना ही रहता।

शिब्बू बेहद गरीब घर का लड़का था। वे लोग पाँच भाई-बहन थे और उसके पिता बिजली के दफ्तर में काम करने वाले एक ठेकेदार के यहाँ काम करते थे और उनकी आदमनी एकदम मामूली थी। बेशक उसकी फीस माफ थी लेकिन कुछ-न-कुछ खर्च तो पढ़ाई के सिलसिले में हो ही जाता था, उसके लिए ये चीजें जुटाना भी मुश्किल पड़ जाता था। शायद यही वजह रही होगी कि उस ने प्रिन्सिपल साहब से एक बार कहा था कि उसे स्कूल से मिलने वाली इतनी ज्यादा शील्डें और कप वगैरह न दिये जाएँ और बदले में, हो सके तो नकद पैसे या कुछ काम की चीजें दे दी जाया करें। उसके पास इन बरसों में इतनी ज्यादा शील्डें हो गयी थी कि एक ही कमरे के उसके घर में रखने की जगह नहीं रही थी और न ही उसके या उसके परिवार के लिए उनकी कोई उपयोगिता ही थी। उसने स्पोर्ट्स टीचर के जरिये ये भी कहलवाया था कि अगर वे चाहें तो मंच पर से दिये जाने के लिए अपनी पुरानी शील्डों और कपों में से कुछ को धो-पोंछ कर, चमका कर उठा लाया करेगा और मुख्य अतिथि के हाथों उन्हीं को ले लिया करेगा, बस, इन पर खर्च होने वाली राशि उसे नकद दे दी जाए। एकाध बार शायद ऐसा किया भी गया था, लेकिन ये सिलसिला ज्यादा नहीं चल पाया था।

ऐसा नहीं था कि उसे शील्ड वगैरह लेना अच्छा न लगता हो, लेकिन उसके घर की हालत वाकई खराब थी। उसे इतनी कम उम्र में पिता की मामूली आमदनी में हाथ बँटाने के लिए तरह-तरह के धन्धे करने पड़ते। दुकानों में देर रात तक काम करने के अलावा वह और उसके भाई-बहन मिल कर पुरानी कापियों से लिफाफे बना कर दुकानदारों के पास बेचते तो कभी वह घर के पास ही टाल में लकड़ियाँ चीरने जैसा मुश्किल और हाड़-तोड़ काम करके दो-एक रुपये अपने लिए जुटाता। लेकिन एक बात थी। वह कुछ भी काम कर रहा हो किसी को हवा तक नहीं लगने देता था कि उसे अपनी पढ़ाई जारी रखने लिए किन-किन धन्धों में खटना पड़ता है और न ही वह किसी को यह ही पता चलने देता कि उसने कल रात से कुछ नहीं खाया है। वह हमारे घर भी कभी भी खाने के वक्त न आता।

स्कूल में भी खाने की छुट्टी में वह चुपके से किसी भी तरफ सरक लेता ताकि उसे कोई दोस्त अपना टिफिन शेयर करने के लिए न बुला ले। हाँ, उसे इतना सहारा जरूर रहता कि हमें स्कूल की तरफ से मिड-डे मील के नाम पर हफ्ते में तीन दिन बिस्किट, दो दिन केले और शनिवार के दिन भुने हुए चने मिला

करते थे। सुबह हाजिरी के बाद हर कक्षा के मानीटर को स्पोर्ट्स टीचर के कमरे में जाकर बताना पड़ता था कि आज कक्षा में कितने बच्चे आये हैं और फिर लंच की घंटी बजने से पाँच मिनट पहले वहाँ जा कर मिड-डे मील की ट्रे लानी पड़ती थी। मॉनीटर हमेशा बेईमानी करते और अनुपस्थित बच्चों की संख्या भी लिख आते और इस तरह से रोजाना तीन-चार बच्चों का अतिरिक्त नाश्ता ले आते और अपने खास-खास दोस्तों को दो-दो केले या बिस्किट दे देते या खाली ट्रे वापिस ले जाते समय रास्ते में आपस में बाँट लेते। पूरी कक्षा में एक अलिखित समझौता-सा था कि जो बच्चे टिफिन नहीं ला पाते या आधी छुट्टी में घर नहीं जा पाते, उन्हें अतिरिक्त नाश्ता दिया जाता था और ऐसे लड़कों में शिब्बू भी रहता। बेशक इसके लिए न तो उसने कभी हाथ फैलाया और न ही इसे हक माँग कर ही लिया।

इधर-उधर के काम-धन्धों के चक्कर में कई बार उसका स्कूल भी मिस हो जाता और वह पढ़ाई में और पिछड़ जाता। शहर का सबसे बढ़िया एथलीट होने के बावजूद उसके पास न तो जूते थे और न ही दूसरे शहरों में जाने लायक दो जोड़ी कपड़े ही। स्कूल मे तो वह नंगे पैर ही चला आता, लेकिन दूसरे शहरों में जाता तो अपने लिए उसने एक जोड़ी किरमिच के जूते रख छोड़े थे और उन्हें बहुत ही एहतियात से पहनता। बेशक उसके पास एक-दो जोड़ी मामूली कपड़े ही थे फिर भी वह हमेशा साफ-सुथरा रहता।

जब हम ग्यारहवीं में थे तो हम दोनों के साथ ही ऐसे हादसे हो गये कि हम दोनों की जिन्दगी की दिशा ही बदल गयी। हम दोनों ही ग्यारहवीं में फेल हो गये थे। बेशक दोनों के फेल होने की वजहें अलग-अलग थीं।

मैं अति विश्वास के चक्कर में लुढ़क गया था। उस बरस सिर्फ मैं ही नहीं हम चारों भाई-बहन अपनी-अपनी कक्षा में फेल हो गये थे। दोनों बड़े भाई बारहवीं में, मैं ग्यारहवीं में और छोटी बहन सातवीं में। दो बरस पहले मुझसे बड़े भाई को दसवीं में गणित में पिचासी प्रतिशत अंक मिले थे और उनके कुल अंक 58 प्रतिशत थे। उनका नाम विशेष योग्यता पाने वाले छात्रों की सूची में प्रधानाचार्य के कमरे के बाहर लगे बोर्ड पर दर्ज किया गया था। इसके बावजूद वे ग्यारहवीं में बहुत मुश्किल से गणित खींच पाये थे और बारहवीं के गणित ने उनकी हवा ढीली कर रखी थी। और जब दसवीं में मैं भी गणित में पिचहतर प्रतिशत अंक लेकर पहली श्रेणी में पास हुआ, तो मैं जैसे सातवें आसमान पर था। बड़े भाई के लाख समझाने पर कि दसवीं के गणित में तो कोई भी सौ में सौ अंक ला सकता है और कि बारहवीं का गणित सबके बस का नहीं, गणित मत लो और साइंस की बजाय कला या वाणिज्य में दाखिला ले लो, मैं बिलकुल भी नहीं माना था और जिद करके विज्ञान और गणित विषय ही लिए थे। नतीजा

सामने थे। बड़े भाई का बारहवीं का बोर्ड का परिणाम तो बाद में आया था, लेकिन मैं ग्यारहवीं में हिन्दी और अँग्रेजी को छोड़ कर गणित, भौतिक विज्ञान और रसायन शास्त्र में बुरी तरह से लुढ़का हुआ था। बीस प्रतिशत अंक भी नहीं जुटा पाया था इन विषयों में।

हम सब भाई-बहनों के एक साथ फेल जो जाने से हमारे माता-पिता को बहुत झटका लगा था। आर्थिक भी और मानसिक भी और मेरी पढ़ाई बन्द कर दी गयी थी। अब मैं सिर्फ सत्रह बरस की उम्र में स्कूल से बाहर था और मेरे सामने एक पूरी तरह से अँधेरी दुनिया थी।

उधर शिब्बू के फेल होने की वजहें बिलकुल अलग थीं। ये जनवरी या फरवरी के आस-पास की बात थी। शिब्बू प्रान्तीय स्तर पर होने वाली स्कूली खेलकूद प्रतियोगिताओं में भाग लेने के लिए लखनऊ गया हुआ था। पूरे पन्द्रह दिन कार्यक्रम था और वहाँ पर उसे 100 मीटर, 200 मीटर और 500 मीटर, तीनों में बेहतरीन समय निकाला था। अपना भी और प्रान्तीय प्रतियोगिताओं में भी अब तक का सबसे अच्छा समय। इस बात की पूरी उम्मीद थी कि आगे चलकर उसे राष्ट्रीय स्तर पर चुन लिया जाएगा और उसे राष्ट्रीय और अन्तर्राष्ट्रीय स्पर्धाओं में भाग लेने का मौका मिलेगा। अभी उसकी उम्र ही क्या थी, सत्रह के आस-पास। लेकिन उसकी गति, टाइमिंग और शैली गजब की थी। बेशक उसने इन सारी चीजों की विधिवत तालीम नहीं पायी थी, न उसकी खुराक का ठिकाना था और न कपड़ों और जूतों का, लेकिन सही मार्गदर्शन मिलने पर वह और बेहतर परिणाम दिखा सकता था।

अभी वह लखनऊ में ही था कि उसे खबर मिली कि उसके पिता हाई वोल्टेज बिजली का झटका लगने के कारण बुरी तरह से घायल हो गये हैं। उनके शरीर का दायाँ हिस्सा बुरी तरह से जल गया था। जिस दिन शिब्बू को लखनऊ में ये खबर मिली, थोड़ी देर पहले ही उसने पाँच हजार मीटर की दौड़ जीती थी और अपने टीचर के साथ अपने घर तथा स्कूल के लिए तार भेजने के लिए निकला ही था। खबर पाकर वह जिस हाल में था, वापिस निकल पड़ा। पुरस्कार वितरण समारोह अगले दिन था और उसकी अध्यक्षता राज्यपाल करने वाले थे लेकिन शिब्बू अपने पिता के साथ हुए हादसे की खबर सुनने के बाद वहाँ रुक ही नहीं सका और लौट आया। आते ही पिता के पास अस्पताल पहुँचा था। वे बोलने, शरीर को हिला-डुला पाने की शक्ति खो चुके थे और लुंज-पुंज हो पड़े हुए थे। शिब्बू को आया देखकर भी वे उसे सूनी आँखों से देखते रह गये थे। शिब्बू के पास उन्हें सुनाने के लिए अपने जीवन की सबसे अच्छी खबरें थीं, लेकिन अब सबकुछ खत्म हो चुका था। वे सुख-दुख, सुनने और सुनाने की सीमा-रेखा पर गुमसुम पड़े थे।

जीवन और मौत के बीच पूरे तीन महीने तक झूलने और परिवार पर अच्छा-खासा आर्थिक बोझ डाल कर वे चल बसे थे। इस बीच इस हादसे से पहले शिब्बू इन दिनों कई और हादसे झेल चुका था। राष्ट्रीय स्तर पर होने वाली स्पर्धाओं में अपने प्रान्त की तरफ से उसे चुन लिया गया था, लेकिन अन्तिम चयन के लिए वह पटियाला नहीं जा पाया था। राष्ट्रीय और अन्तर्राष्ट्रीय स्तर पर अपने जलवे दिखाने के मौके उसके हाथ से जाते रहे। बेशक उसने ग्यारहवीं की परीक्षा दी थी, लेकिन उसके लिए कोई तैयारी नहीं कर पाया था और बुरी तरह से फेल हो गया था। अगर एकाध विषय में दो-चार नम्बर कम भी होते तो उसे ग्रेस मार्क देकर पास कर दिया जाता, लेकिन वह इन तीन-चार महीनों में पढ़ पाना तो दूर, कायदे से स्कूल ही नहीं आ पाया था। वह इस हालत में ही नहीं था कि स्कूल की तरफ चक्कर ही काट पाता। पिछले तीन महीने से वह अस्पताल और घर के बीच ही चक्कर काटता रहा था। एक तरफ पिता थे जो साँस-साँस के लिए अस्पताल में लड़ रहे थे और दूसरी तरफ पूरी तरह से चरमरा गयी घर की हालत थी। पिता के इलाज के लिए पैसे कहीं से भी नहीं जुटाये जा सके थे। होने को दिल्ली में उन्हें ले जाने पर बेहतर इलाज की उम्मीद बँधती, लेकिन उन्हें वहाँ तक ले जाने लायक हालत में नहीं था वह। अब घर में सबसे बड़ा वही था और घर की गाड़ी चलाने की जिम्मेवारी भी उस पर आ पड़ी थी। इस दौरान उसकी सारी शील्डें, पदक और कप वगैरह कबाड़ी बाजार के जरिये घर से औने-पौने दामों में विदा हो चुके थे।

हम दोनों के लिए ही ये बेहद मुश्किल भरे दिन थे। मेरे घर की भी हालत ऐसी नहीं थी कि हम चारों भाई-बहनों को फिर से उन्हीं कक्षाओं में पढ़ाया जाता। सबसे बड़े भाई पढ़ाई को हमेशा के लिए 'जय रामजी की' कह कर एक दुकान में मामूली से वेतन पर काम करने लगे थे। मुझसे बड़े भाई ने तो शर्म के मारे शहर ही छोड़ दिया था और दूसरे शहर में एक चाचा के पास रहते हुए बाटा की दुकान में हेल्परी की नौकरी पकड़ ली थी। उनकी नौकरी वैसे भी उसी दुकान पर पक्की थी। अगर बारहवीं पास कर लेते तो सीधे ही सेल्समैन बन जाते। लेकिन अब हेल्पर बन कर ही रह गये थे और उम्मीद कह रहे थे कि अगली बार विषय बदलकर बारहवीं की परीक्षा प्राइवेट छात्र के रूप में देंगे।

छोटी बहन की उम्र और छोटी कक्षा को देखते हुए उसकी पढ़ाई जारी रखी गयी थी। अब बचा था सिर्फ मैं। दसवीं में प्रथम श्रेणी और ग्यारहवीं में फेल। उम्र सिर्फ सत्रह बरस और चार महीने। वे मेरे लिए बेहद तनाव भरे दिन थे और कुछ नहीं सूझता था कि क्या किया जाए! बारहवीं की परीक्षा प्राइवेट तौर पर दी जा सकती थी, लेकिन उसके लिए भी बोर्ड के नियमों के अनुसार ग्यारहवीं

में फेल होने के बाद एक बरस का ब्रेक जरूरी था। अब मेरे सामने इस बात के अलावा कोई उपाय नहीं था कि पूरे डेढ़-दो बरस तक इन्तजार करूँ और उसके बाद ही बारहवीं की परीक्षा दूँ। फिलहाल, इस दौरान मेरे पास करने-धरने को कुछ भी नहीं था। मेरे सब दोस्त स्कूल चले जाते और मैं मारा-मारा फिरता या घर पर रह कर माँ-बाप की डाँट सुनता रहता। इतनी कम उम्र में नौकरी मिलने का सवाल ही नहीं था और ग्यारहवीं फेल को अपने बच्चों को ट्यूशन पढ़ाने भी कौन देता! दो-एक परिवारों ने तरस खाकर प्राइमरी के बच्चों को पढ़ाने की जिम्मेवारी दे दी थी, लेकिन इन ट्यूशनों से पैसे इतने कम मिलते थे कि टाइपिंग सीखने की फीस का जुगाड़ भी न हो पाता। सिर्फ वक्त कटी का बहाना था। वक्त गुजारने और घर वालों की निगाह में एकदम नाकारा न बने रहने की वजह से टाइपिंग क्लास में दाखिला ले लिया था। कई बार दुकानों पर भी बैठ कर काम किया, लेकिन कहीं भी टिक नहीं पाता था। शर्म आती और हर आदमी जैसे मुफ्त में हमालगिरी कराने की फिराक में रहता। उन दिनों नौकरी मिलना बहुत मुश्किल काम था और अच्छे-अच्छे पढ़े-लिखे लड़के रोजगार दफ्तर के चक्कर काटते रहते और किसी भी तरह की नौकरी से चिपक जाने के लिए तैयार हो जाते। मेरी मुश्किल ये थी कि अट्ठारह बरस का होने से पहले रोजगार दफ्तर में नाम भी नहीं लिखवा सकता था।

उधर शिब्बू को भी घर की हालत देखते हुए पढ़ाई जारी रख पाना मुश्किल लग रहा था। बेशक स्कूल ने अपने लालच के चलते उसे प्रवेश दे रखा था ताकि बाहर होने वाली प्रतिस्पर्धाओं में भेजे जाने के लिए कहने मात्र के लिए वह स्कूल का छात्र बना रहे। अलबत्ता, उसे सभी प्रतिस्पर्धाओं में पहले ही की तरह भेजा जाता रहा। कक्षाओं में वह शायद ही कभी आ पाता, क्योंकि पिता के करने के बाद पूरा घर चलाने की जिम्मेवारी उस पर ही आ पड़ी थी। अब हमारी मुलाकातें भी पहले की तुलना में कम हो गयी थीं। मेरे पास टाइम-ही-टाइम था और उसके पास सबसे दुर्लभ वक्त ही था। सारी चीजें एकदम उसके खिलाफ हो गयी थीं।

अट्ठारह बरस पूरे होते ही हम दोनों ने एक साथ रोजगार दफ्तर में नाम लिखवा लिया था और अब हम एक बेकार-सी उम्मीद करने लगे थे कि किसी दिन हमारे लिए भी नौकरी के लिए कॉल-लेटर आयेगा और हमें भी कोई अच्छी-सी नौकरी मिलेगी। शिब्बू और मैं, दोनों ही अपने-अपने तरीके के अच्छी नौकरी के लिए खुद को दावेदार मानते। शिब्बू के पास सैकड़ों की संख्या में स्पोर्ट्स के प्रमाण पत्र थे और वह प्रान्तीय स्तर पर धावक था जबकि मेरे पक्ष में हाई स्कूल की प्रथम श्रेणी और टाइपिंग की अच्छी स्पीड थी। जबकि सब हम जानते थे कि रोजगार दफ्तर में हमसे पहले भी हजारों की तादाद में हमसे ज्यादा

पढ़े-लिखे लड़कों ने अपने नाम दर्ज करवा रखे थे और किसी भी नौकरी पर हमसे पहले उनका हक बनता था। लेकिन रिक्तियाँ इतनी कम निकलतीं कि एक-एक पद के लिए पचास लोगों को कॉल-लेटर भेजना मामूली बात थी।

और तभी सर्वे के दफ्तर में असिस्टेंट केयर टेकर की रिक्ति आयी थी। एक ही पद था और संयोग से मुझे भी कॉल-लेटर आ गया था। दरअसल मुझे इतनी जल्दी कॉल-लेटर मिलने के पीछे का किस्सा ये था कि जो आदमी रोजगार दफ्तर में कॉल-लेटर निकालता था, वह हमारे बड़े मामाजी यानी नानी के भाई की राशन की दुकान से राशन उधार लिया करता था। वह अकसर बड़े मामाजी की दुकान पर आता था। मामाजी को मेरी हालत के बारे में पता था और ये भी पता था कि मैं टाइपिंग वगैरह सीख रहा हूँ। उन्होंने ही मुझसे मेरा एक्सचेंज के कार्ड नम्बर माँग रखा था कि मौका लगने पर उसे दे देंगे। अब सर्वे की पोस्ट आने पर उससे कहकर मामाजी ने मेरा कार्ड निकलवा दिया था। बड़ी अजीब-सी थी ये पोस्ट। न क्लास थ्री में और न क्लास फोर में। बीच का पद था ये। क्लास फोर में इसलिए नहीं था कि इस पद से बाकी क्लर्कों की तरह यूडीसी वगैरह में प्रोमोशन नहीं था। अलबत्ता, इस पद के साथ कुछेक फायदे जुड़े हुए थे। मसलन इस्टेट में रहने को मकान और बिजली पानी भी फ्री। मामाजी का ये मानना था कि किसी तरह से इस पोस्ट से एक बार चिपक तो जाओ, बाद में पढ़ाई भी करते रहना और दूसरी भर्तियाँ होने पर डिपार्टमेंटल केंडीडडेट के नाते हर बार एग्जाम देते रहना। तब अपना आदमी एक्सचेंज में रहे न रहे, क्या गारंटी! इस समय तो उसने खुद ही कार्ड निकाल कर दिया है। किसी तरह घुस जाओ सर्वे में।

मैं अजीब दुविधा में था। हाई स्कूल में फर्स्ट क्लास और काम घर-घर जाकर लीक करते नलके और बिजली की फिटिंग चेक करना। चार घंटे सुबह ड्यूटी और चार घंटे शाम। रहने के लिए क्लास फोर कॉलोनी में ही मकान। वहाँ पर रहना जरूरी। समझ में नहीं आ रहा था कि क्या करूँ! घर वालों का भी यही मानना था कि आगे की पढ़ाई तो वैसे भी प्राइवेट करनी है तो क्या दिक्कत! और फिर छोटा-सा ही सही, बिना किराये का मकान भी तो मिल रहा है साथ में। वर्दी तो पहननी नहीं है कि चपरासी कहलाओ। वैसे भी ये पद चपरासी का तो है भी नहीं।

पता नहीं कैसे हुआ था कि पिताजी के कोई परिचित सर्वे में निकाल आये थे जिन्होंने मुझे वहाँ पर फिट कराने की जिम्मेवारी ले ली थी। मैं अपने आने वाले जीवन को लेकर बेहद परेशान था कि क्या होगा और कैसे होगा! ये तय था कि मुझे अभी और आगे पढ़ना था, लेकिन जो हालात मेरे चल रहे थे उसमें

तो मुझे बारहवीं का फॉर्म भरने के लिए भी पैसे घर से ही माँगने पड़ते।

इसी परेशानी के आलम में मैं शिब्बू के पास गया था और उसे सारी बात बतायी थी। वह काफी देर तक मेरी बात सुनता रहा था और सिर्फ हाँ-हूँ करता रहा था। कहा कुछ भी नहीं था उसने।

ये तो लिखित परीक्षा वाले हॉल में जाकर ही पता चला था मुझे कि शिब्बू भी उसी पद के लिए एक केंडीडेट है। मैं इस बात को लेकर हैरान हो रहा था कि मैं तो उसके घर पर जाकर अपने बारे में बात कर के आया था और उसने इस बात का जिक्र तक नहीं किया था। लेकिन अब उसे देखकर मैं सचमुच चाहने लगा था कि उसका ही चयन हो जाए। उसकी जरूरत मेरी जरूरत से ज्यादा बड़ी थी।

लिखित परीक्षा और साक्षात्कार के आधार पर जो सूची बनी थी उसमें मैं पहले स्थान पर और शिब्बू का नाम दूसरे स्थान पर था। पिताजी के परिचित ने अपना वायदा निभाया था। अभी भी मैं चाह रहा था कि ये पद शिब्बू को ही मिले तो बेहतर। और जब नियुक्ति पत्र शिब्बू के नाम आया तो मुझे कोई हैरानी नहीं हुई थी। बाद में पिताजी को उस परिचित से ही पता चला था कि शिब्बू के कोई चाचा उसकी माँ को लेकर चयन समिति के अध्यक्ष से मिले थे और शिब्बू की उपलब्धियों और जरूरत के आधार पर शिब्बू के लिए ये नौकरी दिये जाने की सिफारिश की थी। चयन समिति के अध्यक्ष से कोई नजदीकी रिश्तेदारी भी निकाल ली गयी थी। इस बात का शिब्बू को भी बहुत बाद में पता चला था। मुझे पता था, वह अपनी ओर से इस तरह से कभी भी न जाता।

शिब्बू ने वहाँ ज्वाइन कर लिया था। मैं उसे बधाई देने गया था और इस बात का बिलकुल भी जिक्र नहीं किया था कि उसने इस बारे में मुझसे सारी बातें छुपायी क्यों! बल्कि मैं अब चयन न हो पाने की वजह से राहत ही महसूस कर रहा था कि अब मेरे पास पढ़ाई जारी रखने का कम-से-कम बहाना तो बना रहेगा। मैंने तय कर लिया था कि जैसे भी हो, अब जम कर पढ़ाई करनी ही है।

अब हमारी मुलाकातें कम होतीं। उसकी नौकरी के घंटे ही उसे इस बात की इजाजत न देते कि वह कहीं आ जा सके। घर मिल जाने से उसका परिवार सड़क पर आ जाने से बच गया था और उसके भाई-बहनों की पढ़ाई का ठीक-ठाक सिलसिला बन गया था।

नौकरी में आ जाने के कारण उसका स्कूल लगभग छूट चुका था। वैसे कहने को अभी भी उसका नाम कटा नहीं था, लेकिन नौकरी के चक्कर में अब वह स्थानीय प्रतिस्पर्धाओं में भी हिस्सा नहीं ले पाता था। अब उसका सारा समय टूटे नलके ठीक कराने और बन्द नालियाँ साफ करवाने में जाने लगा था।

तब तक मैंने भी खूब मेहनत करके कला विषय लेकर बारहवीं की परीक्षा अच्छी सेकेंड डिवीजन में पास कर ली थी। अब मेरे पास कुछ अच्छी ट्यूशनें भी थीं और एक काम चलाऊ नौकरी भी। आगे पढ़ने की अपनी ललक को जारी रखते हुए मैंने मॉर्निंग क्लास में बीए में दाखिला ले लिया था। अब शिब्बू से मेरी मुलाकातें और भी कम हो पातीं। मैं सुबह छः बजे ही निकल जाता। नौ बजे तक कॉलेज एटेंड करता और सीधे नौकरी पर भागता। नौकरी से छूटते ही ट्यूशन के लिए लपकता। बहुत ज्यादा न मिल पाने के बावजूद हमें एक-दूसरे की पूरी खबर रहती थी। हम जब भी मिलते, पहले की-सी गर्मजोशी से ही मिलते थे।

मेरी किस्मत अच्छी थी कि बीए करते ही मुझे स्टाफ सेलेक्शन के जरिये दिल्ली में शिक्षा मन्त्रालय में असिस्टेंट की नौकरी मिल गयी थी। दिल्ली जाने से पहले मैं दो बार उससे मिलने गया था, लेकिन वह दोनों की बार इस्टेट ऑफिसर के साथ कॉलोनी की अपनी रूटीन विजिट पर गया हुआ था और उसे आने में कम-से-कम दो घंटे लगते। मैं उसके नाम चिट्ठी छोड़ कर आ गया था।

दिल्ली आ कर भी मैं टिक कर नहीं बैठा था और लगातार पढ़ाई करता और परीक्षाओं में बैठता रहा था। मेरे भाग्य का सितारा बुलन्दी पर चल रहा था और तीसरे प्रयास में मैं आइएएस में आ गया था। मेरे लिए ये बहुत ऊँची छलाँग थी। सिर्फ दस बरस में ही ये कमाल हो गया था कि मैं ग्यारहवीं फेल निठल्ले से काम का आदमी बन गया था। मैं ट्रेनिंग पर मसूरी में ही था, लेकिन कई बार अपने घर देहरादून आने के बाद भी मैं शिब्बू से मिलने नहीं जा पाया था। हालाँकि हमेशा मिलना चाहता रहा। हाँ, उससे बीच-बीच में पत्राचार होता रहा था जो वक्त के साथ कम होते हुए बाद में बन्द ही हो गया था। शिब्बू की शादी हो गयी थी और वो अपने परिवार और ड्यूटी में पूरी तरह से रम गया था। इस बीच मैं भी अपने परिवार और कैरियर में रम गया था। लगातार अलग-अलग शहरों में पोस्टिंग के चक्कर में और दूसरी व्यस्तताओं के चक्कर में उससे कई बरस तक मिलने जाना नहीं हो पाया था।

मैं तरक्की की सीढ़ियाँ चढ़ता हुआ संयुक्त सचिव के वरिष्ठ पद तक पहुँच गया था।

कोई बीस बरस बाद मैं एक बार फिर अपने शहर में था। छुट्टी का दिन था और मैं खाली था। कोई और काम न होने के कारण मैं शिब्बू से मिलने चला गया था।

इस बार मैं पूछता-पाँछता शिब्बू के घर ही चला गया था। पता चला कि वह ऑफिस में ही है। उसके बीवी-बच्चों से मैं कभी नहीं मिला था, इसलिए परिचय देने की कोई तुक नहीं थी। उसके ऑफिस में जाकर पता चला कि वह

अपने किसी सीनियर अफसर के साथ इस्टेट विजिट पर गया हुआ था। इस बार भी मैं उससे नहीं मिल पाया था।

बस, इस बीच एक ही फर्क मैं देख पा रहा था। अब उसकी मेज पर जो नेम प्लेट रखी हुई थी, उस पर असिस्टेंट केयर टेकर की बजाय केयर टेकर लिखा हुआ था।

वापिस आते समय मैं सोच रहा था कि ये भी तो हो सकता था कि इस नेम प्लेट पर शिव प्रसाद पन्त की जगह मेरा नाम होता। होने को तो ये भी हो सकता था कि शिव प्रसाद पन्त तब राष्ट्रीय चयन शिविर में जा पाता और उसका वहाँ पर चयन हो गया होता।

खो जाते हैं घर

बब्बू क्लिनिक से रिलीव हो गया है और मिसेज राय उसे अपने साथ ले जा रही हैं। उन्होंने क्लिनिक का पूरा पेमेंट कर दिया है।

''ओ.के. डॉक्टर, तो फिर मैं इसे ले जा रही हूँ। कोई भी बात होगी तो मैं आपको फोन पर बता दूँगी।'' वे चलते समय डॉक्टर की अनुमति लेती हैं।

डॉक्टर ने उन्हें निश्चिन्त किया है, ''ठीक है मैडम, आप इसे दवाएँ देती रहें। कुछ ही दिनों में बिलकुल ठीक हो जाएगा। ओ.के. बब्बू, बाय। आंटी को परेशान नहीं करना।''

बब्बू ने कमजोर आवाज में कहा है, ''नहीं करूँगा।''

डॉक्टर ने बब्बू के गाल सहला कर उसे गुड बाय कहा है।

वे एक बार फिर डॉक्टर को याद दिला रही हैं, ''अगर वो आदमी आये इस बच्चे के बारे में पूछने तो मुझे जरूर खबर करें। प्लीज़।''

डॉक्टर ने उन्हें आश्वस्त किया है, ''श्योर श्योर, हालाँकि अब इतने दिन बीत जाने के बाद उसके आने की उम्मीद कम ही है, लेकिन जैसे ही वो आया, मैं आपको तुरन्त खबर कर दूँगा। मुझे अभी भी यही लग रहा है कि उसने इस बच्चे को कहीं बुखार में तड़पते देख लिया होगा और खुद इसका इलाज कराने की हैसियत नहीं रही होगी, इसलिए इसे यहाँ छोड़ गया।''

''मुझे भी कुछ ऐसा ही लगता है। उसका अपना बच्चा होता तो कैसे भी करके एक बार तो जरूर ही मिलने आता। लेकिन बीच-बीच में ये दूसरे बच्चों की कहानियाँ सुनाता रहा है, उससे मामला और उलझ गया है।'' मिसेज राय ने अपनी आशंका व्यक्त की है।

''मेरे ख़याल से बच्चे के पूरी तरह से ठीक हो जाने के बाद ही सारी बातों के बारे में बेहतर ढंग से पता चल सकेगा।''

''हाँ मेरा भी यही खयाल है कि बच्चा अभी भी सारी बातें सिलसिलेवार नहीं बता पा रहा है। कुछ दिन तो इन्तजार करना ही पड़ेगा।''

मिसेज राय ने ड्राइवर से सारा सामान उठाने के लिए कहा है और वार्ड ब्वॉय को इशारा किया है बच्चे को कार में बिठा देने के लिए।

बब्बू को कार में आराम से बिठा देने के बाद वे खुद कार में आयी हैं।

बब्बू जिन्दगी में पहली बार किसी कार में बैठा है और हैरानी से सारी चीजें देख रहा है। बहुत ज्यादा आरामदायक सीटें, ठंडी-ठंडी हवा, बहुत हौल-हौले बजता संगीत और पानी पर चलती-सी कार। वह शीशे से आँखें सटा कर बाहर का नजारा देखना चाहता है।

मिसेज राय उसे आराम से बिठा कर खिड़की के नजदीक सरका देती हैं।

वह अचानक कार में से अनुपस्थित हो गया है और बाहर भागती-दौड़ती दुनिया में शामिल हो गया हैं। मिसेज राय उसके सिर पर हौले-हौले उँगलियाँ फिरा रही हैं। वे अपनी तरफ से कुछ कह कर या पूछ कर बच्चे और उसकी दुनिया में बाधक नहीं बनना चाहतीं। उन्हें कोई जल्दी नहीं है।

बब्बू थोड़ी ही देर में कार के भीतर की दुनिया में लौटता है और उनसे आँखें मिलाता है।

वे मुस्कराती हैं।

बब्बू भी उनकी मुस्कराहट के बदले अपने चेहरे पर कीमती मुस्कराहट लाने की कोशिश करता है।

उसका गाल सहालते हुए पूछती हैं वे, "बेटे, अब कैसा लग रहा है?"

वह हौले से कहता है, "ठीक।"

बदले में वह उनसे पूछता है, "हम कहाँ जा रहे हैं?"

"घर, क्यों?"

"किसके घर?"

"अपने घर, और किसके घर?"

"आपका घर कहाँ है?"

"लोखंडवाला में।"

बब्बू चुप हो गया है। उसे सूझ नहीं रहा कि बात को आगे कैसे बढ़ाये। कभी किसी से उसने इतनी और इस तरह की बातें की ही नहीं हैं।

वह कुछ सोचकर अपने आप ही कहने लगता है, "मेरा घर तो बहुत दूर है।"

"कहाँ है तुम्हारा घर मेरे बच्चे?" उन्हें उम्मीद की कुछ किरणें नजर आयी हैं।

"पता नहीं।" बच्चे ने एक बार फिर उन्हें मझधार में छोड़ दिया है।

"अच्छा वो आदमी कौन था जो तुम्हें अस्पताल में छोड़ गया था?"

"मुझे नहीं पता।"

"अच्छा इतना तो पता होगा कि तुम कहाँ रहते थे और किसके साथ रहते थे?"

"दोस्तों के साथ।"

"कहाँ?"

"पुल के नीचे।"

"जगह याद है?"

"नहीं।"

"कोई ख़ास बात याद है उस पुल के बारे में?"

"उधर मच्छर बहुत थे। रात भर काटते रहते थे।"

"बम्बई आये कितने दिन हुए होंगे तुम्हें?"

"पता नहीं।"

"खाना कहाँ खाते थे?"

"कहीं भी खा लेते थे।"

"सारा दिन क्या करते रहते थे?"

"कुछ भी नहीं।"

"तुम्हारे वो दोस्त कहाँ मिल गये थे जिन्हें तुम्हें रोज याद करते थे?"

"वहीं पुल के नीचे।"

"क्या करते थे वो लोग?"

"सब अलग-अलग काम करते थे।"

"तो तुम्हारा खयाल कौन रखता था?"

"सब रखते थे।"

"खाना-पीना?"

"सब मिलकर खाते थे।"

"तो तुम क्या करते थे?"

"कुछ नहीं, मैं तो बहुत छोटा हूँ न...।"

"लेकिन हो उस्ताद। छोटू उस्ताद।"

"मैं उस्ताद थोड़े हूँ।"

"अच्छा, अपने घर की याद है तुम्हें?"

"हाँ।"

"कौन-कौन हैं तुम्हारे घर में?"

"बाबू, अम्मा, दीदी... भाई...।"

"तुम बुम्बई में कैसे आ गये?"

"ट्रेन में।"

"कब की बात है?"

"पता नहीं।"

"तुम लोग बम्बई क्या करने आ रहे थे?"

"शादी में।"

"और कौन थे साथ में?"

"सब थे।"

"तो तुम उनसे अलग कैसे हो गये?"

"पता नहीं।"

"तुम्हारे माँ-बाप तुम्हें ट्रेन में छोड़ गये थे क्या?"

"मुझे क्या पता।"

"तुम कितने भाई-बहन हो?"

"चार।"

"अच्छा...। तो तुम्हें बिलकुल याद नहीं है कि कहाँ पर है तुम्हारा घर?"

"बहुत दूर।"

"लेकिन कहाँ?"

"गाँव में।"

"गाँव का नाम याद है?"

"ज्वालापुर।"

"और स्कूल का?"

"आदर्श स्कूल।"

"और पिताजी का नाम?"

"बाबू।"

"और माँ का?"

"पता नहीं।"

"बाबू क्या करते हैं?"

"दुकान है।"

"तुम्हें तो बेटे कुछ भी अच्छी तरह याद नहीं या पता नहीं। ऐसे में अपने घर कैसे जाओगे?"

"पता नहीं।"

"अपने बाबू-अम्मा से कैसे मिलोगे?"

"पता नहीं।"

बब्बू इतने सारे सवालों से थक गया है और फिर उसे अपने घर की भी याद आने लगी है। उसने अपनी आँखें मूँद ली हैं। मिसेज राय भी समझ रही हैं कि उससे

इतने सारे सवाल एक साथ नहीं पूछने चाहिए थे।

वे उसे चुप ही रहने देती हैं।

अचानक बब्बू ने आँखें खोली हैं, ''आंटी आप क्या करती हैं?''

''क्यों बेटे?''

''वैसे ही पूछा, आपकी गाड़ी बहुत अच्छी है। ठंडी ठंडी।''

''तुम्हें अच्छी लगी?''

''हाँ, आप भी।''

''अरे बाप रे, हम भी तुम्हें अच्छे लगे, भला क्यूँ?''

''आप रोज आती थी हमसे मिलने। इत्ती सारी चीजें लाती थीं और मारती भी नहीं थी।''

''मैं क्यूँ मारने लगी तुम्हें मेरे बच्चे? तुम तो इतने प्यारे, इतने अच्छे बच्चे हो, भला कोई तुम्हें क्यों मारने लगा?''

''बाबू नहीं मारते थे। अम्मा मारती थी, दीदी, भइया मारते थे।''

''बहुत खराब थे वो लोग। तुम्हें तो कोई मार ही नहीं सकता।''

तभी उन्होंने ड्राइवर से कहा है, ''ड्राइवर, जरा सामने रेडीमेड कपड़ों की दुकान के आगे गाड़ी तो रोकना। अपने राजा बाबू के लिए कुछ कपड़े तो ले लें।''

''मैं क्या करूँगा कपड़े?'' बब्बू ने अपना जिक्र सुन कर पूछा है।

''क्यों कपड़ों का क्या करते हैं?''

''पहनते हैं, मैंने भी तो पहने हुए हैं।''

''तुम इतने दिन से अस्पताल में थे न, अब घर जा रहे हो इसलिए अच्छे कपड़े तो चाहिए ही न। और खिलौने भी। बोलो कौन-सा खिलौना पसन्द है?''

''हम घर पर खिलौने से थोड़े ही खेलते थे।

''तो किस चीज से खेलते थे मेरे बच्चे?''

''वैसे ही खेलते रहते थे।''

''बहुत भोले हो तुम बेटे, बच्चों को तो खिलौनों से खेलना ही चाहिए, है न?''

गाड़ी एक स्टोर के सामने रुकी है। मिसेज राय बच्चे को ड्राइवर के साथ वहीं कार में ही छोड़कर भीतर जाकर बच्चे के लिए ढेर सारे कपड़े और खिलौने लेकर आयी हैं।

कार में आते ही उन्होंने ड्राइवर से कहा है, ''अब सीधे घर चलें। हमारे बेटे को भी आराम करना चाहिए। है न मुन्ना?'' वे उसकी तरफ देखकर पूछती हैं।

वह सिर हिलाता है।

गाड़ी लोखंडवाला कॉम्प्लेक्स में एक बहुत ही बड़ी और भव्य इमारत के आगे

रुकी है। वे बच्चे को आराम से नीचे उतारती हैं। दोनों लिफ्ट तक आते हैं। बच्चा हैरानी से भारी भव्यता देख रहा है। उसके लिए ये दुनिया बिलकुल अनजानी और अनदेखी है।

लिफ्ट आने पर दोनों भीतर आये हैं।

बच्चा लिफ्ट में पहली बार आ रहा है और हैरानी से पूछता है, ''आंटी, ये कमरा क्या है?''

वे हँसकर बताती हैं, ''बच्चे ये कमरा नहीं है। ये लिफ्ट है। इससे ऊपर जाते हैं।''

''अच्छा ये लिफ्ट है। टीवी पर एक बार पिक्चर में देखी थी।''

वे अपनी मंजिल पर पहुँच गये हैं।

वे एक दरवाजे की घंटी बजाती हैं। दरवाजा बाई ने खोला है। वे उसे लेकर भीतर गयी हैं।

नौकरानी ने उनके हाथ से सामान ले लिया है और बच्चे को देखकर कहती है, ''हाय, किती छान मुलगा आहे। किसका है मेमसाहब?''

वे गर्व से बताती हैं, ''हमारा मेहमान है। अभी हमारे साथ ही रहेगा और सुनो, ये बाबा बीमार है। इसके लिए हल्का खाना बनाना। पूरा खयाल रखना इसका। ठीक...।''

''ठीक है मेमसाहब।'' उसके हाथ बच्चे के गाल सहलाने के लिए मचलते हैं, लेकिन वह खुद पर कंट्रोल करती है। बहुत मौके आएँगे इसके। वह चुपचाप भीतर सामान रखने चली गयी है।

अपने कमरे में जाते ही उन्होंने बच्चे को भींच कर अपने सीने से लगा लिया है। वे जोर-जोर से रोये जा रही हैं। वे उसे भींचे-भींचे—'मेरे लाल, मेरे लाल' कहे जा रही हैं। उन्हें रोते देख बच्चा घबरा गया है और वह भी रोने लगा है।

''आंटी, आप रो क्यों रही हो?''

''अरे पागल, मैं रो कहाँ रही हूँ, ये तो...ये तो... खुशी के आँसू हैं।''

''आंटी, खुशी के आँसू कैसे होते हैं?''

''बहुत सवाल करता है रे! आदमी जब बहुत खुश होता है न, तब भी रोता है।''

''मैं तो जब भी रोता हूँ तो खुशी के आँसू थोड़े ही आते हैं। जब गिर जाता हूँ या भूख लगती है, तो मैं तो सचमुच रोता हूँ। आंटी, आपको चोट लगती है तो आप रोती हैं क्या?''

''पगले, बड़ों को जब चोट लगती है न...तो वो चोट नजर नहीं आती। बस, पता चल जाता है कि चोट लग गयी है। समझे बुद्धू राम...!''

''नहीं।''

"तू नहीं समझेगा मेरे लाल! आ मैं तुझे समझाती हूँ।"

उसे लेकर एक तस्वीर के सामने लेकर आती हैं, लगभग पाँच साल के एक गदबदे बच्चे ही तस्वीर है। मुस्कराते हुए बच्चे की तस्वीर।

"आंटी, ये किसकी तस्वीर है?"

"बेटे, ये मेरे पोते की तस्वीर है।"

"पोता क्या होता है?"

"अरे बाप रे, कैसे बताऊँ कि पोता क्या होता है। अच्छा देख। तू बेटा तो समझता है न। जैसे तू अपने बाबू का बेटा है।"

"हाँ।"

"तो जो तेरा बेटा होगा न वो तेरे बाबू का पोता होगा।"

"मेरा बेटा कैसे होगा? मैं तो इतना छोटा-सा हूँ।"

"अरे जब तेरी शादी होगी तब तेरा बेटा होगा न वो तेरे बाबू का पोता होगा। समझे?"

"नहीं समझा।"

"कोई बात नहीं। ये मेरे पोते की तस्वीर है।"

"क्या नाम है आपके पोते का?"

"मेरे पोते का नाम है रिक।"

"आंटी, ये कैसा नाम है रिक?"

"बेटे, जहाँ वह रहता है वहाँ ऐसे ही नाम होते हैं।"

"कहाँ रहता है वह?"

"फ्लोरिडा में।"

"ये कहाँ है?"

"बहुत दूर। सात समन्दर पार।"

"आंटी समन्दर क्या होता है?"

"समन्दर माने, समन्दर माने...चलो, एक काम करते हैं, तुझे शाम को समन्दर दिखाने ले चलेंगे। अपने आप देख लेना।"

"आप उसे अपने पास क्यों नहीं रखतीं आंटी?"

वे फिर से रोने लगी हैं, "पगले मैंने उसे आज तक देखा ही नहीं है। कितनी अभागी हूँ। मेरा पोता पाँच साल का हो गया और आज तक मैंने उसे देखा ही नहीं। पास रखने की बात दूर है। कभी-कभी फोन पर उसकी आवाज सुन लेती हूँ तो मेरे कलेजे में ठंडक आ जाती है।"

"आपने उसे देखा क्यों नहीं है आंटी?"

"मेरा बेटा कभी उसे यहाँ लेकर आया ही नहीं।"

''क्यों?''

''उसके पास टाइस ही नहीं है। वह खुद भी अब यहाँ नहीं आता।''

''क्यों नहीं आता?''

''इन सारे सवालों का जवाब मेरे पास नहीं है बेटे। होता तो क्या तुझे अपने सीने से लगाकर रोती पगले!''

बच्चा समझ नहीं पाता इतनी सारी बातें और उनके बन्धन से अपने आप को मुक्त कर लेता है। अब अलग होने के बाद उसका ध्यान घर पर, वहाँ रखे इतने सारे सामान पर और शानो शौकत पर गया है। उसने पूरे घर का एक चक्कर लगाया है और लौटकर उनके पास वापिस आया है।

''आंटी, इतने बड़े घर में आप अकेली रहती हैं?''

सिर हिला कर बताती हैं, ''हाँ।''

''आपको डर नहीं लगता?''

''लगता है।''

''किससे?''

''बेटे, एक डर हो तो बताऊँ। कभी अपने आपसे डर लगता है, तो कभी अपने अकेलेपन से डर लगता है। कभी अपने बुढ़ापे से डर लगने लगता है। बोल तू मेरे साथ यहाँ रहेगा मेरा डर दूर करने के लिए?''

''मेरे रहने से आपका डर दूर हो जाएगा आंटी?''

''तू नहीं जानता मेरे बेटे, तू कितना प्यारा है! तेरे यहाँ रहने से इस घर का सारा अँधेरा दूर हो जाएगा।''

''आंटी, आप जोक मारती हैं। घर में अँधेरा कहाँ है! इतनी रोशनी है।''

''हाँ बेटे, बाहर से ही तो रोशनी नजर आती है। भीतर का अँधेरा ऐसे ही थोड़ी नजर आता है। बोल न, रहेगा मेरे पास। मैं तुझे खूब पढ़ाऊँगी। अच्छे स्कूल में तेरा एडमिशन कराऊँगी। तू खूब पढ़-लिख कर फिर मेरी मदद करना। मेरा डर दूर करना। करेगा?''

''लेकिन मेरे दोस्त?''

''दोस्त तो ठीक हैं बेटे, लेकिन हम उन्हें ढूँढें कहाँ? तुम्हें सिर्फ पुल के अलावा कुछ भी तो याद नहीं? कितना अच्छा होता तुम्हारे माँ-बाप भी मिल जाते।''

''लेकिन मैं दोस्तों के पास ही जाऊँगा।''

''अच्छा एक काम करते हैं। तुम जरा ठीक हो जाओ तो बुम्बई में जितने भी पुल हैं हम सब जगह जाएँगे और तुम्हारे दोस्तों का पता लगाएँगे। चलोगे न हमारे साथ?''

''चलूँगा। आंटी कबीरा मेरा बहुत ख्याल रखता है और फिर मोती भी तो है। मैं आपको सबसे मिलवाऊँगा।''

''ये मोती कौन है?''

''आंटी, मोती हमारा कुत्ता है। बहुत सयाना है। झट से बता देता है कि दोस्त कौन है और दुश्मन कौन।''

''अरे वाह, कैसे बता देता है भाई?''

''आंटी, वो जब किसी को देखकर सिर हिलाये तो इसका मतलब है कि वो दोस्त है और जब किसी को देखकर भौंकना शुरू कर दे तो इसका मतलब है कि सामने वाला दुश्मन है।''

''अरे वाह, ये तो बहुत मजेदार बात है। हमें मिलवायेगा तू मोती से?''

''हाँ आंटी और एक गप्पू भी है हमारे साथ। हर समय उसकी निकर नीचे उतरती रहती है। खूब मजा आता है।''

''अरे वाह, चल बेटे अब तू आराम कर ले जरा। मैं भी कुछ काम-धाम निपटा लूँ। जब भूख लगे तो मुझे या माया आंटी को बता देना। ठीक है। लो इस कमरे में आराम करो, ठीक है। बाद में बात करेंगे।''

''अच्छा आंटी।''

''अब से तुम इसी कमरे में रहोगे।''

''ये इत्ता बड़ा कमरा मेरे अकेले के लिए?''

''क्यों? डर लगता है क्या?''

''नहीं। ठीक है आंटी।''

मुन्ना लेट तो गया है, लेकिन उसे नींद नहीं आ रही। ये सारी चीजें, यहाँ का माहौल और तामझाम उसकी कल्पना से परे हैं। वह उठ बैठा है। वह पूरे घर में घूम-घूम कर देख रहा है। सारी चीजें उसके लिए नयी हैं और उसने पहले कभी नहीं देखी हैं। वह कभी स्टीरियो देखता है तो कभी रंगीन टेलिफोन। कभी-कभी तस्वीरें देखता है और मूर्तियाँ। जब चारों तरफ की चीजें देख चुका तो वह आंटी के दिये खिलौने अकेले खेलने लगा। वह देर तक अकेले बैठे उन सारे खिलौनों को उलटता-पलटता रहा। उसकी दिक्कत ये है कि ज्यादातर खिलौने या तो बैटरी वाले हैं या उन्हें चलाना उसके बस में नहीं। थक-हार कर उसने सारी चीजें एक तरफ सरका दी हैं। मिसेज राय बच्चे को जुहू घुमा कर लायी हैं। उसने अपनी जिन्दगी में पहली बार समुद्र देखा है। बेशक वह तीन महीने से मुम्बई में भटक रहा था, लेकिन पता नहीं कैसे वह समुद्र तक पहुँच नहीं पाया। उसे कोई भी उस तरफ नहीं लेकर गया। वह समुद्र से मिलकर बहुत खुश हुआ और पानी में खूब अठखेलियाँ की उसने। बेशक मिसेज राय डर नहीं रही

थीं कि बच्चा अभी ही तो बीमारी से उठा है, कहीं समुद्र की ठँडी हवा उस पर कोई असर न कर दे, लेकिन बच्चा मस्त होकर पानी से खूब खेलता रहा। वह कभी लहरों से दूर भागता तो कभी पानी के एकदम पास जाना चाहता। मिसेज राय खुद भी उसके साथ झूले में बैठीं, घोड़ा गाड़ी की सवारी की और गुब्बारे लेकर उसके साथ-साथ गीली रेत पर दौड़ती रहीं। उन्होंने अरसे बाद अपने आप को पूरी तरह से भूलकर, बच्चे के साथ बच्चा बन कर एक नया अनुभव लिया।

घर पहुँचकर बच्चा बिफर गया है। उसे अपने दोस्तों की याद आ गयी है। वह रुआँसा हो गया है, ''आंटी, मुझे कबीरा के पास जाना है।''

मिसेज राय की परेशानी बढ़ गयी है, ''देखो बेटे, अभी तुम्हारी तबीयत पूरी तरह से ठीक नहीं हुई है। अभी तो कुछ दिन तुम्हें दवा खानी है। हम तुम्हें इस तरह से बाहर नहीं भेज सकते। एक काम करते हैं हम। कल हम गाड़ी में जाकर पूरे शहर में कबीरा को खोज निकालेंगे। तब हम उसे कहेंगे कि तुमसे रोज मिलने आया करे या हम ड्राइवर से कह देंगे वह कबीरा को ले आया करेगा।''

बच्चे को आशा की किरण दिखी है, ''मोती को भी लायेगा?''

बच्चे को इतनी आसानी से मान जाते देख मिसेज राय सहज हो गयी हैं। लपक कर आश्वस्त किया है उसे, ''ठीक है मोती को भी लाएँगे। बस, अब तुम आराम करो बेटे। इतनी देर पानी में खेले तुम।''

लेकिन बच्चे की लिस्ट अभी पूरी नहीं हुई है, ''गप्पू को भी?''

मिसेज राय को यह शर्त भी महँगी नहीं लगी, ''ठीक है गप्पू को भी, हम भी देखें कि उसकी नेकर कैसे नीचे उतरती है। चलो अब आप आराम करो। आपकी दवा का भी टाइम हो रहा है।''

अब बच्चा अपने सवालों की दुनिया में वापिस आ गया है। पूरी शाम जुहू पर जो सवाल पूछता रहा, फिर से उसके ध्यान में आ गये हैं, ''आंटी, समुद्र में इतना पानी कहाँ से आता है?''

मिसेज राय उसे समझाने की कोशिश कर रही हैं, ''अरे बेटा, तुम अभी भी वहीं अटके हो। देखो ऐसा है कि समुद्र में पहले से ही इत्ता सारा पानी है।''

''आंटी, समुद्र सब जगह क्यों नहीं होता?

''अगर समुद्र सब जगह होगा मेरे भोले बेटे तो हम रहेंगे कहाँ?''

''सब जगह पानी रहेगा तो कित्ता मजा आएगा, पानी में खेलते रहेंगे हम।''

''हम दवा नहीं खाएँगे, कड़वी लगती है।''

''दवा नहीं खाआगे तो ठीक कैसे होवोगे, बोलो, तब कबीरा और गप्पू के साथ कैसे खेलोगे!'' उन्होंने उसे ब्लैकमेल किया है।

''ठीक है खाऊँगा।'' वह अपने ही फन्दे में फँस गया है।

सवेरे का समय है। वह सो रहा है। मिसेज राय ऑफिस जाने की तैयारी कर रही हैं। उसके पास आकर प्यार से वे उसे चूमती हैं।

नौकरानी को आवाज देती हैं, "माया सुनो, हमें शाम को वापिस आने में देर हो जाएगी। बच्चे को पूरा खयाल रखना। मैं बीच-बीच में फोन करती रहूँगी।"

"ठीक है मेम साहब।"

"जब बच्चा जग जाए तो उसे गरम पानी से नहला देना। उसे अपने आप खेलने देना। खाना वक्त पर खिला देना।"

"अच्छा मेम साहब।"

"बच्चे को टाइम पर दवा दे देना। मालूम है न कौन-सी गोली देनी है?"

"मालूम।"

मिसेज राय एक बार फिर बच्चे के गाल चूम कर जाती हैं।

बच्चे ने जागने के बाद सबसे पहले पूरे घर में आंटी को ढूँढा है। कहीं नहीं मिलीं। रुआँसा हो गया है वह। उसे रसोई में माया नजर आयी है। अब वह उसे भी पहचानने लगा है, "आंटी कहाँ हैं?"

"काम पे गयी मेम साब।"

"कहाँ?"

"आपिस।"

"आपिस क्या होता है?"

"आपिस माने कचेरी।"

"कचेरी क्या होता है?"

"वो सब हमको मालूम नईं। मेमसाब रोज जाता आपिस। शाम कू आता। बाबा, तुम दूध पीएँगा अब्भी। फिर तुम नहाकर खेलना।"

"आज कबीरा आएगा?"

"हाँ, मेमसाहब बोला कि ड्राइवर जा के कबीरा को खोजेंगा और फिर मुन्ना बाबा और कबीरा एक साथ खेलेंगा।"

बच्चा खुश हो गया है। अब उसे आंटी नहीं चाहिए, "मोती भी आएगा न?"

"हाँ मोती भी आएगा।"

लेकिन माया के आश्वासन के बावजूद कबीरा नहीं आया है। वह कई बार बॉलकनी में, बड़े वाले कमरे में और पूरे घर में टहलते हुए अपने दोस्तों का इन्तजार कर रहा है। ड्राइवर भी अब तक वापिस नहीं आया है। उसने बेशक स्नान कर लिया है, दूध पी लिया है, दवा भी खा ली है, लेकिन उसका ध्यान

लगातार दरवाजे पर ही लगा रहा है और एक पल के लिए भी वह आराम नहीं कर पाया है। माया के बार-बार कहने के बावजूद वह सोने के लिए तैयार नहीं हुआ है। कहीं ऐसा न हो कि कबीरा वगैरह आएँ और उसे सोया पा कर लौट जाएँ।

वह अकेले बोर हो रहा है। सारे कमरे में खिलौने बिखरे पड़े हैं। वह कभी बॉल्कनी में जा रहा है और कभी भीतर आ रहा है। उसका मूड बुरी तरह से उखड़ा हुआ है। वह इस बीच कई बार रो चुका है। उसे समझ में ही नहीं आ रहा कि क्या करे!

तभी फोन की घंटी बजी है। उसे समझ नहीं आता कि फोन की आवाज सुनकर क्या करे! उसे फोन उठाना नहीं आता। तभी लपकती हुई माया आयी है और उसने फोन उठाया है। वह फोन सुनते हुए लगातार हाँ-हाँ कर रही है। फिर उसने उसे बुलाया है, ''बाबा, मेमसाहब का फोन है। आप से बात करेंगा।'' बच्चा फोन लेता है, लेकिन समझ में नहीं आता उसे कि कैसे पकड़ना है। माया उसे बताती है और कहती है, ''हैलो बोलने का।''

''हैलो, आंटी आप जल्दी आओ। कबीरा नहीं आया।''

मिसेज राय उसे बताती हैं, ''हम जल्दी आएँगे बेटा। तुम आराम करो। ठीक है?''

''ठीक है।'' फोन माया को लौटा देता है।

बच्चे का मूड बुरी तरह बिगड़ा हुआ है। वह जोर-जोर से रोये जा रहा है। माया उसे कभी गोद में उठाकर चुप कराने की कोशिश करती है तो कभी खिलौने दे कर बहलाना चाहती है, लेकिन बच्चा है कि एकदम बिफर गया है और किसी भी तरह से काबू में नहीं आ रहा है। माया इस बीच कई बार कोशिश कर चुकी है कि मेमसाहब को फोन पर बताये कि बच्चा किसी भी तरह से काबू में नहीं आ रहा है, वह करे तो क्या करे, लेकिन वे किसी मीटिंग में हैं और उन तक वह कैसे भी करके सन्देश नहीं दे पा रही। आज तक उसके सामने ऐसी स्थिति नहीं आयी थी। उसने कभी अपनी तरफ से मेम साहब को फोन ही नहीं किया है।

माया उसे बहलाने की कोशिशें कर रही है, लेकिन उसे समझ में नहीं आता कि क्या करें! तभी माया ने उसे पेंसिल और कागज लाकर दिया है। बच्चा उस पर आड़ी-तिरछी रेखाएँ खींचने लगा है। कुछ देर के लिए वह बहल गया है। ये देख कर माया की जान में जान आयी है। वह रेखाएँ खींच रहा है। कभी गोल, कभी सीधी। उसका मन बहल गया है और वह अब उसी में मस्त है।

कागज रँगते-रँगते उसे नींद आ गयी है और वह वहीं सो गया है।

वह बॉल्कनी में खड़ा है। नीचे पार्क में बच्चे खेल रहे हैं। वह थोड़ी देर उन्हें खेलते देखता रहता है। फिर माया से पूछता है, "मैं नीचे खेलने जाऊँ।"

"जाओ बाबा, लेकिन जल्दी आ जाना?"

माया उसके कपड़े बदलती है और जूते पहनाती है और उसके लिए दरवाजा खोल देती है।

माया को नहीं मालूम कि यह बच्चा इस दुनिया का नहीं है। वह जहाँ से आया है, वहाँ लिफ्ट, बहुमंजिला इमारतें, चिल्डर्न पार्क और ये सारे तामझाम नहीं होते। वह बच्चा इस दुनिया में खुद नहीं आया, बल्कि लाया गया है और उसे कई सारी चीजों के बारे में बिलकुल भी नहीं पता।

माया ने तो ये देखा कि बच्चा घर में बैठे बोर हो रहा है तो थोड़ी देर नीचे खेल कर लौट आएगा। माया को ये बात सूझ ही नहीं सकती कि बच्चे को खुद नीचे ले जाए और अपने सामने थोड़ी देर तक खिलाकर वापिस ले आए।

वह थोड़ी देर तक लिफ्ट के आगे खड़ा रहता है, लेकिन उसे समझ में नहीं आता कि इसे कैसे खोले। इधर माया ने भी दरवाजा बन्द कर दिया है। उसे डोर बेल के बारे में पता है, लेकिन उस तक उसका हाथ नहीं पहुँचता। वह तीन-चार बार हौले-हौले से दरवाजा थपकाता है, लेकिन भीतर काम कर रही माया तक आवाज नहीं पहुँचती।

वह धीरे-धीरे सीढ़ियाँ उतरने लगता है।

वह बच्चों के पार्क में पहुँच गया है और उन्हें खेलता हुआ टुकुर-टुकुर देख रहा है। वैसे भी उन बच्चों के सामने आपने आपको बौना महसूस कर रहा है। धीरे-धीरे वह सामने आता है, लेकिन तय नहीं कर पाता कि कौन-सा खेल-खेले या किस खेल में शामिल हो जाए। अचानक एक गेंद लुढ़कती हुई उसके पैरों के पास आती है और वह उसे उठाकर एक लड़के को दे देता है। पता नहीं कैसे होता है कि वह भी उनके खेल में शामिल हो जाता है। उसे अपना लिया गया है और उसे अच्छा लगने लगता है। वह सबकुछ भूलकर खूब मस्ती से खेल रहा है।

काफी देर तक वह उनके साथ खेलता रहता है।

इस बीच अँधेरा घिरने लगा है और सारे बच्चे अकेले वापिस जा रहे हैं या अपनी अपनी आयाओं, बहनों, माताओं के साथ लौट रहे हैं।

वह भी खेलकर थक गया है और वापिस लौटना चाहता है।

वह कदम बढ़ाता है, लेकिन उसे याद ही नहीं आता कि वह किस बिल्डिंग में से निकलकर आया था। कभी एक बिल्डिंग की तरफ जाता है और कभी दूसरी की तरफ। वह लड़खड़ा रहा है, और घबराकर रोने लगा है। वह अपना घर भूल गया है। वह रोते-रोते भटक रहा है और अपनी इमारत से काफी दूर आ गया है।

अँधेरा पूरी तरह घिर चुका है।

सड़क पर रोता हुआ अकेला बच्चा चला जा रहा है।

बच्चा वापिस सड़क पर आ गया है।

राइट नम्बर रांग नम्बर

राइट नम्बर

इस मामले की शुरुआत उस वक्त हुई थी जब मैंने रिलायंस का मोबाइल फोन लिया ही था। शायद तीसरा या चौथा दिन रहा होगा। घंटी बजने पर मेरे 'हैलो' कहने पर फोन करने वाले ने रूबी से बात कराने के लिए कहा। जब मैंने बताया कि ये नम्बर किसी रूबी का नहीं, मेरा है तो सामने वाले ने हैरानी से कहा कि ये कैसे हो सकता है, रूबी ने खुद ही ये नम्बर दिया है और इससे पहले भी इसी नम्बर पर रूबी से बात हो चुकी है। लेकिन मेरे कई बार बताने पर सामने वाला शख्स आश्वस्त नहीं लग रहा था। इसके बाद तो अकसर दूसरे चौथे रोज मेरे मोबाइल पर रूबी के लिए फोन आने लगे। फोन करने वाले जो भी होते, जिद करते कि नम्बर रूबी का ही है और वे इस नम्बर पर पहले भी रूबी से बात कर चुके हैं। हद तो तब हो गयी जब एक बार दिल्ली विजिट के दौरान जब मोबाइल की घंटी बजी तो मेरे 'हैलो' कहने से पहले ही सामने से किसी लड़की की आवाज सुनाई दी, 'मम्मी, मम्मी'! जब मैंने उसे बताया कि ये उसकी मम्मी का नम्बर नहीं, मेरा नम्बर है, तो वह हैरानी से बोली कि कैसे हो सकता है, ये तो मम्मी का ही नम्बर है और ये फोन आपके पास कैसे आ गया! मेरे कई बार समझाने के बाद भी उस लड़की ने अपनी जिद न छोड़ी और बार-बार फोन करके मुझे हैरान करती रही और खुद परेशान होती रही। तीन-चार बार के बाद उसकी आवाज में रुआँसापन साफ झलकने लगा था। कहने लगी कि उसे मम्मी से तुरन्त और जरूरी बात करनी है और आप हैं कि बार-बार इस नम्बर पर आ जाते हैं। मेरे पास कोई उपाय नहीं था कि उसकी और उसकी मम्मी की आपस में बात करा देता। मैंने जब उससे पूछा कि वह बोल कहाँ से रही है तो उसने बताया कि लोनावला से। तो इसका मतलब हुआ, जरूर मुम्बई और किसी नजदीकी शहर में एक ही नम्बर दो पार्टियों के पास हो सकता है। इस रहस्य से पर्दा तब उठा जब मैंने उससे पूछा कि वह लोनावला गयी कहाँ से है। उसने बताया पुणे से।

अब जाकर मुझे पूरा मामला समझ में आया कि रूबी को फोन करने वाले इतने आत्मविश्वास के साथ मेरे मोबाइल को रूबी का मोबाइल समझकर बात कैसे करते थे। पुणे का एसटीडी कोड है 020 और मुम्बई का 022, बाकी नम्बर वही। अनजाने में या बिना एसटीडी कोड के सीधे ही नम्बर डायल कर देने से इस बात की पूरी गुंजाइश हो सकती है कि रूबी के लिए फोन मेरे नम्बर पर आते रहे। अगर मेरे नम्बर पर उसके लिए फोन आ सकते हैं तो इस बात की भी सम्भावना हो सकती है कि लोग-बाग मुझसे बात करने के लिए रूबी का नम्बर डायल करते रहे हों। मैंने मोबाइल कम्पनी से भी फोन करके पूछा कि ये माजरा क्या है, बार-बार मेरे मोबाइल पर किसी रूबी के लिए फोन क्यों आते हैं तो पहले तो वे यही बताते रहे कि ये नम्बर मेरा ही है, लेकिन जब मैंने जोर देकर कहा कि मुझे बताया जाए कि क्या पुणे में भी यही नम्बर किसी रूबी के पास है तो उन्होंने कन्फर्म किया कि हाँ, पुणे में भी यही नम्बर किसी रूबटींना रॉड्रिक्स के नाम पर है, बल्कि ये नम्बर और भी शहर में हो सकता है, फर्क सिर्फ एसटीडी कोड का ही है।

अब मेरी परेशानी कुछ हद तक कम हो गयी थी। उसके लिए अब जो भी फोन आते थे, तो राइट नम्बर या रांग नम्बर की बहस किये बिना मेरे लिए उन्हें बताना आसान हो गया था कि वे मुम्बई के एसटीडी कोड की बजाय पुणे का एसटीडी कोड लगाकर यही नम्बर डायल करें, रूबी से बात हो जाएगी।

लेकिन असली किस्सा तब शुरू हुआ जब मैं पहले दिनों एक सेमिनार के सिलसिले में पुणे में ही था। सेमिनार में होने के कारण मोबाइल वाइब्रेशन मोड में रखा हुआ था। इतने में इनकमिंग फोन का संकेत आया। सामने नजर आ रहा नम्बर मेरे परिचित में से किसी का भी नहीं था। इसलिए फोन एटेंड करने की कोई जल्दी नहीं लगी मुझे। लेकिन जब बार-बार उसी नम्बर से फोन किये जाने के संकेत आने लगे तो मजबूरन मुझे सेमिनार से बाहर आकर फोन एटेंड करना पड़ा। फोन रूबी के लिए था। पिछले कई दिन उसे उसके नाम पर कोई फोन नहीं आया था इसलिए उसका नाम भी दिमाग से उतर चुका था। अचानक उसके लिए फोन आने पर याद आया, 'अरे, रूबी भी तो पुणे में ही रहती है और उसका नम्बर भी वही है जो मेरा है।' फिलहाल ज्यादा उत्तेजित हुए बिना या बहस किये बिना मैंने फोन करने वाले से यही कहा कि वह मुम्बई की बजाय पुणे के एसटीडी कोड के बाद यही नम्बर डायल करके रूबी से बात कर सकता है।

सेमिनार के चक्कर में रूबी का फिर खयाल ही नहीं आया, लेकिन बाद में इनकमिंग कॉल्स के नम्बर मोबाइल से मिटाते समय मिस्ड कॉल्स में कई बार नजर आ रहे इस अनजान नम्बर को देखकर याद आया कि इस नम्बर से तो रूबी

के लिए फोन किया गया था। तो तो क्या, रूबी से बात की जा सकती है! कम-से-कम यही बताने के लिए कि हम दो अलग-अलग शहर में रहते हैं, लेकिन हमारी मोबाइल कम्पनी भी एक ही है और हम दोनों के नम्बर भी संयोग से एक ही हैं। मैंने पुणे का कोड लगाते हुए रूबी का नम्बर मिलाया। फोन कनेक्ट होने पर मैंने रूबी के लिए पूछा। लाइन पर वही थी। मैंने अपना परिचय दिया और बताया कि किस तरह से हम दोनों के पास एक ही नम्बर है और अकसर मेरे मोबाइल पर उसके लिए फोन आ जाते हैं। आज अभी थोड़ी देर पहले ही आपके लिए एक फोन आने पर याद आया कि मैं आप ही के शहर में हूँ और संयोग से इस समय पुणे में ही हूँ, इसलिए जस्ट हैलो कहने के लिए फोन कर दिया। मेरी बात सुनकर वह बहुत हैरान हुई कि कितना मजेदार संयोग है! उसने यह भी बताया अकसर उसे फोन करने वाले बताते रहे हैं कि उसके नम्बर के लिए अकसर रांग नम्बर लग जाया करता था। मैं कुछ और पूछता कि रूबी ने खुद ही कहा कि इस समय वह किसी ऑफिस में है और आधे घंटे बाद तसल्ली से बात कर पायेगी। उसने फोन करने के लिए मेरा आभार माना। नेवर माइंड कह के मैंने फोन डिस्कनेक्ट कर दिया।

मैं बेहद रोमांचित महसूस कर रहा था कि क्या तो अजीब संयोग है कि मैं अपने ही फोन नम्बर वाली लेडी से बात कर रहा हूँ। अगर परिचय कहीं आगे बढ़े तो फोन नम्बर याद करना कितना आसान! अपना ही फोन नम्बर। वह बेहद शालीनता से और साफ सुथरी अँग्रेजी में बात कर रही थी।

आधा घंटा बीतते न बीतते उसी की तरफ से फोन आ गया। लेकिन इस बार संकट मेरी तरफ था। मैं अभी भी सेमिनार में था। इसलिए मैंने एसएमएस करके उसे बताया कि फिलहाल मैं व्यस्त हूँ। क्या वह बाद में फोन कर सकती है?

बात आयी गयी हो गयी। पुराने यार-दोस्तों से मिलने और नये परिचितों के चक्कर में देर तक याद ही नहीं आया कि रूबी से फोन पर बात करनी है। मोबाइल पर निगाह डालने पर देखा, रूबी की तरफ से एसएमएस था—नेवर मांइड, रूबी। सोचा, अब मैं भी फ्री हूँ और हो सकता है, वह भी फ्री हो, मैंने एक बार फिर उसका नम्बर मिलाया। मेरा नाम सुनते ही ढेर सवाल पूछने लगी, 'मुम्बई में कहाँ रहते हैं, घर में और कौन-कौन हैं, कहाँ काम करते हैं, किस तरह से सेमिनार में आये हैं, कहाँ हैं सेमिनार और कब तक हैं?' बाप रे, उसने तो पहली ही बार में इतने सारे सवाल पूछ डाले। किसी तरह सरसरी तौर पर उसे कुछेक बातें बतायीं और कुछेक गोल कर लीं। किसी को भी फोन पर पहली ही बार में यह बताना कि हम कहाँ काम करते हैं और घर में कौन-कौन हैं, किसी भी तरह से उचित नहीं लगता। न पूछना, न बताना। पूछने लगी कि क्या कर रहे

हैं इस वक्त तो बताया मैंने कि बस, जरा शाम के वक्त टहलने के लिए डैक्कन जिमखाना की तरफ जा रहे हैं। अचानक पूछा उसने, 'आप कब फ्री होंगे और पुणे में कब तक हैं?'

मैं ये सवाल सुनकर हैरान भी हुआ और रोमांचित भी कि ये सवाल उसी की तरफ से पूछा जा रहा है और मैं परेशानी में डालने वाला इस तरह का सवाल पूछने से बच गया। मैंने हिसाब लगाया, सेमिनार कल यानी शनिवार की शाम तक है और मेरी वापसी का कुछ तय नहीं, परसों रविवार की दोपहर किसी भी वक्त वापिस जाया जा सकता है। मैंने उसे अपने प्रोग्राम के बारे में बताया। तब उसने बताया कि वह बाद में फोन करेगी।

अच्छा भी लगा और हैरानी भी हुई कि दो दिन के लिए पुणे आना हुआ और एक बिलकुल नये किस्म का परिचय होने जा रहा है। मुलाकात न भी हो, कम-से-कम फोन पर तो बातचीत का सिलसिला बना ही रह सकता है। ये तो तय हैं कि वह एक युवा लड़की की माँ है। जिस तरह से उसकी लड़की ने मुझसे बात करते हुए बताया था कि वह मम्मी से बात करना चाहती है, आवाज और अन्दाज से तो यही लग रहा था कि वह लड़की अपनी सहेलियों के साथ लोनावला घूमने आयी होगी। कॉलेज वाली लड़की यानी सत्रह-अठारह बरस की उम्र और इस हिसाब से रूबी की उम्र होगी यही कोई चालीस के आस-पास।

रात साढ़े नौ बजे फोन आया उसका। वह इधर-उधर के ऐसे सवाल पूछती रही जो आम तौर पर लोग नये परिचय के वक्त पूछते ही हैं। फोन रखते समय उसने कहा, 'टेक केयर डियर, कल बात करेंगे।' पिछले आठ घंटे के दौरान हमारे बीच चार बार बातें हुई थीं।

शनिवार सारा दिन सेमिनार की भेंट चढ़ गया। याद तो था कि रूबी से बात करनी है, लेकिन जब भी मैंने फोन किया, उसने एकाध वाक्य के बाद ही कह दिया कि वह बाद में खुद फोन करेगी। मैंने भी कोई उतावली नहीं दिखाई और अपने यार-दोस्तों में ही व्यस्त रहा। उसकी तरफ से भी कोई फोन नहीं आया। एकाध बार मुझे याद आया भी होगा तो फुर्सत नहीं रही।

जिस वक्त उसका फोन आया तब हम रात के खाने के लिए डाइनिंग हॉल की तरफ जा रहे थे। पूछने लगी, कैसा रहा दिन और कैसी रही शाम, गये थे घमूने आज? मैंने बताया कि आज तो दिन भर बेहद बिजी रहे और शाम को यो ही बस, आस-पास ही टहलते रहे और कुछ खास नहीं किया।

अचानक उसने पूछा, ''कुछ ड्रिंक वगैरह लिया या नहीं?''

मैं इसके इस सवाल पर हैरान हुआ कि किस तरह की लेडी है, सारा लेखा-जोखा बिन मिले ही जान लेना चाहती है।

मैंने उसे बताया कि शाम तो ठीक-ठाक रही लेकिन ड्रिंक इसलिए नहीं लिया क्योंकि मैं जिन दोस्त के साथ था, उनमें से कोई भी पीने वालों में से नहीं था। अब अकेले फिर बाजार जाकर अपने लिए कुछ लाने की तुक नहीं लगी।

''क्या पीते हैं आप?'' पूछा उसने।

''वैसे तो बीयर लेता हूँ, लेकिन ड्रिंक्स में वोदका ही पसन्द करता हूँ।'' बताया मैंने।

तभी वह बोली, ''मुझे भी वोदका पसन्द है, हालाँकि इधर कई दिन से मौका नहीं बन पाया है।''

मैं हैरान हुआ कि अरे ये तो अच्छी खासी मॉड लेडी है। ड्रिंक्स भी लेती है और जानकारी भी रखती है। अभी तो हमारी मुलाकात भी नहीं हुई थी और हमारा परिचय मात्र चार-पाँच फोन कॉल पुराना है, फिर भी उसकी तरफ से इस तरह के सवाल मुझे हैरानी में डाल रहे हैं।

''और क्या पसन्द है आपको?'' बात आगे बढ़ाने की नीयत से पूछा मैंने।

''बहुत कुछ पसन्द है वैसे तो लेकिन...'' उसने ठंडी साँस भरी है, ''जिन्दगी है कि कुछ एन्जॉय ही नहीं करने देती।''

''ऐसा क्या हो गया?''

''क्या बताएँ, जाने दीजिए'' उसने टालना चाहा।

मैंने उसके मूड को देखकर बातचीत का रुख बदलने की नीयत से पूछा है, ''क्या करती हैं आप?''

''मैं इस्टेट कन्सलटैंट हूँ। बड़ी-बड़ी कम्पनियों के लिए लीज्ड फ्लैट्स का इन्तजाम करती हूँ।''

''ऑफिस कहाँ है आपका?''

''मैं घर से ही ऑपरेट करती हूँ।''

''काफी क्लायंट्स होंगे आपके और घूमना भी बहुत पड़ता होगा आपको?''

''हाँ, काम ही ऐसा है कि सारा दिन घर से बाहर रहना पड़ता है। खैर, मेरी जाने दीजिए, अपने बारे में कुछ बताइये।'' कहा है उसने।

मैंने टालना चाहा है, ''ऐसा कुछ भी नहीं है बताने लायक मेरे पास। कभी मिले तो बता भी देंगे।'' मैंने टोह लेनी चाही है।

''क्या हम आपसे मिलने आ सकते हैं?'' ये उसकी तरफ से सीधा और साफ़ सवाल था और पूछने में किसी भी तरह का संकोच नहीं था।

''हाँ हाँ, श्योर जब आप चाहें।'' अब मैं घिर चुका था।

''कब?''

''ऐसा कीजिए, कल दिन में तो मैं चला जाऊँगा, दो-एक लोगों से मिलने

का भी तय कर रखा है। आप एक काम कीजिए, सवेरे ब्रेकफास्ट हमारे साथ लीजिए।''

''कितने बजे?''

''यही कोई साढ़े आठ के करीब।''

''ठीक है, मैं थोड़ी देर में कन्फर्म करके बताती हूँ।''

बाद में उसने कन्फर्म किया, ब्रेकफास्ट पर ठीक साढ़े आठ बजे आ जाएगी। लेकिन दस मिनट बाद ही उसका फिर से फोन आ गया, ''सुबह तो आना नहीं हो पायेगा, ऐसा करते हैं, मैं दस बजे के आस-पास आ आऊँगी, आपसे खूब बातें करेंगे, वी विल हैव सम नाइस टाइम टुगेदर, आपका मूड होगा तो थोड़ी-सी वोदका भी ले लेंगे और लंच हम एक साथ लेंगे।'' उसने सारे फरमान एक साथ सुना दिये हैं।

''ओह श्योर, मैं आपका दस बजे इन्तजार करूँगा।'' मैंने उसे गेस्ट हाउस का पता और लोकेशन बता दिये हैं।

मैं हैरान भी हूँ और रोमांचित भी। कोई महिला भला बिना मिले किसी के गेस्ट हाउस में आकर खुद गप-शप करने, वोदका पीने और लंच साथ लेने का प्रोग्राम कैसे बना सकती है! सबसे ज्यादा मुझे परेशानी उसके इस वाक्य से हो रही है जो उसने हँसते हुए कहा है कि वी विल हैव सम नाइस टाइम टुगेदर।

क्या मतलब हो सकता है इस वाक्य का! वह दस बजे आएगी, हम वोदका पीएँगे, दो पैग... तीन पैग। आखिर दिन में पीने की और वह भी एक अनजान औरत के साथ, पहली ही मुलाकात में पीने की एक सीमा हो सकती है और होनी भी चाहिए। उसका ये कहना कि लंच एक साथ लेंगे, लंच लेने गये भी तो एक डेढ़ बजे ही जा पाएँगे। इसका मतलब वह तीन चार घंटे यहाँ बिताने की नीयत से आ रही है। शादी-शुदा और एक बच्ची की माँ तो वह है ही, घर में और लोग-बाग भी होंगे, मुम्बई में तो कोई भी घर-परिवार वाला आदमी रविवार का दिन अपने परिवार के बीच ही बिताना चाहता है, और यहाँ तो ये अनजान मोहतरमा का मामला है जो मेरे साथ तीन-चार घंटे गपशप करने, वोदका पीने और कुछ अच्छा वक्त बिताने की नीयत से आ रही हैं। समझ में नहीं आ रहा, इस सारे जुमले का क्या मतलब निकालूँ!

कहीं कोई ऐसी-वैसी औरत न हो! मतलब लाइन से उतरी हुई जो किसी-न-किसी बहाने शिकार तलाशने की फिराक में रहती हो, लेकिन कल तक तो वह मुझे जानती भी नहीं थी और पहला फोन भी मैंने किया था। भला इस तरह से किसी को अपने चंगुल में कैसे फँसाया जा सकता है! बातचीत से तो भले घर की महिला लग रही है। एक अनजाना-सा डर भी लग रहा है कि कहीं किसी जाल में न फँस जाऊँ! लेकिन अपने आपको तसल्ली देता हूँ कि मैं कोई छोटा बच्चा

थोड़े ही हूँ और न ही वह कोई जादूगरनी ही है जो मुझे देखते ही मेढ़ा बना डालेगी। आखिर जिन्दगी में पहली बार तो किसी अनजान औरत से मिल नहीं रहा हूँ। फिर मैं अपने गेस्ट हाउस के कमरे में ही तो होऊँगा। अपनी जगह पर होने की एडवांटेज तो मुझे ही मिलेगी। बस, एक काम और बढ़ गया बैठे-बिठाये। अब मुझे बाजार जाकर वोदका वगैरह का इन्तजाम करना पड़ेगा।

पता नहीं क्या वजह रही होगी कि रात भर सिर दर्द के कारण सो ही नहीं पाया। कई बार उठा, सिर पकड़कर बैठा रहा, लेकिन कुछ सूझा ही नहीं कि क्या करूँ! मुझे ये भी पता नहीं था कि मेरे आस-पास के कमरे में कौन टिके हुए हैं और इस बात की भी कोई गारंटी नहीं थी कि उनके पास सिर दर्द की गोली मिल ही जाए। सवेरे पाँच बजे के आस-पास ही नींद आ पायी होगी।

सवेरे डाइनिंग हॉल में ब्रेकफास्ट में सबसे मिलते समय मुझे इस बात की बहुत तसल्ली हुई कि अच्छा हुआ कि रूबी ब्रेकफास्ट के टाइम नहीं आयी, नहीं तो इतने लोगों को जवाब देना भारी पड़ जाता।

डाइनिंग हॉल में ही एक साथी से सिर दर्द की गोली ली और कमरे में आ कर लेट गया। हालाँकि ज्यादातर साथियों की फ्लाइट में अभी समय है और सबका आग्रह भी है कि थोड़ा-सा वक्त तो उनके साथ गुजारूँ, फिर पता नहीं कब मिलना हो, लेकिन मुझे आराम की सख्त जरूरत है, इसलिए सबसे माफी माँग कर गोली खाकर कमरे में आकर लेट गया हूँ। अभी पौने नौ ही बजे हैं और रूबी के आने में अभी कम-से-कम एक डेढ़ घंटा बाकी है। इतनी देर में मैं रात की बकाया नींद में से थोड़ी-सी तो पूरी कर ही सकता हूँ।

मेरी नींद पौने ग्यारह बजे खुली। मोबाइल बज रहा है। पत्नी का फोन है। पूछ रही है वापिस आने का क्या प्रोग्राम है! मैंने उसे बताया है कि रात सिर दर्द की वजह से सो नहीं पाया हूँ। अभी सो रहा हूँ। तीन बजे के आस-पास की बस लेकर आ जाऊँगा।

अचानक याद आया कि इस समय तक तो रूबी को आ जाना चाहिए था। पता नहीं आ भी रही है या नहीं। पत्नी के फोन से यह भी खयाल आया कि कहीं मैं अपनी पत्नी से बेईमानी तो नहीं कर रहा हूँ। फिर अपने आप को खुद ही तसल्ली दे दी है कि इसमें बेईमानी कहाँ से आ गयी! कोई भली महिला मुझसे मिलने आ रही है। हाँ, यह जरूर है कि वह चाय-कॉफी की बजाय वोदका पायेगी। बस, और क्या! इसमें बेईमानी कहाँ से आ गयी! हम दो भले आदमियों की तरह मिलेंगे, बात-वात करेंगे और उसके बाद वो अपनी राह और मैं अपनी राह। मैंने सोचा जब तक रूबी आये, एक झपकी और ली जा सकती है। क्या पता न ही आये! आना होता तो अब तक आ जाती।

इंटरकॉम की कर्कश आवाज से फिर नींद खुली। रिसेप्शन से फोन है, ''कोई मैडम आपसे मिलने आयी हैं।''

वक्त देखा, ''बारह दस हो रहे हैं।''

बताया मैंने, ''भेज दो और गाइड कर दो ताकि कमरा खोजने में उन्हें तकलीफ न हो।''

तो आखिर आ ही गयी रूबी मैडम। दिल में धुकधुकी हो रही है कि देखने में, व्यवहार में कैसी होगी और कैसे वो पेश आएगी और कैसे मैं पेश आऊँगा। अपनी धड़कन पर काबू पाने के लिए मैं पूरा गिलास पानी पीता हूँ। बिना जरूरत बाथरूम जा रहा हूँ।

दरवाजे पर नॉक हुई है।

रांग नम्बर

मैंने धड़कते दिल से दरवाजा नॉक किया है। दरवाजा खुला है। मेरे सामने जो मर्द खड़ा है, पचास बावन साल के आस-पास का है। स्मार्ट लग रहा है। कुर्ते पैंट में है। पर्सनैलिटी से लग रहा है कि बड़ा अफसर होगा।

मुस्कराकर उसने मेरी तरफ हाथ बढ़ाया है, लेकिन मैंने जानबूझ कर मुस्कराते हुए हाथ जोड़े हैं और भीतर आयी हूँ। कमरे का जायजा लेती हूँ। एसी, टीवी, फोन, कार्पेट, बढ़िया फर्नीचर। मतलब किसी ऊँची पोस्ट पर जरूर होगा। मेज पर रखी वोदका की फुल बॉटल, स्नैक्स और लाइम कार्डियल। बुढ़ऊ ने पूरी तैयार कर रखी है। आज मुझे निराश नहीं होना पड़ेगा। बेचारा दो घंटे से मेरी राह देखते-देखते थक गया होगा।

''वेलकम रूबी।'' मेरा स्वागत किया है उसने और पूछा है, ''देर कहाँ हो गयी? आपको। आप तो दस बजे आने वाली थीं।''

''क्या बताऊँ! एक पार्टी के पास जाना पड़ गया। चेक कलेक्ट करना था उनसे। पूरा एक घंटा बैठी रही।'' मैंने शुरुआत ही झूठ से की है और ठंडी साँस भरते हुए बात पूरी की है, ''तब जा कर चेक मिला।'' अब मैं इस आदमी को कैसे बताऊँ कि उसे दो घंटे इन्तजार कराने के चक्कर में ही मैं साढ़े ग्यारह बजे घर से निकली हूँ। पार्टी को जितना इन्तजार कराती हूँ, उतना ही मीठा फल मिलता है। और अगर आदमी इसी उम्र का हो तो पता नहीं मेरे आने तक कितने सपने बुन लेता है। हर तरह के सपने और इन्हीं सपनों की कीमत वसूलती हूँ। वैसे भी मुझे पता था अपने गेस्ट हाउस के कमरे से निकलकर बेचारा कहाँ जाएगा?

''फिर तो आज आप बहुत अमीर हो गयीं?'' पूछ रहा है।

"अरे नहीं सर, मेरी नयी कम्पनी के नाम से चेक दिया है पार्टी ने। पहले तो इस कम्पनी के नाम से एकांउट खोलना होगा। तब जाकर चैक जमा कर पाऊँगी। एक वीक तो लग ही जाएगा।" मैंने पहला दाना डाला है। लेकिन एक बात माननी पड़ेगी। घाघ लग रहा है।

"पानी पीयेंगी आप?" मेरे थके चेहरे की तरफ देखकर पूछा है उसने।

"यस सर, पानी तो पीऊँगी।"

पानी दिया उसने। मैंने पूरी अदाएँ दिखाते हुए, पसीना पोंछते हुए और रूमाल लहराते हुए पानी लिया है और अब सोफे पर आराम से बैठ गयी हूँ और उसे ये दिखाने के लिए कि मैं उसमें और उसके पूरे माहौल में दिलचस्पी ले रही हूँ, मैं कमरे को एक बार फिर देख रही हूँ।

वह हैरानी से मुझे देखे जा रहा है। पूछ ही लिया है उसने, "क्या देख रही हैं आप?"

"इस कमरे का तो बहुत ज्यादा किराया होगा?" मेरे सवाल के जवाब में वह अपने पलंग पर तकिये का सहारा लेकर आराम से पसर गया है।

"नहीं, हमें किराया नहीं देना पड़ता। ये हमारे ही ट्रेनिंग इंस्टीट्यूट का गेस्ट हाउस है। नॉन एसी कमरे भी हैं, लेकिन हमारे लेवल के ऑफिसर्स के लिए सारे कमरे एसी ही हैं।"

"खाने का क्या एरेंजमेंट है?"

"डाइनिंग हॉल है। खाने का इन्तजाम वहाँ है। बस, हमारे एलांउसेस से थोड़े पैसे काट लेते हैं रहने-खाने के।"

मुझे अभी भी विश्वास नहीं हो रहा है कि एलांउसेस से थोड़े पैसे काट कर इतनी अच्छी सुविधा मिल सकती है।

"वोदका पी जाए?" मेरी बेचैन निगाह को रोकते हुए पूछा उसने।

"ओह श्योर!" कहा है मैंने, "दरअसल, पहले हमारा कैटरिंग का ही बिजिनेस था।"

मैंने चुग्गा डालना शुरू किया है, "हमारे पास कई कम्पनियाँ थीं, पचास-साठ का स्टाफ था, लेकिन सबकुछ ठप्प हो गया। मेरे हसबेंड को पेरेलिसिस हो गया और सब खत्म हो गया।" मैंने उसके हाथ से वोदका का गिलास लेकर अपने दोनों हाथ में घुमाते हुए कहा है। इस्टेट एजेंसी, कन्सलटेंसी, कैटरिंग वगैरह ऐसे काम हैं जिनके बारे में जी भर कर झूठ बोला जा सकता है और पहली मुलाकात में तो इन काम के जरिये मैं अपनी अच्छी-खासी इमेज बना लेती हूँ। मेरे आगे के सारे कदम आसान हो जाते हैं। देखें, ये जनाब कितनी देर में लाइन पर आते हैं।

''वेरी सैड, ये तो बहुत बुरा हुआ।'' उसने अफसोस जताया है। आदमी लाइन पर लाया जा सकता है। मेरी कहानी उसे उदास कर दे, यही तो मैं चाहती हूँ।

''मैं आपको अपनी कम्पनी के क्लायंट्स की लिस्ट दिखाती हूँ कितनी लम्बी लिस्ट थी।'' मैंने गिलास रखकर अपने पर्स में से कागज खोजने का नाटक करना शुरू किया है। ऐसे मौक पर बहुत बड़ा पर्स रखना कितना अच्छा रहता है जिसमें ढेर कागज, विजिटिंग कार्ड वगैरह ठुँसे हुए हों। कुछ भी ढूँढ़ना अधबीच में ही छोड़ दो। यही किया है मैंने। अब बता रही हूँ उसे कि हसबेंड के इस तरह से बैड रिडन होने के कारण सारा काम मुझे ही करना पड़ता है। अब मैंने पर्स में से रूमाल निकाल लिया है। हाथ में रूमाल हो तो आँख के पास रूमाल बार-बार ला कर रोने का नाटक बेहतर तरीके से हो सकता है। मैंने बात आगे बढ़ायी है, ''अब तो सब कुछ मेरे ही हाथ में है। हर तरह से काम कर लेती हूँ मैं। प्लेसमेंट का काम भी करती हूँ। पुणे में सर, आप जानते हैं कि एडमिशन मिलना कितना मुश्किल होता है! अभी मैंने एक बच्चे का एडमिशन कराया। तीन हजार का चेक मिला मुझे। मैं दिखाती हूँ आपको।'' मैंने एक बार फिर खोजने का नाटक किया है।

अचानक चेक खोजना छोड़ कर पूछा है उनसे मैंने, ''आपके इस इंस्टीट्यूट का कैटरिंग कांट्रैक्ट मुझे मिल सकता है क्या? मेरी फैमिली को बहुत बड़ा सहारा हो जाएगा।''

उसने मेरी तरफ देखा है मानो मुझे तौल रहा हो। वह जिस तरह की निगाह से मुझे देख रहा है, कहीं उसे पता तो नहीं चल गया कि मैं क्या हूँ और किस मकसद से आयी हूँ। लगता तो नहीं कि इसे बिस्तर तक ले जा सकूँगी। इमोशनल ब्लैकमेलिंग भी पता नहीं चलेगी या नहीं। पता नहीं आज काम भी हो पायेगा या नहीं।

उसने मेरी बात का कोई जवाब नहीं दिया है और अपना गिलास दोबारा भरा है। मेरे गिलास की तरफ देखा भी नहीं कि खाली है या नहीं। मुझे बेहद भूख लगी है। सुबह से कुछ खाया नहीं है। स्नैक्स ही तसल्ली से खा रही हूँ।

''ये कहना तो बहुत मुश्किल है कि आपको इंस्टीट्यूट का कैटरिंग कांट्रैक्ट कैसे मिल सकता है, लेकिन मैं आपको यहाँ के मैनेजर का कांटैक्ट नम्बर वगैरह दे देता हूँ। आप बाद में खुद चेक कर लेना।'' आखिर कहा है उसने।

''श्योर, मैं उन्हें आपका रेफरेंस दे दूँ?'' मैंने चेहरे का रंग बदला है और अपने चेहरे पर हँसी लाने की कोशिश की है। जो कुछ करना है जल्दी करना होगा।

''हाँ कोई दिक्कत नहीं, आप बता दीजिए मेरा नाम।''

अब ये नयी मुसीबत, मैंने अब डायरी और पेन खोजने के लिए फिर से पर्स खँगालना शुरू किया, लेकिन अधबीच में ही छोड़ कर उससे पूछा है, ''आप बॉम्बे के ही रहने वाले हैं क्या?''

''नहीं, मैं राजस्थान का रहने वाला हूँ। मुम्बई में तो नौकरी की वजह से हूँ।''

''घर में और कौन-कौन हैं?'' मैंने उनकी टोह लेनी चाही है।

टाल गया है मेरा सवाल। फिर अपने गिलास के साथ-साथ मेरे खाली गिलास में वोदका डालने लगा है। मैंने देखा है कि उसने मुझसे भी ज्यादा तेजी से अपना गिलास खाली किया है, जबकि मैं खुद अपनी नार्मल स्पीड से ज्यादा तेज पी रही हूँ आज।

अब पूछ रहा है, ''आपको तो अपने काम के सिलसिले में काफी घूमना पड़ता होगा। तरह-तरह के लोगों से मिलना पड़ता होगा।''

''हाँ, हर तरह के लोगों से मिलने जाना पड़ता है। हर तरह के एक्सपीरिंएंस होते हैं। लेकिन लोग हमेशा मेरी मदद करते हैं। काम मिलता रहता है। अभी परसों ही एक बड़ी कम्पनी की एक लड़की को पेइंग गेस्ट एकोमोडेशन दिलवाया। एक महीने का रेंट मिला मुझे। पता है आपको सर, यहाँ एस्टेट एजेंट दो महीने का रेंट माँगते हैं, लेकिन मैं सिर्फ एक ही महीने का लेती हूँ। नया काम है न! अभी नये-नये क्लायंट्स बनाने हैं।''

अब मैं इसे कैसे बताऊँ कि कैसे-कैसे पापड़ बेलने ५ड़ते हैं मुझे इस धन्धे में। असली धन्धे में। मुझे तो बस, पैसे से मतलब है, जैसे भी मिलें। कई बार इतनी मेहनत करने के बाद भी कुछ हाथ नहीं आता। पिछली बार कितनी मेहनत से भारत फोर्ज कम्पनी के उस बुड्ढे मैटेरियल मैनेजर पगारे को लाइन पर लायी थी। सोचा था लम्बी पारी खेलूँगी उसके साथ और किस्तों में उसे खुश करती रहूँगी। दस चक्कर कटवाये उसने तब जाकर कुछ बात बनी थी। मैं चाहती थी कि जो कुछ करना है, करे लेकिन काम तो करे मेरा। पूरा काम मिल जाता तो कम-से-कम तीस हजार बचते। लेकिन न हाथ रखता था, न रखने देता था। आखिर में मुझे यही हसबेंड के बेड रिडन होने की कहानी सुनानी पड़ी, तो मेरे कन्धे पर हाथ रखकर सीरियस होकर बोला था, ''यू आर लाइक माई यंगर सिस्टर, आइ विल डेफिनेटली हेल्प यू।'' लेकिन जब आर्डर देने का वक्त आया तो यही बुड्ढा एडवांस पन्द्रह पर्सेंट की माँग करने लगा। सीधे मुँह पर ही माँग लिया। नो रिलेशंस इन बिजिनेस। आपको सिस्टर बोला तो काम भी तो कर रहा हूँ। कहाँ से देती मैं! होते तो देती भी। जब सिस्टर बना लिया, तो सेक्स से थोड़े ही मानने वाला था। बिस्तर पर आता तो फिफ्टीन पर्सेंट कैसे माँगता! हलकट कहीं का। मेरे पाँच-सात दिन बरबाद किये।

''हाँ सो तो है, किसी भी नये काम में ये सब तो करना ही पड़ता है।'' दार्शनिक अन्दाज में बोल रहा है।

अचानक उसने ये सवाल पूछकर जैसे मुझे एकदम नंगा ही कर दिया है, ''एक बात बताइये रूबी, मैं कल से इस बारे में सोच रहा हूँ।''

अब गये काम से। पता नहीं क्या पूछ बैठे। कहीं इसे मेरी असलियत तो पता नहीं चल गयी।

''पूछिए न सर।'' मैंने डरते-डरते कहा है।

''आप पहली बार मुझसे मिलने आ रही थीं और आपने मुझसे मिले बिना ही मेरे साथ ड्रिंक लेने का प्रोग्राम बना लिया। आम तौर पर लेडीज से इतनी बोल्डनेस की उम्मीद नहीं की जाती। आइ मस्ट से, यू आर रियली बोल्ड ऐंड स्ट्रेट फारवर्ड पर्सन।''

आखिर घेर ही लिया कमबख़्त ने। जरा भी ऐसा नहीं लगा इसे ये कहते हुए कि ये बात किसी लेडी से कैसे कही जा सकती है कि आपके आने का मक़सद क्या है। हद है। जरा तो सोचता, मुझे खराब लग सकता है। अब तो मेरे सारे दाँव बेकार जा रहे हैं। क्या जवाब दूँ इसका। इसका मतलब, अब मैं चाह कर भी इसे बिस्तर तक नहीं ले जा सकती। कैसे कहूँ कि मैं इसी मकसद से आयी थी कि कैसे भी करके हजार-पाँच सौ झटक सकूँ। यही मेरा पेशा है और यही मेरा तरीका है। मैं कैसे बताऊँ इसे कि मैं कोई भी कांटैक्ट बेकार नहीं जाने देती। इंश्योरेंस एजेंट की तरह। दिन-दिन भर भटकती रहती हूँ और लच्छेदार बात में लोगों को बेवकूफ बनाकर अपना काम निकालती हूँ। एक-एक आदमी को टटोलती हूँ। धोखे भी खाती हूँ और कई बार एक पैसा पाये बिना लुटकर भी आती हूँ। लेकिन यही काम है मेरा तो कैसी शर्म इसमें! लेकिन आपका मामला अलग है जनाब। आप ही ने तो पहला फोन किया था, भला मैं इतना अच्छा मौका हाथ से कैसे जाने देती!

मैंने इस बात का जवाब देने में भरपूर वक्त लिया है और अपने चेहरे का रंग बदला है, सोफे से खड़ी हो गयी हूँ, और घूम कर पूरे कमरे का एक चक्कर लगाया है। टी.वी. ऑन करके ऑफ किया है और फिर चलकर उसके पलंग के पास आयी हूँ। पलंग पर अभी भी पसरा लेटा है वह। मेरे एकदम निकट आने से चौंक गया है। घबराकर पीछे हटा है कि पता नहीं क्या करने मैं उसके इतने निकट आ गयी हूँ। मैंने उसकी आँखों में झाँका है।

अचानक ही मेरा मोबाइल बजा है। धत् इसे भी इसी वक़्त ही बजना था। मैं वापिस सोफे तक आ गयी हूँ। फोन उठा कर देखा है और इन्कमिंग कॉल का नम्बर देखकर फोन डिस्कनेक्ट कर दिया है। हसबेंड का है। जरा भी चैन नहीं लेने देते। जरा घर से बाहर निकली नहीं कि फोन-पर-फोन।

इस बार मैं उसके नजदीक नहीं गयी हूँ और सोफे पर बैठते हुए बोली

हूँ, ''सर, मुझे विश्वास था कि आप भले आदमी हैं, इसीलिए मैं आपसे मिलने आयी हूँ। मुझे पता है आप सर, आप इतने बड़े ऑफिसर हैं, मेरे साथ कोई जबरदस्ती तो नहीं ही करेंगे। हाई हैव फेथ इन यू सर।''

''कमाल है। बिना मिले ही मुझ पर इतना भरोसा?'' उसका मूड बदला है।

''सर, मैंने भी दुनिया देखी है, फोन पर बात करते हुए भी हमें पता चल जाता है कि कौन कैसा है और किसके पास जाना चाहिए। आप मेरे पहले दोस्त हैं सर जिनसे फोन के जरिये परिचय हुआ है। और मुझे पता है मैं आपके पास बिलकुल सेफ हूँ। लाइक ए ट्रू फ्रेंड।'' मैं पता नहीं क्या बोले जा रही हूँ। अब मुझे सारे खेल को तुरन्त बदलना होगा। सेक्स इस नाउ आउट। सीधे-सीधे मदद माँगनी ही होगी। और कोई तरीका नहीं है।

आखिर मैंने कह ही दिया है, ''सर, लेकिन मुझे आपकी मदद चाहिए।''

''बोलिए रूबी, मैं आपकी क्या मदद कर सकता हूँ?''

अब वह भी समझ रहा है कि कुछ ऐसा घटने जा रहा है जिसके बारे में उन्हें पहले से तैयार रहना चाहिए था।

''मुझे कल अपने बेटे का नाइन्थ में एडमिशन करना है और मुझे वन थाउजेंड रूपीज चाहिए। मेरे पास तीन चार चैक हैं। लेकिन आपको बताया न, सर, एकाउंट पेयी हैं सारे और मेरी नयी कम्पनी है। कम्पनी का एकांउट खुलवाना ही भारी पड़ रहा है। जब भी आप अगली बार आएँगे, मुझे सिर्फ एक दिन पहले फोन कर देंगे तो मैं जहाँ कहेंगे मैं पूरे पैसे साथ ले आ जाऊँगी। आप तो यहाँ आते रहेंगे सर। अब तो इस नयी फ्रेंड की खातिर भी आपको आना होगा। आएँगे न सर? मेरी खातिर।''

''लेकिन डियर, मैं जितने पैसे लाया था, ज्यादातर तो खर्च कर दिये हैं।'' वह बता रहा है, ''ये ऑफिशियल ट्रिप थी इसलिए ज्यादा लाया भी नहीं था। मेरे पास मुश्किल से पाँच सौ होंगे। ढाई सौ बस के लिए और पचास के करीब ऑटो के लिए। रीयली सॉरी रूबी, मुझे कल भी बता दिया होता तो।''

''सर आज वाली पार्टी ने कैश देने के लिए कहा था, लेकिन एकांउट पेयी चेक दे दिया है।''

ये तो दिक्कत हो गयी। बुड्ढा खाली हाथ टरकायेगा क्या? साथ ही डर भी लग रहा है कि कहीं चेक दिखाने के लिए ही न कह दे। मैंने इतने सारे चेकों का जिक्र कर तो दिया है और पर्स में चेक तो क्या बीस रुपये भी नहीं हैं।

''वो तो ठीक है, लेकिन मेरे पास सचमुच नहीं हैं। ये दो ढाई सौ हैं, अब अगर इनसे तुम्हारा काम चलता हो।''

ये तो पूरा घाघ निकला। अगर बिस्तर तक भी ले जा सकती तो शायद बात

बन जाती। कुछ तो निकालता। अब तो गयी बाजी हाथ से। दो सौ से क्या बनेगा। शायद कुछ और निकालने को तैयार हो जाए। लेकिन ज्यादा-से-ज्यादा तीन सौ दे देगा। जब इतने ही मिलने हैं तो और वक्त बरबाद क्यों करूँ। इतने ही लेकर चैप्टर को यहीं क्लोज करती हूँ।

मैंने झट से कहा है, ''सर, आप कितने बजे जाएँगे?''

उसने घड़ी देखी है, ''इस समय एक पैंतीस हो रहे हैं, यही कोई तीन चार के बीच। क्यों?''

''एक काम करती हूँ मैं, थोड़ी देर के लिए जा रही हूँ। बस, गयी और आयी, फिर आराम से बातें करेंगे। एक और पार्टी से दस मिनट का काम है, बस मिलना भर है। मैं वापिस आ ही रही हूँ। आप आठ बजे के करीब चले जाना।''

''लेकिन आठ बजे जाने से तो मैं रात बारह बजे घर पहुँच पाऊँगा। बहुत देर हो जाएगी।''

''नहीं होगी देर सर, मैं बस गयी और आयी, आप मेरी राह देखना। बहुत जरूरी काम है। मुश्किल से बीस मिनट लगेंगे।''

''लेकिन रूबी, आपके पास वैसे भी पैसे की कमी है, ऑटो में जाने-आने के सौ-डेढ़ सौ क्यों खर्च करती हैं?''

''आप हैं न सर, मुझे किस बात ही चिन्ता!'' मैंने हँस कर उसका विश्वास जीतने की आखिरी कोशिश है। शायद बुड्ढा रोक ले।

''लेकिन कहा न मैंने, मेरे पास इतने ही हैं।'' उसने सचमुच जेब से दो सौ रुपये निकालकर मेरे सामने कर दिये हैं।

मैंने उसके हाथ से रुपये ले लिये हैं और उसे आश्वस्त करते हुए कहा है, ''आप मेरी राह देखना सर, मैं गयी और आयी। मैं आपके साथ ढेर सारी बातें करूँगी, हम एक साथ डिनर लेंगे और मैं आपको बस स्टैंड तक खुद छोड़ने आऊँगी। वेट फॉर मी सर, जस्ट हाफ एन हावर।''

और मैं कमरे से बाहर हो गयी हूँ।

राइट नम्बर

मुझे पता है, रूबी अब कभी वापिस नहीं आएगी। फोन भी करूँगा तो मेरा नम्बर देखते ही डिस्कनेक्ट कर देगी।

जाते-जाते उसने मुझसे पूछा कि क्या वह बोतल में बची हुई वोदका ले जा सकती है।

मैंने वोदका की बोतल और नमकीन का पैकेट खुद ही उसे थमा दिये थे।

अल्बर्ट

1984 में लिखी पहली कहानी

(1984 में सारिका में मेरी लिखी पहली लघु कथा पुरस्कृत हुई थी। उसे पढ़कर आकाशवाणी बम्बई में काम कर रहे कवि अनूप सेठी ने पत्र भेजा था कि मैं आकाशवाणी में आकर एक कहानी रिकार्ड करवा जाऊँ। तभी बहुत जद्दोजहद के बाद ये पहली कहानी लिखी और रिकार्ड कराई गयी थी। अभी भी ये कहानी आकाशवाणी के आर्काइव में है और अक्सर प्रसारित की जाती है।

बाद में कई बार इस कहानी को और विस्तार देने के कोशिश की। इस चरित्र को लेकर बीसियों बार लिखे गये सैकड़ों पन्ने अभी भी मेरी फाइलों में रखे हैं, लेकिन इस पात्र को मैं कभी भी अपने या शायद पात्र के मनमाफिक तरीके से नहीं लिख पाया, बेशक आज भी मुझे वो उतना ही हांट करता है और हर बार कोई भी कहानी शुरू करने से पहले वह चरित्र अपने हिस्से के शब्द मुझसे माँगता है, लेकिन हर बार यही कहानी रह जाती है।

इसी चक्कर में 24 बरस बीत जाने के बाद आज भी मेरी ये पहली कहानी अप्रकाशित ही रह गयी है।)

मुझे तुम पर शर्म आ रही है अल्बर्ट। तुम इस लायक भी नहीं रह गये हो माय सन कि तुम्हें बेटा कहूँ। पता नहीं यह पत्र पढ़ने के लिए तुम घर पर लौट कर आओगे भी या नहीं। मुझे पता होता कि यहाँ आने पर मुझे इस तरह से परेशान होना पड़ेगा तो मैं आता ही नहीं। चार दिन से बम्बई आया हुआ हूँ और तुम्हारा बन्द दरवाजा ही देख रहा हूँ। सुबह-शाम तुम्हारे घर के चक्कर काट-काटकर थक गया हूँ। तुम्हारा पड़ोसी बता रहा था कि यह पहला मौका नहीं है कि तुम चार-पाँच दिन से घर नहीं लौटे हो। पहले भी कई बार ऐसा होता रहा है कि तुम कई-कई दिन घर नहीं लौटते या घर पर होते हो तो दरवाजा नहीं खोलते। कहाँ रहते हो, क्या करते हो, किसी को कोई खबर नहीं। तुम्हारे ऑफिसं ने जब

तुम्हारी खोज-खबर लेने के लिए ये वाली रजिस्ट्री हमारे पास गोवा भेजी तो ही हमें पता चला कि तुम फिर अपनी पुरानी हरकतों पर उतर आये हो तो मुझे खुद आना पड़ा। अब मैं तुम्हें कैसे बताऊँ कि मुझे यहाँ आने के लिए कितनी मुश्किलों से पैसों का जुगाड़ करना पड़ा है।

अल्बर्ट, क्यों तुम इस तरह से अपने आप से नाराज हो और खुद को शराब में खत्म कर रहे हो। कितने बरस हो गये तुम्हें इस तरह से एक बेतरतीब, बेकार और अर्थहीन जिन्दगी जीते हुए! तुम महीना-महीना ऑफिस नहीं जाते। जाते भी हो तो पिये रहते हो। तुम्हारे ऑफिस वाले बता रहे थे कि तुम काम में एक्सपर्ट होने के बावजूद काम नहीं कर पाते क्योंकि न तो तुममें काम में ध्यान देने की क्षमता रह गयी है और न ही तुम्हारा शरीर ही इस बात की इजाजत देता है। तुम्हारे ऑफिस वाले इन सबके बावजूद तुम्हें नौकरी से नहीं निकालते। तरह-तरह से काउंसलिंग करके, जुर्माने लगाकर और वॉर्निंग देकर तुम्हें सही राह पर लाने की कोशिश करते रहते हैं। सिर्फ इसलिए कि तुम फुटबॉल के बहुत अच्छे खिलाड़ी रहे हो। काम में बहुत माहिर माने जाते रहे हो और फिर तुम्हें ये नौकरी खिलाड़ी होने की वजह से ही तो मिली थी। उन्हें विश्वास है कि तुम जरूर यीशू मसीह की शरण में लौट आओगे और फिर से अच्छा आदमी बनने की कोशिश करोगे। पर कहाँ? तुम जो जिन्दगी जी रहे हो, तुमने कभी सोचा है कि तुम खुद के साथ और अपने बूढे पेरेंट्स के साथ कितना गलत कर रहे हो! हमारी बात तो खैर जाने दो। बहुत जी लिये हैं। रही-सही भी किसी तरह कट ही जाएगी। पर कभी अपनी भी तो सोचो। इस तरह से कब तक चलेगा?

याद करो बेटा, तुमने कितना शानदार करियर शुरू किया था। किसी भी फील्ड में तुम पीछे नहीं रहे थे। पढ़ाई में तो हमेशा फर्स्ट आते ही थे, सभी स्पोर्ट्स में ख़ूब हिस्सा लेते थे तुम। स्कूल कॉलेज की फुटबॉल की टीम के हमेशा कैप्टन रहे। फिर गोवा की तरफ से खेलते रहे। तुम्हारी पर्फार्मेंस बेहतर होती गयी थी। तब हम सब कितने ख़ुश हुए थे जब कुआलालम्पुर जाने वाली नेशनल टीम में तुम चुने गये थे। उस रात हम देर तक नाचते-गाते रहे थे।

तुम्हारी टीम जीत कर आयी थी। जीत का गोल तुमने दागा था। तुम्हारी वापसी पर एक बार फिर हमने सेलिब्रेट किया था। हमने मदर मैरी का थैंक्स कहा था कि तुम्हारा लाइफ कितने शानदार तरीके से शुरू होने जा रहा था। तभी तुम्हें स्पोर्ट्स कोटा में ये नौकरी मिल गयी थी और तुम बम्बई आ गये थे। बस, बेटे तभी से तुम शराब के होकर रह गये हो। तुमने एक बार भी पीछे मुड़ कर नहीं देखा है। पहले तुम बम्बई में आपनी शामों का अकेलापन काटने के लिए पीते रहे। हमने बुरा नहीं माना। हमारी पूरी कम्युनिटी पीती है। सेलिब्रेट करती है और

फिर हम तुम्हें साथ बिठा कर पिलाते रहे हैं, लेकिन एक लिमिट तक। पर शायद हमारी ही गलती रही। तुम तो रोज ही पीने बैठ जाते थे। जब हमें पता चला था तो हमनें यही समझा था कि नया-नया शौक है, तुम खुद सँभल जाओगे, लेकिन नहीं। तुम नहीं सँभले तो नहीं ही सँभले। हमने तुम्हारी मैरिज करानी चाही तो तुम हमेशा ये कहकर ही टालते रहे कि खुद तो होटल की डोरमैटरी में पड़ा हूँ, फैमिली कहाँ रखूँगा!

बस, तब से सबकुछ हाथ से छूटता चला गया है। कितने बरस हो गये तुमसे ढंग से बात किये हुए! गोवा तुम कभी आते नहीं। तुम्हारी ममा तुम्हारे लिए कितना तो रोती है! अब तो बेचारी ढंग से चल फिर भी नहीं सकती। बेटे का सुख न उसने देखा है न मैंने।

तुम यकीन नहीं करोगे अल्बर्ट, उस समय मैं कितना टूट गया था जब तुम्हारे ऑफिस के लोगों ने हमें बताया कि तुम्हारी गैरहाजरी के कारण तुम्हारी पगार हर साल बढ़ने की बजाय कम कर दी जाती है। कोई ऐसा एंडवास या लोन नहीं जो तुमने न ले रखा हो। ऑफिस का कोई ऐसा बन्दा नहीं जिसके तुमने सौ-पचास रुपये न देने हों। और कि तुम कहीं भी पार्क में, रेलवे प्लेटफार्म पर या ऑफिस की सीढ़ियों में ही सो जाते हो। सामान के नाम पर तुम्हारे पास टूथ ब्रश और दो फटे-पुराने कपड़ों के अलावा कुछ भी नहीं। एक जोड़ा जो तुमने पहना होता है और दूसरा, तुम्हें ये फ्लैट मिलने तक ये तुम्हारी ड्राअर में रखा रहता था।

तुम्हारे सैक्शन ऑफिसर बता रहे थे कि तुम ढंग से जी सको, और अपनी पूरी पगार एक ही दिन में पीने में न उड़ा दो, इसके लिए उन्होंने तुम्हारी पगार एक साथ न देकर तुम्हें कुछ रुपये रोज देना शुरू किया था, लेकिन कितने दिन? तुम तब से ऑफिस ही नहीं गये हो।

माय सन, शायद हमें ये दिन भी देखने थे। इस बुढ़ापे में तुम्हारी मदद मिलना तो दूर, हर बार कोई ऐसी खबर जरूर मिल जाती है कि हम शर्म के मारे सिर न उठा सकें। तुम्हारा पड़ोसी बता रहा था कि जब ऑफिस से सीनियरटी के हिसाब से तुम्हें ये फ्लैट मिला तो तुम्हारे पास फ्लैट की सफाई के लिए झाड़ू खरीदने तक के पैसे नहीं थे। सामान के नाम पर तुम्हारी मेज की ड्राअर में जो सामान रखा था, वही तुम एक थैली में भर कर ले आये थे। तुम्हारी लत ने तुम्हे यहाँ तक मजबूर किया कि तुम फ्लैट के पंखे तक बेचने के लिए किसी इलेक्ट्रिशियन को बुला लाये थे।

बेटे, तुम छोड़ क्यों नहीं देते ये नौकरी? गोवा में हमारे साथ ही रहो। जैसे-तैसे हम चला रहे हैं, तुम्हारे लिए भी निकाल ही लेंगे। हर बार तुम वादा

करते हो, कसम खाते हो, दस-बीस दिन ढंग से रहते भी हो, फिर तुम वही होते हो और तुम्हारी शराब होती है।

तुम्हारे ऑफिस वालों ने तुम्हारी मेडिकल रिपोर्ट दिखायी थी मुझे। गॉड विल हैव यू माय सन। तुम जरूर अच्छे हो जाओगे। छोड़ दो बेटे ये सब। तुम्हारी ममा तुम्हारी सेवा करके तुम्हें अच्छा कर देगी।

पिछले एक बरस में मैं चौथी बार बम्बई आया हूँ। पिछली बार की तरह इस बार भी तुम मुझे नहीं मिले हो। तुम्हारी ममा ने इस बार यही कहकर मुझे भेजा था कि तुम्हें साथ ले ही आऊँ। पर तुम्हें ढूँढ़ूँ कहाँ! पिछले चार दिन से तुम्हारे घर और ऑफिस के चक्कर काट-काटकर थक गया हूँ। तुम्हारी तलाश में कहाँ-कहाँ नहीं भटका हूँ। तुम कहीं भी तो नहीं मिले हो।

अल्बर्ट, मैं थक गया हूँ। तुम्हें समझा कर भी और तुम्हें तलाश करके भी। फिर कब आ पाऊँगा, कह नहीं सकता। इन चार दिनों में भी होटल में, खाने-पीने में और आने में कितना तो खर्चा हो गया है। चाह कर भी एक दिन और नहीं रुक सकता। वापसी के लायक ही पैसे बचे हैं।

ये खत मैं तुम्हारे दरवाजे के नीचे सरका करके जा रहा हूँ। कभी लौटो अपने घर और होश में होवो तो ये खत पढ़ लेना। मैं तो तुम्हें अब क्या समझाऊँ! तुम्हें अब यीशू मसीह ही समझाएँगे और...।

गॉड ब्लेस यू माय सन...।

छोटे नवाब बड़े नवाब

आखिर फैसला हो ही गया। हालाँकि इससे न छोटा खुश है, न बड़ा। बड़े को लग रहा है—छोटे का इतना नहीं बनता था। ज्यादा हथिया लिया है उसने। छोटा भुनभुना रहा है—बड़े ने सारी मलाई अपने लिए रख ली है। मुझे तो टुकड़ा भर देकर टरका दिया है, लेकिन मैं भी चुप नहीं बैठूँगा। अपना हक लेकर रहूँगा।

छोटा भारी मन से उठा, ''चलता हूँ बड़े। वह इन्तजार कर रही होगी।''

''नहीं छोटे। इस तरह मत जा।'' बड़े ने समझाया, ''घर चल। सब इकट्ठे बैठेंगे। खाना वहीं खा लेना। फोन कर दे उसे। वहीं आ जाएगी। होटल से चिकन वगैरह लेते चलेंगे।''

छोटा मान गया है।

फोन उठाते ही छोटे की बीवी ने पूछा, ''क्या-क्या मिला? कहीं बाउजी के लिए तो हाँ नहीं कर दी है?''

''तुमने मुझे इतना पागल समझ रखा है क्या?'' छोटा आवाज दबाकर बोला। साथ वाली मेज पर बड़ा दूसरे फोन पर अपनी बीवी से बात कर रहा है।

''मैं माना ही बिज्जी को रखने की शर्त पर।'' छोटे ने बताया।

''नकद भी मिलेगा कुछ?''

''हाँ, मुझे सिर्फ तीन देगा बड़ा। उसके पास फिर भी बीस लाख से ऊपर है नकद अभी भी।'' छोटा फिर भुनभुनाया।

''तो ज्यादा क्यों नहीं माँगा तुमने?... और क्या-क्या मिलेगा?'' छोटे की बीवी फोन पर ही पूरी रिपोर्ट चाहती है।

''अभी बड़े के घर आ ही रही हो। सब बता दूँगा।'' और छोटे ने फोन रख दिया।

"पता नहीं अक्ल मारी गयी है। हाँ कर दी है बाउजी के लिए। आपका क्या, सँभालना तो मुझे पड़ता है। एक मिनट चैन नहीं लेने देते। अब आप ही दुकान पर बिठाया करना सारा दिन।"

"समझा करो भई। बिज्जी को रखने की शर्त पर ही छोटा इतने कम पर माना है।" बड़े ने तर्क दिया, "वरना वह तो..."

"और क्या—क्या दे दिया है उसे? कहीं पालम फार्म हाउस तो नहीं दे दिया? आपका कोई भरोसा नहीं।"

"नहीं दिया बाबा वह फार्म हाउस। अभी आ ही रही हो। सब बता दूँगा।" कहकर बड़े ने फोन रख दिया और पसीना पोंछा।

दोनों ने घर पहुँचते ही अपनी-अपनी बीवी को फैसले की संक्षिप्त रिपोर्ट दे दी है। दोनों औरतें कुछ और पूछना चाहती हैं, लेकिन उनके हाथ और अपनी आँख दबाकर दोनों ने इशारा कर दिया है, 'अभी नहीं।'

दोनों समझदार हैं। मान गयी हैं, लेकिन जितनी खबर मिल चुकी है, उसे भी अपने भीतर रखना उन्हें मुश्किल लग रहा है। किसी को बतानी ही पड़ेगी। उन्होंने बच्चों के कान खाली देखकर बात वहाँ उड़ेल दी है। बच्चे तो बच्चे ठहरे! सीधे दादा-दादी के कमरे की तरफ लपके। खबर प्रसारित कर आये।

बड़े ने इम्पोर्टेड व्हिस्की निकाल ली है—चलो पिंड छूटा। जब से इसे पार्टनर बनाया था, तब से चख-चख से दुखी कर रखा था। तब पार्टनर बनने की जल्दी थी और अब चार साल में ही अलग होने के लिए कूद-फाँद रहा था। पिछले कितने दिनों से तो रोज फैसले हो रहे थे, लेकिन दोनों ही रोज अपनी बीवियों के कहने में आकर रात के फैसले से मुकर जाते थे। फिर वहीं पंजे लड़ाना, फूँ-फाँ करना...। आज निपटा ही दिया आखिर। बड़ा मन-ही-मन खुश है।

बड़े ने बाउजी को भी बुलवा लिया है। उन्हें यह सौभाग्य कभी-कभी ही नसीब होता है। सिर्फ़ एक या दो पैग। आज वे समझ नहीं पा रहे हैं—यह दावत खुशियाँ मनाने के लिए है या गम गलत करने के लिए। अलबत्ता, वे अपने हिसाब से उदास हो गये हैं, "प्रॉपर्टी के साथ-साथ माँ-बाप का भी बँटवारा। अब तक तो दोनों घर अपने थे। कभी यहाँ तो कभी वहाँ। कभी वे इधर तो कभी बिज्जी उधर। कोई रोक-टोक नहीं थी। उठाई साइकिल और चल दिये। कहीं कोई तकलीफ नहीं, लेकिन... लेकिन... अब मुझे यहीं रहना होगा। अकेले। बिज्जी उधर अलग। सारे दिन इस बड़े की बीवी के जहर बुझे तीर झेलने होंगे। कैसे रहेंगी बिज्जी अकेली? बेशक ऑपरेशन के बाद कोई खतरा नहीं रहा। फिर भी कैंसर है। कोई छोटी-मोटी बीमारी नहीं। कौन बचता है इससे! दोनों कहीं भी रह लेते। आखिर हम दोनों का खर्चा ही कितना होगा! कुकी के ट्यूटर से भी

कम। उदिता की पॉकेट मनी भी ज्यादा होगी हम दोनों के खर्चे से!''

बाउजी बिना घूँट भरे, गिलास हाथ में लिये ऊभ-चूभ हो रहे हैं—कहें भी तो किससे! इस घर में मेरी सुनता ही कौन है! कहते-सुनाते सब हैं। बड़ों की देखा-देखी छोटे भी। बस, फैसला कर दिया और कहलवाया भी किसके हाथ? बच्चों के। मैं तो एकदम फालतू हूँ। घर के पुराने सामान से भी गया-बीता? पड़े रहो एक कोने में। क्या मतलब है इस जिन्दगी का!

बाउजी ने अपने हाथ में पकड़ा व्हिस्की का गिलास देखा—ग्यारह सौ की आयी थी यह बोतल और इस बुड्ढे-बुढ़िया का महीने भर का खर्च!

तभी उन्हें कहीं दूर से आती बड़े की आवाज सुनाई दी। सिर उठाया—सामने ही तो खड़ा है वह। छोटे का कन्धा थामे। कह रहा है, ''छोटे, हम दोनों ने अपना बिजनेस अलग कर लिया है, रिश्ते नहीं। हम आगे भी एक-दूसरे को मान देते रहेंगे। हमारे घरों का, दिलों का बँटवारा नहीं हुआ है छोटे।''

छोटा भावुक हो गया है, ''हाँ बड़े। यह घर मेरा ही है और वह घर तुम्हारा है। हम पहले की तरह एक-दूसरे के सुख-दुख में खड़े होंगे।''

''देख छोटे, तू माँ को ले जा तो रहा है, लेकिन याद रखना, वह पहले मेरी माँ है। तू उसे कोई तकलीफ नहीं देगा।''

''नहीं दूँगा बड़े। वह मेरी भी तो माँ है।''

''छोटे, तू उससे कोई काम नहीं करवायेगा। उसकी सेवा करेगा। उसके इलाज पर पूरा ध्यान देगा।'' बड़े ने अपना गिलास दोबारा भरा।

''हाँ बड़े, उसकी पूरी सेवा करूँगा।'' छोटे ने भी अपना गिलास खाली किया।

''बिज्जी को कोई तकलीफ नहीं होनी चाहिए छोटे। उसे जरा-सा भी कुछ हो तो तू सबसे पहले मुझे खबर करेगा।'' बड़े ने फिश कटलेट का टुकड़ा मुँह में डाला।

''वादा करता हूँ बड़े।'' छोटे ने सलाद चखी।

अब बड़ा भी भावुक हो गया है। उसने एक लम्बा घूँट भरा, ''छोटे, मुझे गलत मत समझना। हम लोगों ने दूसरों के कहने में आकर यह बँटवारा तो कर लिया है, लेकिन हम दोनों सगे भाई हैं। आगे भी बने रहेंगे।''

बाउजी से और नहीं बैठा जाता। अपना बिन पिया गिलास वहीं छोड़कर लम्बे-लम्बे डग भरते हुए अपने कमरे में चले आये। आज की रात तो थोड़ी देर बिज्जी के पास बैठ लें। कुछ कह-सुन लें। कल तो उसे छोटा ले जाएगा। इतनी देर से रोकी गयी भड़ास और नहीं रोकी जाती। फट पड़ते हैं, ''लानत है ऐसी औलाद पर, ऐसी जिन्दगी पर। कभी अपनी माँ के कमरे में झाँककर नहीं देखते। जीती है या मरती है। खुद मुझे कोई दो कौड़ी को नहीं पूछता, नौकर से भी बदतर। और

ये दोनों लाल घोड़ी पर चढ़े बड़ी-बड़ी बातें बना रहे हैं।''

पछता रहे हैं बाउजी, ''बहुत बड़ी गलती की थी यहाँ आकर। वहीं अच्छे थे। अपना घर-बार तो था। इन लोगों के झाँसे में आकर सबकुछ बेच-बाच डाला। तब बड़े सगे बनते थे हमारे। अब सबकुछ इन्हें देकर इन्हीं के दर पर भिखारी हो गये हैं। जब अपनी ही औलाद के हाथों दुर्गत लिखी थी तो दोष भी किसे दें! इससे तो गरीब ही अच्छे थे हम। न मोह, न शिकायत! जैसे थे, सुखी थे।''

उनकी बड़बड़ाहट सुनकर बिज्जी की आँख खुल गयी। पूछती हैं, ''कहाँ गये थे? अब किसे कोस रहे हो?''

''कोस कहाँ रहा हूँ? मैं तो...'' गुस्से की मक्खी अभी भी बाउजी की नाक पर बैठी है, ''वो अन्दर पार्टी चल रही है। जश्न मना रहे हैं दोनों। प्रॉपर्टी के साथ हमारा भी बँटवारा हो गया है। उसी खुशी में...''

''छोटा आया है क्या? इधर तो झाँकने नहीं आया?'' बिज्जी उदास हो गयी है।

''फिकर मत कर। कल से रोज़ आयेगा झाँकने तेरे कमरे में। तू उसी के हिस्से में गयी है।'' बाउजी की आवाज में अभी भी तिलमिलाहट है।

बिज्जी ने सुनकर भी नहीं सुना। जब से बिस्तर पर पड़ी हैं, किसी भी बात की भलाई-बुराई से परे चली गयी हैं। बाउजी की तरफ देखती हैं। उन्हें समझाती हैं, ''अपना खयाल रखना। बहुत लापरवाह हो। ज्यादा टोका-टोकी मत करना। बड़ा और उसकी वो तो तुमसे वैसे ही ज्यादा चिढ़ते हैं।''

''हाँ, चिढ़ते हैं। सब चिढ़ते हैं मुझसे। हरामखोर हूँ मैं तो। घर पर रहूँ तो पिसता रहूँ। दुकान पर बैठूँ तो बेगार करूँ। मुझसे तो दुकान का नौकर बंसी अच्छा है। महीने की दस तारीख को गिनकर पूरी तनखा तो ले जाता है, जबकि काम मैं भी उतना ही करता हूँ। ग्राहकों को चाय पिलाता हूँ। उनके जूठे गिलास धोता हूँ। दुकान की सफाई करता हूँ। साइकिल पर क़ितनी-कितनी दूर जाता हूँ और क्या उम्मीद करते हैं मुझसे! अब इन सत्तर साल की बूढ़ी हड्डियों से जितना बन पड़ता है, खटता तो हूँ।'' बाउजी की दुखती रग दब गयी है। वे फिर शुरू हो गये हैं, ''इन साहबजादों के लिए जमा-जमाया घर छोड़कर आये थे। सबकुछ इन्हें दे दिया। हमारी क्या है, कट जाएगी। अब इन दोनों ने महल खड़े कर लिये हैं, लाखों-करोड़ों में खेल रहे हैं और यहाँ...''

''अब बस भी करो। तुम्हारा तो बस रिकार्ड हर समय बजता ही रहता है। कोई सुने, न सुने। जब तुम्हारा टाइम था तो तुम्हारी चलती थी। गलत बातें भी सही मानी जाती थीं। हैं कि नहीं। अब वक्त से समझौता कर लो। सही-गलत...''

''तू सही-गलत की बात कर रही है, यहाँ तो कोई बात करने को तैयार

नहीं...''

सहमे से बिज्जी को देखते रह गये—'क्या सचमुच हमेशा के लिए जा रही है बिज्जी यहाँ से? यह बीमार, कमजोर औरत, जिसके चेहरे पर हर वक्त मौत की परछाईं नजर आती है, अब कितने दिन और जियेगी इस तरह? दवा-दारू से तो वह पहले ही दूर जा चुकी है। अब इन आखिरी दिनों में तो दोनों बच्चों के कुटुम्ब को एक साथ हँसता-खेलता देख लेती। आराम से मर सकती। न सही औलाद का सुख, हम दोनों को तो एक साथ रह लेने देते। उनसे और कुछ तो नहीं माँगते। जीते-जी तो मत मारो हमें... लेकिन सुनेगा कौन! यहाँ जितना हो सकता था, इसकी देखभाल कर ही रहा था। वहाँ तो कोई पानी को भी नहीं पूछेगा। कैसे जियेगी ये...और कैसे जिऊँगा मैं...'

''कहाँ खो गये?'' बिज्जी इतनी देर से जवाब का इन्तजार कर रही हैं। बाउजी उठकर बिज्जी की चारपाई के पास आये। वहीं बैठ गये। उनका हाथ थामा, ''भागवन्ती, हमारी औलाद तो ऊपर वाले से भी जालिम निकली। वह भी इतना निर्दयी नहीं होगा। जब भी बुलावा भेजेगा, आगे-पीछे चले जाएँगे। वहाँ तो अलग-अलग ही जाना होता है न! यहाँ तो जीते-जी अलग कर रही है हमारी अपनी कोखजायी औलाद।'' बाउजी का गला रुँध गया है। बिज्जी ने जवाब में कुछ नहीं कहा। कितनी-कितनी बार तो सुन चुकी है उनके ये दुखड़े। बिज्जी ने हाथ बढ़ाकर बाउजी की आँखों में चमक आये मोती अपनी उँगलियों पर उतार लिये।

उधर बड़े-छोटे के संवाद जारी हैं। अब दोनों नहीं बोल रहे, दोनों के भीतर एक ही बोतल की इम्पोर्टेड व्हिस्की बोल रही है, जिसे कभी छोटा खोलता है तो कभी बड़ा।

इस बार पेग छोटे ने बनाये, ''बड़े, मुझे माफ करना, बड़े। मैंने अपनी वाइफ के बहकावे में आकर अपने देवता जैसे भाई का दिल दुखाया। उससे अपना हिस्सा... माँगा।'' वह रोने को है।

''छोटे, तू चाहे अलग रहे, अलग काम करे, तू इस घर का सबसे बड़ा मेम्बर है।'' बड़ा फिर भावुक हो गया है, ''मार्च में उदिता की शादी है, सब काम तुझे ही करने हैं।'

''फिकर मत कर बड़े। मैं इस घर के सारे फर्ज अदा करूँगा। उदिता की शादी का सारा इन्तजाम मैं देखूँगा।'' छोटे के भीतर बड़े के बराबर ही शराब गयी है।

इससे पहले कि इसके जवाब में बड़ा कुछ कहे या आज का फैसला अपनी

बीवी की सलाह लिये बिना बदले, उसकी बीवी ने आकर फरमान सुनाया, ''अब बहुत... हो गयी है। चलो, खाना लग गया है।''

बड़े ने अपना गिलास खत्म करके छोटे का हाथ थामा और उसे लिये-लिये डाइनिंग रूम में आ गया।

वहाँ बाउजी, बिज्जी को न पाकर उसने उदिता से कहा, ''जाओ बेटे, बाउजी-बिज्जी को भी बुला लाओ।''

जवाब बड़े की बीवी ने दिया, ''उन लोगों ने अपने कमरे में ही खा लिया है। आप लोग शुरू करो।''

खाना-खाने के बाद बड़ा-छोटा और उनकी बीवियाँ, चारों लोग बाउजी-बिज्जी के कमरे में गये। बिज्जी सो गयी है। बाउजी अधलेटे आँखें बन्द किये पड़े हैं।

''चलते हैं बाउजी।'' यह छोटे की बीवी है। उसने बाउजी के आगे सिर झुकाया। वह जब भी बाउजी, बिज्जी से विदा लेती है, ऐसा ही करती है। छोटा भी उसके साथ-साथ ही झुक गया। बाउजी ने रजाई से हाथ निकाला, ऊपर किया, कुछ बुदबुदाये और हाथ रजाई में वापस चला जाने दिया। छोटा और उसकी बीवी यही दोहराने के लिए बिज्जी की चारपाई के पास गये, लेकिन बाउजी ने इशारे से रोक दिया, ''सो गयी है। जगाओ मत।''

जाते-जाते बड़े से पूछा है, ''बत्ती बन्द कर दूँ क्या?'' बाउजी की 'आँ' का उसने 'हाँ' समझ कर लाइट बुझा दी है।

छोटे के कार स्टार्ट करने तक यह तय हो गया है कि बड़ा कल ही छोटे को उसके हिस्से में आयी प्रॉपर्टी के कागजात वगैरह और पैसे दे देगा। छोटे की बीवी परसों आकर बिज्जी को और उनका सामान लिवा ले जाएगी।

रात में छोटे और बड़े की अपनी-अपनी बीवी के दरबार में पेशी हुई। एक बार फिर लम्बी बहसें चलीं और दोनों की ब्रेन वाशिंग कर दी गयी और उन्हें जतला दिया गया कि उन्हें फैसले करना नहीं आता। दोनों का नशा सुबह तक बिलकुल उतर चुका था। दोनों ने ही सुबह-सुबह महसूस किया—दूसरे ने ठग लिया है। इधर बड़ा सुबह-सुबह हिसाब लगाने बैठ गया, छोटे के हिस्से में कितना निकल जाएगा। उधर बड़े के साथ सुबह से यही कुछ हो यहा था। वह भी उसी समय टेलीफोन की तरफ लपका था। जब तक पहुँचता, फोन घनघनाने लगा।

''बड़े नमस्कार। मैं छोटा बोल रहा हूँ।''

''नमस्ते। बोल छोटे। सुबह-सुबह! रात ठीक से पहुँच गये थे?'' बड़े ने सोचा, पहले छोटे की ही सुन ली जाए।

''बाक़ी तो ठीक है बड़े, लेकिन मेरे साथ ज्यादती हो गयी है। कुछ भी तो नहीं दिया है तुमने मुझे।''

"क्या बकवास है! इधर मैंने हिसाब लगाया है कि जब से तू पार्टनरशिप में आया है, हम दोनों ने मिलकर भी इतना नहीं कमाया है, जितना तू अकेले बटोरकर ले जा रहा है।"

"रहने दे बड़े, मेरे पास भी सारा हिसाब है...।"

"क्या हिसाब है? चार साल पहले जब तू नौकरी छोड़कर दुकान पर आया था तो घर समेत तेरी कुल पूँजी चार लाख भी नहीं थी। डेढ़ लाख तूने नकद लगाये थे और ढाई लाख का तेरा घर था। अब सिर्फ चार साल में तुझे चार के बीस लाख मिल रहे हैं। चार साल में पाँच गुना! और क्या चाहता है?" बड़े को ताव आ रहा है।

"कहाँ बीस लाख बड़े। मुश्किल से दस-ग्यारह, जबकि तुम्हारे पास कम-से-कम एक करोड़ की प्रॉपर्टी निकलती है। नकद अलग।"

"देख छोटे..." बड़ा गुर्राया, "सुबह-सुबह तू अगर यह हिसाब लगाने बैठा है कि मेरे पास क्या बच रहा है तो कान खोलकर सुन ले। तुझे हिस्सेदार बनाने से पहले भी मेरे पास बहुत कुछ था। तुझसे दस गुना। अब तू उस पर तो अपना हक जमा नहीं सकता।" बड़ा थोड़ा रुका। फिर टोन बदली, "तुझे मैंने तेरे हक से कहीं ज्यादा पहले ही दे दिया। मैं कह ही चुका हूँ, इन चार-पाँच सालों में हमने चार-पाँच गुना तो कतई नहीं कमाया। रही एक करोड़ की बात, तो यह बिलकुल गलत है। बच्चू, मैं इस लाइन में कब से एड़ियाँ घिस रहा हूँ। तब जाकर आज चालीस-पचास लाख के आस-पास हूँ। एक करोड़ तो कतई नहीं।"

"नहीं बड़े।"

"नहीं छोटे।"

"नहीं बड़े।"

"नहीं छोटे।"

"तो सुन ले बड़े। मैं ज्ञानचन्द नहीं हूँ, जिसे तुम यो ही टरका दोगे। मैंने भी उसी माँ का दूध पिया है। इन चार सालों में हमने जितनी डील्स की हैं, सबकी फोटो कॉपी मेरे पास है। मुझे उन सबमें पूरा हिस्सा चाहिए, चाहे दस बनता हो या पचास। मैं पूरा लिए बिना नहीं मानूँगा।" छोटे ने इस धमकी के साथ ही फोन काट दिया।

जब तक बड़े और छोटे फोन से निपटते, ताजे समाचार जानने की नीयत से उनकी बीवियाँ गरम चाय लेकर हाजिर हो गयीं। बड़े की बीवी ने खूबसूरत बोन चाइना के प्याले में उन्हें चाय थमाते हुए भोलेपन से पूछा, "किसका फोन था?"

"उसी का था। धमकी देता है, मेरा हिस्सा पचास लाख का बनता है।"

उसने मुँह बिचकाया, "एक करोड़ का नहीं बनता। अपना भाई है, अच्छी हालत में नहीं है, यही सोचकर मैंने इसे पार्टनर बना लिया था। इसी के चक्कर में ज्ञानचन्द जैसे काम के आदमी को अलग किया। उस पर झूठी तोहमत लगायी।" बड़े की बीवी ध्यान से सुन रही है, "...अगर मैं इसे न रखता तो ज्ञानचन्द अभी भी चार-पाँच हजार में काम करता रहता। अब जो छोटा पन्द्रह-बीस लाख की चपत लगाने के बाद भी उचक-उचक कर बोलियाँ लगा रहा है, वे तो बचते।"

बड़े की बीवी ने तुरन्त कुरेदा, "तो अब क्या करोगे? ज्ञानचन्द को फिर बुलाओगे क्या? अकेले कैसे सँभालोगे दुकान की इतनी भाग-दौड़?"

"बुलाने को तो बुला लूँ। अब भी बेचारा खाली ही घूम रहा है। कभी एक बेटे के पास जाता है तो कभी दूसरे के पास, लेकिन पता नहीं अब सिर्फ़ सैलरी पर आयेगा या नहीं। एक बार तो उसे धोखे में रखा। हर बार थोड़े ही झाँसे में आयेगा?"

"क्यों, उसे एक फ्लैट दिया तो था, सरिता विहार वाला?" बीवी ने अपनी याद्दाश्त का सहारा लिया।

बड़ा हँसने लगा, "वह तो मुकदमेबाजी वाला फ्लैट था। बेचारा ज्ञानचन्द आज तक तारीखें भुगत रहा हैं। सुना है डीडीए में पन्द्रह हजार खिलाये भी थे उसने कि फ्लैट उसके नाम रिलीज हो जाए। वे भी डूब गये।"

"तो कोई नया आदमी रखोगे क्या?"

"रखना तो पड़ेगा, लेकिन ज्ञानचन्द जैसा मेहनती और ईमानदार आदमी आजकल मिलता कहाँ है। सच बताऊँ! आज जो हमारे ये ठाठ-बाट हैं, सब उसी की प्लैनिंग और मेहनत का नतीजा है। उसी की खरीदी हुई कई प्रॉपर्टी हमने बाद में बेचकर कम-से-कम पचास लाख कमाये होंगे।"

"एक काम क्यों नहीं करते! उदिता की शादी के लिए उसे बुलाओगे ही न? तब बात कर लेना।"

"वो तो ठीक है। फोन करने पर आज ही चला आएगा, लेकिन दिक्कत यही है कि यही छोटा उसकी सिफारिश लाया था। इसी छोटे ने उसे निकलवाया और अब इसी की वजह से उसे फिर बुलवाना पड़ेगा।"

"अब तो जो भी करना है, सोच-समझकर करना।" बड़े की बीवी ने चाय के खाली प्याले उठाये।

अगले दिन जब छोटा अपना हिस्सा लेने गया, तो बड़े ने उतना भी देने से इनकार कर दिया, जितने की बात हुई थी। छोटे ने बहुत हाय-तौबा की। चीखा-चिल्लाया, जब कोई भी तरकीब बड़े को डिगा न सकी, तो मिन्नतें करने लगा, चलो! जितना देते हो, दे दो। आखिर दो-एक रिश्तेदारों को बीच में डालकर ही छोटा

अपना हिस्सा निकाल पाया। इतना पाकर उसे बिलकुल भी चैन नहीं है। उसके प्राण तो बड़े की तिजोरी में अटके पड़े हैं। अभी उसे कोई ढंग की दुकान नहीं मिली हैं, इसलिए कोठी के बाहर ही 'प्रॉपर्टी डीलर' का बोर्ड टँगवा कर उसने घर पर ही ऑफिस खोल लिया है। भाग-दौड़ कर रहा है। अभी कोई सौदा नहीं हुआ है, लेकिन उसे उम्मीद है, जल्द ही उसके भाग जागेंगे और वह भी करोड़ों में खेलने लगेगा।

उदिता की शादी का न्यौता देने बड़ा, उसकी बीवी और उदिता खुद आये। उदिता की इच्छा है, दादी कुछ दिन उन्हीं के पास रहे। चाचा-चाची भी पापा से अपना झगड़ा भूलकर भतीजी की शादी के दिनों में वहीं रहें, अपना फर्ज निभाएँ। उदिता की शादी को एक विशेष मामला मानते हुए छोटे ने कुछ दिनों के लिए बिज्जी को बड़े के घर पर भेज दिया है। खुद भी दोनों हर रोज वहाँ जाने लगे हैं। छोटे ने उस दिन नशे में बड़े से किया वादा निभाया है और उदिता की शादी की सारी जिम्मेदारी अपने ऊपर ले ली है। बिज्जी और बाउजी को अच्छा लगा है कि छोटा मनमुटाव भुलाकर बड़े के साथ कन्धे-से-कन्धा मिलाकर खड़ा है।

शादी बहुत अच्छी हो गयी है। 'सब कर्मों का फल' कहते हुए सबने ऊपर वाले के आगे हाथ जोड़े हैं। शादी में बड़े ने छोटे को एक पैसा भी खर्च नहीं करने दिया है। कहा, "अभी तो तेरे पास काम भी नहीं है, यह क्या कम है कि तू आया। इतनी मेहनत की।" छोटा सिर्फ मुस्करा दिया है। उसने अपनी प्यारी भतीजी को एक लाख रुपये नकद का शगुन और उसकी बीवी ने पचास हजार का जड़ाऊ हार दिया है, बड़े और उसकी बीवी के बहुत मना करने के बावजूद। सबकी आँखे खुली रह गयी हैं।

उदिता की विदाई होते ही छोटे ने अपनी पुरानी वाली पोजीशन ले ली है। बिज्जी को वह अगले दिन ही ले आया और फिर वापस नहीं देखा। बड़े ने छोटे का आभार ही माना कि कम-से-कम शादी में तो इज्जत रख ली छोटे ने।

छोटे ने उस दिन नशे में बड़े को किया एक और वादा निभाया है। उसने बिज्जी को कोई तकलीफ नहीं होने दी है। न उसने माँ की वजह से नौकरानी को निकाला, न उससे घर से काम करवाये। जितनी बन पड़ी, सेवा की। उनका इलाज जारी रखा। अब इस बात का उसके पास कोई जवाब नहीं है कि बिज्जी दिन भर रोती रहती हैं। बाउजी को, बड़े को, उसके बच्चों को याद करती हैं।

वैसे बिज्जी को कोई तकलीफ नहीं है। छोटा उनके कमरे में झाँकता है। उनके हालचाल पूछता है, बातें करता है। कार में कभी-कभी मन्दिर भी ले जाता है। उसकी बीवी भी बड़े की तुलना में कम ताने मारती है। खाना भी ठीक और वक्त पर देती है। पर बिज्जी को जो चाहिए वह न माँग सकती है, न कोई देने को तैयार है।

बाउजी बीच-बीच में चले आते हैं। चुपचाप बिज्जी के सिरहाने बैठे रहते हैं। खुद भी रोते हैं, उसे भी रुलाते हैं। उसके छोटे-मोटे काम कर जाते हैं। हर बार कुछ-न-कुछ लाते हैं उसके लिए। नहीं आ पाते तो फोन कर लेते हैं। इन दिनों वे खुद भी बीमार रहने लगे हैं। इतनी दूर साइकिल पर आना-जाना भारी पड़ता है।

बहुत चिन्ता रहती है उन्हें बिज्जी की। उसके लिए तड़पते-छटपटाते रहते हैं। उनके खुद के पास तो घर और बाहर दोनों हैं। कहीं भी उठ-बैठ लेते हैं। बिज्जी बेचारी सारा दिन अकेली कमरे में पड़ी रहती हैं। कोई तकलीफ न होने पर भी अकेलेपन और बुढ़ापे से, कमजोरी और बीमारी से वह हर रोज उसे लड़ते देखते हैं। असहाय से उसका हाथ थामे बैठे रहते हैं घंटों।

इस बीच दो बार बिज्जी की तबीयत खराब हुई। पहली बार तो दो दिन में ही अस्पताल से घर आ गयी। तब छोटे ने किसी को भी खबर नहीं दी। न बड़े को, न बाउजी को। खुद दोनों ही भाग-दौड़ करते रहे।

लेकिन, दूसरी बार की ख़बर बाउजी के जरिये बड़े तक पहुँच ही गयी। बड़ा बहुत नाराज हुआ। लेकिन छोटा उसकी नाराजगी टाल गया। बिज्जी महीना भर अस्पताल में रहीं। बाउजी लगातार वहीं रहे। अपने आपको पूरी तरह भूलकर। बिज्जी के घर वापस आ जाने पर बाउजी ने बड़े और छोटे के आगे हाथ जोड़े, उन्हें अब तो बिज्जी के साथ रहने दिया जाए और इस तरह वे अस्थायी तौर पर छोटे के घर आ गये हैं। शुरू-शुरू में बड़ा बिज्जी को देखने लगातार आता रहा। फिर धीरे-धीरे एकदम कम कर दिया।...

आधी रात के वक्त बड़े के घर फोन की घंटी बजी है। बड़े ने वक्त देखा-पौने दो। इस वक्त कौन? फोन उठाया।

"बड़े, मैं छोटा बोल रहा हूँ। पहले मेरी पूरी बात सुन लो, तभी फोन रखना..."

बड़ा घबराया, छोटा इस वक्त क्या कहना चाहता है।...

"अभी थोड़ी देर पहले बिज्जी चल बसीं। अन्तिम संस्कार... कल सुबह ग्यारह बजे होगा। आप बिज्जी के अन्तिम दर्शन तभी कर पाएँगे जब आप... प्रॉपर्टी में मेरे हिस्से के... पचास लाख के पेपर्स... लेकर आएँगे।" और फोन कट गया।

(1992 में मैंने 'छोटे नवाब बड़े नवाब' कहानी लिखी थी। बाद में वह मुम्बई दूरदर्शन पर दिखाई भी गयी। लेकिन काफी अरसे तक मेरे मन पर एक बोझ-सा बना रहा कि मैंने पिता के रूप में जिस पात्र को लिया था, उसके साथ पूरी तरह से न्याय नहीं कर पाया हूँ। 2001 में ही जाकर उस पात्र को लेते हुए आगे ही कहानी 'मर्द नहीं रोते' लिखी गयी।)

मर्द नहीं रोते

रामदत्तजी को ऑटो वाले ने सन्ध्या आश्रम के गेट पर ही छोड़ दिया है। उनकी अटैची नीचे ज़मीन पर रखी है और वे सामने आश्रम की तरफ देखते हुए सोच रहे हैं तो... अब से यही होगा मेरा घर। मेरा नया पता। मेरा आखिरी पता। मरते दम तक। अपनी जिन्दगी की आखिरी साँस तक अब मुझे अपना सारा वक्त, सोते जागते यहीं गुजारना होगा। अब मेरे सुख-दुःख के साथी यहाँ के रहने वाले लोग ही होंगे और मेरी बाकी की जिन्दगी के लिए मेरा परिवार यहाँ रहने वाले मेरी ही उम्र के बूढ़ों का परिवार ही होगा। बस सिर्फ दस कदम और उसके बाद मैं उन सबकी दुनिया में शामिल हो जाऊँगा। बाहर की दुनिया से नाता एकदम तोड़ दूँगा।

उन्होंने जमीन पर रखी अटैची उठायी है और एक बार पीछे मुड़कर देखा है मानो जो कुछ पीछे छोड़ आये हैं, उसे आखिरी बार विदा कर देना चाहते हों। अपनी स्मृतियों से, अपने वर्तमान से और अपने वजूद से भी धो-पोंछ देना चाहते हों। इससे पहले कि आँसुओं के कतरे उनकी सूनी आँखों को भिगो पाएँ, वे झटके से मुड़े और गेट खोलकर भीतर हो गये हैं। उन्होंने पूरी सावधानी से गेट बन्द किया है और दायीं तरफ रिसेप्शन का बोर्ड देखकर उसी तरफ मुड़ गये हैं। उन्होंने कनखियों से देख लिया है कि आस-पास मँडरा रहे तीन-चार बूढ़ों की निगाहें उनकी तरफ उठी हैं, लेकिन इससे पहले कि कोई लपक कर मदद के लिए उनके पास आये, ये रिसेप्शन रूम के अन्दर हो गये हैं।

रिसेप्शन पर बैठा क्लर्क कुछ लिख रहा है। वे एक पल उसकी निगाह ऊपर उठने की राह देखते हैं और फिर गला खँखार कर अपनी मौजूदगी दर्ज कराते हैं। जेब से पत्र निकालकर उन्होंने पहले ही अपने हाथ में ले लिया है।

क्लर्क ने उनकी तरफ देखा है और उन्हें बैठने का इशारा करके पूछ रहा है। "कहिए, मैं आपकी क्या सेवा कर सकता हूँ?"

"नमस्कार, मेरा नाम रामदत्त है। ये रही आपकी चिट्ठी जो मेरे खत के जवाब में मुझे मिली थी।" वे पत्र मेज पर रखते हैं।

क्लर्क ने पत्र पढ़कर उनकी तरफ देखा है और फिर अपने पीछे रखी अलमारी से एक फाइल से उनका पत्र निकालकर देखा है। उनके पत्र को पढ़कर वह एक बार उनके चेहरे की तरफ देखता है। वे निर्विकार भाव से क्लर्क की सारी गतिविधियाँ देख रहे हैं।

आखिर क्लर्क ने फाइल बन्द की और कहना शुरू किया है—"आपका स्वागत है यहाँ। मेरा नाम देवीदयाल है और मैं यहाँ के सब इन्तजाम देखता हूँ। ये रजिस्ट्रेशन फार्म है। ये भर दीजिए, तब तक मैं बाकी इन्तजाम करता हूँ।"

उन्होंने क्लर्क के हाथ से फार्म ले लिया है और बड़े बेमन से भर कर वापिस क्लर्क की डेस्क पर रख दिया है। तब तक क्लर्क वापिस आ गया है और फार्म देख रहा है।

फार्म देख कर क्लर्क बेचैन हो गया है—"ये क्या? यहाँ आपने लिखा है कि बीमारी वगैरह की हालत में या किसी इमरजेंसी में आपके परिवार में किसी को भी न बताया जाए और कि आपका कोई भी नहीं है। आपने अपने परिवार का स्थायी पता... और ये आपके परिवार के लोगों के नाम और पते... और ये... आपसे कोई भी मिलने नहीं आएगा और ये... आपके परिवार द्वारा ट्रस्ट को दिये जाने वाले महीने के पैसे... आपने पता नहीं क्या-क्या लिख दिया है। मैं आपको दूसरा फार्म देता हूँ। जरा ध्यान से भरिए... सब। अच्छा रुकिए, मैं ही भरवा लेता हूँ आपका फार्म।"

वे बहुत ही सन्तुलित और ठहरी हुई आवाज में बताते हैं, "देखिए देवीदयालजी, मैंने जो कुछ भी लिखा है, सोच-समझकर लिखा है। आपके सारे सवालों का जवाब ये है।"

उन्होंने अपने बैग से नोटों की तीन-चार गड्डियाँ निकालकर मेज़ पर रख दी हैं, "ये दो लाख तीस हजार रुपये हैं।" उन्होंने बैग से कुछ और कागज निकाले हैं, "और ये दो-एक पालिसीज हैं। एक एफडी भी हैं। इस समय मेरी उम्र बहत्तर साल है। मेरे खयाल से मेरे जीते-जी और मेरे मरने के बाद के सारे खर्चे इनसे पूरे किये जा सकते हैं। इन्हें ट्रस्ट के खाते में जमा कर दीजिए। जो भी पत्र जरूरी होगा, मैं बाद में लिखकर दे दूँगा। और कुछ...?"

क्लर्क बुरी तरह से सकपका गया है। तय है कि आज तक उसका वास्ता किसी भी ऐसे शख्स से नहीं पड़ा होगा जो वृद्धाश्रम में रहने आ रहा हो और न केवल इस तरह की जानकारी फार्म में भर कर दे, बल्कि अपने रहने-खाने के भावी खर्च की मद में पूरे दो लाख तीस हजार रुपये नकद भी जमा करवा रहा हो।

वह हकला रहा है, "ये तो बहुत काफी हैं... आप... आप... कहीं घर से... लड़कर?"

उन्होंने हाथ के इशारे से उसे टोक दिया, "आप बिना वजह कोई सवाल न

पूछें तो बेहतर। मैं लम्बा सफर करके आया हूँ और थका हुआ हूँ। मैं आराम करना चाहूँगा।''

क्लर्क उनके आतंक में है। उसे कुछ भी समझ में नहीं आ रहा कि उनकी किस बात को किस तरह से ले और उसका क्या जवाब दे। उसने फटाफट कागजी कार्रवाई पूरी की है और खड़ा हो गया है, ''चलिए।''

क्लर्क ने उन्हें उनका कमरा दिखाया है। कमरा पहली ही निगाह में उन्हें पसन्द आ गया है। उन्होंने पहले ही लिख दिया था कि वे हो सके तो अलग कमरा चाहेंगे, बेशक छोटा-सा ही क्यों न हो। उन्हें बताया गया था कि अगर वे अलग कमरे के लिए अतिरिक्त खर्च उठाना चाहें तो वे अलग कमरा ले सकते हैं।

कमरा एकदम कोने में है और दरवाजे के साथ ही सामने की तरफ खुलने वाली खिड़की है। दूसरी खिड़की उनके बिस्तर के पीछे है जो खुले मैदान की तरफ खुलती है। छोटा-सा साफ-सुथरा कमरा। एक पलंग, कुर्सी-मेज़ और एक छोटा-सा स्टूल जिस पर सुराही रखने के निशान नजर आ रहे हैं। सबसे अच्छी बात जो उन्हें अपने कमरे के बारे में लगी है, वह है ठीक कमरे के बाहर ही नीम का पड़े। खूब छतराया हुआ। पेड़ के नीचे बैठने के लिए सीमेंट का एक चबूतरा बना हुआ है। अपना कमरा देख कर उन्हें बहुत अच्छा लगा है और उन्होंने क्लर्क का कन्धा दबाते हुए हौले से कहा है, ''आपने मुझे बहुत अच्छा कमरा दिया है, बहुत-बहुत शुक्रिया।''

क्लर्क हँस कर रह गया है। बता रहा है, ''वैसे यहाँ किसी भी चीज की रूम सर्विस नहीं है, सफाई को छोड़कर। लेकिन जरूरत पड़ने पर ये घंटी बजाकर देसराज या गोपी को बुलाया जा सकता है। ये दोनों ही यहाँ का सारा काम देखते हैं। रहते भी यही हैं। मैं आपसे मिलवा दूँगा। धोबी आता है, लेकिन ज्यादातर लोग अपने कपड़े खुद ही धोना पसन्द करते हैं।'' वह हँसा है, ''सस्ता भी पड़ता है और टाइम भी पास हो जाता है।''

उन्होंने इस बात के जवाब में कुछ भी नहीं कहा है।

''आपको किसी चीज की जरूरत हो तो मुझसे कह सकते हैं। फिलहाल आपके लिए एक सुराही, एक गिलास, साफ चादर और तकिया वगैरह मैं अभी भिजवा देता हूँ। और कुछ चाहिए आपको?

''जी नहीं शुक्रिया। अब मैं आराम करना चाहूँगा।''

और उन्होंने उसे विदा करके कमरे का दरवाजा हौले से बन्द कर दिया है।

अपना सामान करीने से लगा दिया है उन्होंने। सामान है ही क्या उनके पास। एक अटैची और कन्धे का एक झोला लेकर ही तो आये हैं। यहाँ सामान लगाते समय

उन्हें हँसी भी आ रही है। कितना सामान था उनके पास! कहने को अभी भी है, लेकिन अब तो सब पीछे छूट चुका है। अपने सारे सामान में से वे अपने हिस्से के लिए चुन कर लाये हैं सिर्फ चार जोड़ी कुरते-पायजामे, एक शॉल, एक मफलर, एक जोड़ी चप्पल, दो-एक तौलिये, नहाने-धोने का सामान, दो-तीन किताबें और...और भागवन्ती और उनकी अरसा पुरानी एक धुँधली-सी तस्वीर। भागवन्ती की और उनकी अपनी यही इकलौती तस्वीर है उनके पास। खींची गयी होंगी और भी तस्वीरें परिवार में अलग-अलग मौकों पर, लेकिन पता नहीं बच्चों के एलबम में कहीं बची हैं भी या नहीं, वे नहीं जानते। सामान के नाम पर यही कुछ लाये हैं अपने साथ। बाकी सब कुछ एक ही झटके में छोड़ दिया है। सिर्फ सामान ही नहीं, ढेर सारी कड़वी यादें भी अपने पीछे छोड़ आये हैं। उनके बारे में, उन बीते दिनों के बारे में अब वे सोचना भी नहीं चाहते।

उन्होंने तस्वीर मेज पर रख दी है। ध्यान से देख रहे हैं वे इसे। वे याद करते हैं इस तस्वीर खिंचाने के पीछे की कहानी। तीस साल तो पुरानी रही ही होगी। मसूरी में खिंचवायी थी यह तस्वीर। याद करते हैं वे—उनकी इस तस्वीर को इस पूरे अरसे के दौरान कभी भी फ्रेम नसीब नहीं हो पाया। कभी फोटोग्राफर वाले लिफाफे में ही पड़ी रही तो कभी उनके कागजों में इधर-उधर होती रही। अब जब वे यहाँ आने के लिए अपने कागज-पत्तर फरोल रहे थे तो उन्हें मिल गयी और वे अपने सबसे कीमती खजाने के रूप में साथ लेते आये हैं।

वे ठंडी साँस भरते हैं—फ्रेम नसीब भी हुआ तस्वीर को तो इतने बरसों के बाद। भागवन्ती के इस दुनिया से ही चले जाने के बाद और उनके घर छोड़ देने के बाद। तस्वीर की तरफ देखते-देखते उनके सामने अतीत के अलग-अलग दृश्य झिलमिलाने लगे हैं।

वे सिर झटकते हैं। वे कुछ भी याद नहीं करना चाहते। याद करने लायक कुछ हो तो याद करें भी। उनका बस चलता तो अपने अतीत को अपने जीवन से ही काट कर फेंक देते। इसी चक्कर में तो किसी को भी बताये बिना सबकुछ छोड़-छाड़कर यहाँ चले आये हैं। जब किसी को उनकी परवाह नहीं रही तो वे किसके लिए और क्यों अपना बुढ़ापा ख्वार करें! एक वही तो थी जिसके आस-पास उनका जीवन सिमट कर रह गया था। अब वही नहीं रही तो क्या मतलब रह जाता है बाकी सब रिश्तों का, जबकि वे सच अच्छी तरह से जानते है। अपनी इन्हीं आँखों से देख चुके हैं।

वे चारपाई पर लेट गये हैं। तस्वीर उन्होंने उठा ली है और दोनों हाथों में थामे हुए हैं। उन्हें लगता है तस्वीर की भागवन्ती फिर से सजीव हो उठी है और उसके होठ काँप रहे हैं। वह उनसे कुछ कहना चाहती है। वे जानते हैं क्या कहना चाह रही होगी भागवन्ती उनसे। कहना तो उन्हें भी बहुत कुछ है भागवन्ती से। तब भी माफी

माँगनी थी उससे और आज भी उसी बात के लिए माफी माँगनी है।

काश, वे अपने मन की बात कह पाते! जब कहने की सचमुच जरूरत थी, तब भी उसका हाथ थाम कर कभी कह नहीं पाये वे कि अब सबकुछ उनके हाथ से बाहर जा चुका है और वे उसके लिए कुछ भी कर पाने की हालत में नहीं रहे हैं। सबकुछ होते हुए भी और सबकुछ जानते हुए भी। काश, भागवन्ती के लिए कुछ और कर पाते तो... तो...

उनका गला भर आया है। रुलाई रोके नहीं रुक पा रही। वे कन्धा मोड़कर करवट लेकर लेट गये हैं। उन्होंने दूसरी बाँह से मुँह ढाँप लिया है। अचानक वे फफक कर रो पड़े हैं—मुझे माफ कर देना भागवन्ती। मैं उन राक्षसों के चंगुल से तुम्हें नहीं निकाल पाया। काश मैं कुछ कर पाता! हे भगवान... मैं अपने ही बच्चों को अपनी ही माँ की लाश की नीलामी करते देखने से पहले ही मर क्यों नहीं गया! वे हिचकियाँ लेते रहे रहे हैं और रोते-रोते खुद को कोस रहे हैं। उन्होंने खुद को रोने के लिए ढीला छोड़ दिया है। भागवन्ती के जाने के बाद आज वे पहली बार खुल कर रो रहे हैं। पता नहीं कितने आँसू अटके हुए थे उनकी आँखों में कि खत्म होने में ही नहीं आते। क्या से क्या हो गया जीवन! इस सन्ध्या बेला में।

रोने से उनका पूरा शरीर हिल रहा है तभी वे कन्धे पर एक मजबूत, लेकिन प्यार-भरा हाथ महसूस करते हैं। यह हाथ हौले-हौले थपकी देकर उन्हें दिलासा दे रहा है। वे हौले से करवट बदलकर हाथ वाले आदमी को देखते हैं। सामने एक बहुत ही मजबूत और सुन्दर बूढ़ा खड़ा है। आँखों में चमक और चेहरे पर मुस्कराहट है। वह उनकी तरफ मुस्करा कर देखता है, सिर हिलाता है और एक बार कन्धा थपथपा कर दिलासा देता है।

वे उठ बैठे हैं। बाँह से अपनी आँखें पोंछी हैं। उन्हें इस तरह किसी का बिना बताये कमरे में आना अच्छा नहीं लगा है। उनकी आँखों में आँखें डालकर कह रहा है वह बिन बुलाया मेहमान, "मर्द नहीं रोते।"

वे झेंप कर रह गये हैं। कुछ जवाब नहीं दे पाते। अलबत्ता आँसू पोंछ लिये हैं उन्होंने और उसे बैठने का इशारा किया है।

पूछ रहा है वह सुदर्शन बूढ़ा, "बीवी थी?"

वे आँसू पोंछते हुए, सिर हिला कर इशारा करते हैं।

"बीमार थी?"

वे सिर हिला कर इशारा करते हैं, "हाँ।"

सामने वाला बूढ़ा कह रहा है, "समझता हूँ मैं यह तकलीफ। खूब समझता हूँ, बच्चों से नहीं पटती होगी इसीलिए...।"

वे सिर झुका देते हैं।

ये आदमी तो कोई सिद्ध पुरुष लगता है। कितने कम शब्दों में बात कह-सुन रहा है। उन्हें जवाब में कोई शब्द सूझते ही नहीं।

बूढ़ा आदमी कह रहा है, "मुझे क्लर्क ने बताया आपके बारे में। यह भी कि आपने उसे काफी पैसे दे दिये हैं। बेचारा परेशान हो रहा था कि कहीं बाद में कोई लफड़ा न हो जाए। मैंने उसे समझा दिया है कि ऐसा कुछ नहीं होगा।"

वे आँखों-ही-आँखों में मेहमान का आभार मानते हैं। कहते कुछ नहीं।

"अरे मैंने अपने बारे में तो आपको बताया ही नहीं। आपके बारे में तो मुझे जानकारी मिल ही चुकी है।"

इससे पहले कि वे पूछ पाएँ, कैसे कि उन्होंने खुद ही आश्वस्त कर दिया "आपका फार्म तो मुझे क्लर्क ने दिखा ही दिया था।"

वे उनकी तरफ सवालिया निगाहों से देखते हैं।

वे बता रहे हैं, "मैं चन्दरभान हूँ। काफी कुछ था मेरे पास भी, लेकिन मेरे बच्चों और बहुओं को मुझ पर भरोसा नहीं था कि मैं मरूँगा भी या नहीं और शायद मरने पर सारी दौलत साथ लेकर जाऊँगा। मैं अपनी चारपाई की नियति जानता था। पता था मुझे, एक दिन मेरी चारपाई मेरे अपने लम्बे-चौड़े घर की सीढ़ियों के नीचे आनी ही है। मैं उस दिन का इन्तजार करने की बजाय यहाँ आ गया। पहले मोहवश दुखी होता रहता था लेकिन अब किसी से कोई शिकायत नहीं मुझे। यहाँ सब अपने-से लगते हैं। कोई किसी से कोई उम्मीद नहीं रखता इसलिए शिकायत भी नहीं करता। कोशिश करता हूँ कि किसी-न-किसी के काम आता रहूँ। इस दिल ने अपने लिए जितना धड़कना था, धड़क लिया। अब दूसरों के लिए भी थोड़ा धड़क ले। शायद उम्र का तकाजा है, इसलिए सबका सम्मान मिला हुआ है। कभी कोई भी तकलीफ हो तो मुझे बताइये। साथ वाले कमरे में ही हूँ।"

वे समझ गये हैं वे यहाँ अपनी तरह के अकेले नही हैं। चन्दरभान और उनका दुख साझा है। हो सकता है, और भी हों इस तरह के लोग। वे भी देर-सबेर इस माहौल में रम जाएँगे। उन्हें भी किसी से कोई शिकायत नहीं रहेगी। उनके जीवन का भी यही दर्शन हो जाएगा।

वे धीरे-धीरे खुलते है, "यहाँ किस किस्म के लोग हैं ज्यादातर?"

चन्दरभान हँसते हैं, "बूढ़े तो सारे ही हैं हमारी तरह। कुछ कम और कुछ ज्यादा। कुछ बीमार हैं और कुछ ठीक भी हैं, मेरी तरह...।" वे अचानक गम्भीर हो गये हैं—कुछ लोगों का दुनिया में कोई नहीं है। दूसरों के रहमो-करम पर जी रहे हैं। बेचारे दिन गिन रहे हैं किसी तरह। लेकिन ज्यादातर ऐसे हैं जिनके

भरे-पूरे परिवार हैं। लेकिन अफसोस, इन बुजुर्गों के लिए न तो वक्त है उनके पास और न परवाह ही है। एक और संकट है ऐसे लोगों के साथ। वे यहाँ आ तो गये हैं घरवालों से परेशान होकर, लेकिन उनके मोह से मुक्त नहीं हो पाते। बेचारे बहुत मुश्किल से वक्त काट पाते हैं। उन्हें अच्छी तरह से पता है कि उनसे मिलने अब कोई भी नहीं आयेगा, फिर भी सारे दिन दरवाजे की तरफ देखते रहते हैं कि शायद कोई आ जाए। कई बार भूले-भटके एकाध मिलने वाला आ भी जाता है।''

वे पूछते हैं, ''तो कुल मिलाकर यहाँ लोग परेशान ही रहते हैं?''

''सारे ऐसे नहीं हैं। आपस में किसी तरह टाइम पास कर ही लेते हैं। यहाँ सबसे बड़ी समस्या है कि किसी को सुनने वाला कोई नहीं है। कोई सुनता नहीं था इसलिए यहाँ आये थे और यहाँ तो कोई भी किसी की कहाँ तक सुने! सब-के-सब तो भीतर तक भरे पड़े हैं। सबको अपनी-अपनी बात कहनी है। सुनना कोई नहीं चाहता। उम्र बढ़ने के साथ ऐसा हो जाता है। खैर, धीरे-धीरे आप अपने आप सब जान जाएँगे। वैसे मैं सुबह सैर पर जाया करता हूँ। दिन भर चुस्ती बनी रहती है। आप चलना चाहें तो... जगा दूँगा। वैसे यहाँ सुबह सात से आठ कीर्तन भी होता है। शारीरिक व्यायाम भी और धर्म-कर्म की बातें भी। एकाध घंटा टीवी पर भी लोग प्रवचन सुनते हैं, आपको जो पसन्द हो।''

वे इतना ही कह पाते हैं, ''जी शुक्रिया! दरअसल सैर पर मैं भी जाता हूँ लेकिन मैं अकेले ही टहलना पसन्द करता हूँ और अब तो जब से वो गयी है... किसी से बात करने की इच्छा ही नहीं होती। आप बुरा न मानें, मैं आपको ज्यादा कम्पनी नहीं दे पाऊँगा। मुझे आपसे बात करना अच्छा लगेगा, लेकिन मुझे थोड़ा वक्त लगेगा अपने आपको इस माहौल के हिसाब से ढालने के लिए। आप मेरी बात समझ रहे होंगे।''

''कोई दिक्कत नहीं, मैं आपकी तकलीफ समझ सकता हूँ। फिर भी, कभी भी मेरी सेवा की जरूरत हो तो... साथ वाले कमरे में हूँ।''

''जी शुक्रिया! आपका आना बहुत अच्छा लगा।''

''चलता हूँ। मिलते रहेंगे।''

सवेरे-सवेरे ही देवीदयालजी आ गये हैं। साथ में एक और आदमी है। उस व्यक्ति को देखते ही वे समझ गये हैं कि ये आश्रम का ही कोई पदाधिकारी होगा। उनके दिये पैसों ने देवीदयाल को रात भर सोने नहीं दिया होगा, इसलिए सुबह सवेरे ही अपना सिरदर्द बाँटने के लिए आश्रम के पदाधिकारी को लेते आये हैं।

नये आदमी ने अपना परिचय दिया, ''मेरा नाम श्रीकान्त है। वैसे मैं कल शाम

ही आपसे मिलने आ जाता, लेकिन एक काम में फँस गया सो...।'' उसने बात अधूरी छोड़ दी है। वे समझ रहे हैं कि यह लोग सबकुछ उनसे ही कहलवाना चाह रहे हैं।

वे भी अपनी ओर से अनजान बनते हुए कहते हैं, ''कहिए मैं आपके किस काम आ सकता हूँ?''

''हमें अच्छा लगा है कि आपने अपने लिए हमारा आश्रम चुना है। हमारी कोशिश होगी कि आपको यहाँ किसी भी किस्म की तक़लीफ़ न हो।'' श्रीकान्तजी ने कहना जारी रखा, ''दरअसल देवीदयालजी ने जब आपका भरा हुआ फार्म मुझे दिखाया और आपके दिये पैसे जमा करने के लिए दिये तो एक बार तो मैं भी सकते में आ गया। मुझे लगा, पैसे जमा करने से पहले एक बार आपसे मिल लेना ठीक रहेगा। वैसे भी आपका एक अलग ही तरह का मामला है और कमेटी की मीटिंग... मेरा मतलब...'' वह उनके टफ चेहरे को देखकर हकला गया है।

''आप अपनी बात पूरी कीजिए श्रीकान्तजी।''

''आप बुरा न मानें! दरअसल आज तक हमारे आश्रम में इस तरह की शर्तों के साथ रहने के लिए कोई भी नहीं आया। जो भी आते हैं, अपने घर-परिवार वालों के सताये ही होते हैं या वे लोग होते हैं जिनका दूर-पास का ऐसा कोई अपना नहीं होता जो बुढ़ापे में उनका खयाल रख सके। ज्यादातर लोगों की तो माली हालत ही ऐसी नहीं होती कि यहाँ ढंग से रह ही पाएँ। ऐसे में आपके ये पैसे और किसी तकलीफ की हालत में आपके घर वालों को न बताना... मेरा मतलब...।''

''देखिए श्रीकान्तजी, मैं आपकी तकलीफ समझ रहा हूँ। जानता हूँ आपकी भी मजबूरियाँ हैं और देवीदयालजी का भी सोचना एक तरह से ठीक ही है।'' उन्होंने दोनों को ही आश्वस्त करना चाहा है, ''एक काम कीजिए आप कि आपके जितने भी सवाल हैं या परेशानियाँ हैं मेरे यहाँ इस तरह से रहने को लेकर, आप मुझे एक साथ बता दीजिए ताकि मैं आपकी तसल्ली कर सकूँ।''

''न... न, आपके रहने से भला हमें क्यों तकलीफ होने लगी जी... बात सिर्फ इतनी-सी है कि हम समाज-सेवा से जुड़े सीधे-सादे आदमी हैं। किसी भी तरह की कानूनी पेचीदगियों से बचना चाहते हैं। हमें पता है आप जैसे नेक और शरीफ आदमी से हमें कभी भी कोई भी तकलीफ नहीं होगी। लेकिन हम आपके घरवालों को तो नहीं जानते। हमें यह भी पता नहीं कि आप यहाँ किन वजहों से रहने आये हैं। कल को आपके घर वालों ने कोई ऐसी कानूनी अड़चन खड़ी कर दी तो मुफ्त में ही मारे जाएँगे।''

''कैसी अड़चन?'' उन्होंने जानना चाहा है।

''भगवान न करे आपको कुछ हो जाए। हम तो आप ही के दिये आदेश मानेंगे

लेकिन कहीं कोई प्रापर्टी का झगड़ा वगैरह हुआ जिसकी वजह से आप अपने घर वालों से रूठ कर यहाँ आये हैं तो हमें तो सीधे अन्दर करवा देंगे आपके घरवाले। आप हमारी हालत समझने की कोशिश करें।''

''देखिए श्रीकान्तजी, आपकी सारी बातें मेरी समझ में आ गयी हैं और ये भी कि आप किसी भी तरह की कानूनी उलझन से अपने आपको और इस आश्रम को बचाना चाहेंगे। मैं चाहूँ तो आपसे झूठ भी बोल सकता हूँ कि इस पूरी दुनिया में मेरा कोई भी नहीं है और मैं बिलकुल अकेला हूँ और कि मुझसे इस उम्र में अपना खयाल नहीं रखा जा रहा था और अकेले रहते-रहते थक गया था इसलिए अपनी उम्र के लोगों के बीच यहाँ रहने चला आया हूँ। लेकिन मैं आपसे झूठ नहीं बोलूँगा।''

वे थोड़ा रुके हैं। फिर आगे कहना शुरू किया उन्होंने, ''अभी कुछ ही दिन पहले मेरी बीवी गुजर गयी है। हम लोगों का तरेपन साल का संग-साथ था। वैसे तो हम दोनों ही उम्र के उस दौर में थे कि आगे-पीछे जाना तय ही था। बेशक उसकी मौत के लिए मैंने अपने आपको तैयार कर ही लिया था, लेकिन उस बेचारी की मौत के बाद मुझे अपने ही घर में जो कुछ देखना पड़ा, उससे मेरा सब रिश्तों से मोहभंग हो चुका है। मेरे लिए अब-सब जीते जी मर चुके हैं और मैं उनके लिए मर चुका हूँ। किसी को भी नहीं पता कि मैं कहाँ हूँ और कैसे हूँ। हूँ भी या नहीं, किसी को खबर नहीं है। बाकी रही बात मेरी वजह से आश्रम को होने वाली परेशानियों की तो मैं आप लोगों को विश्वास दिलाता हूँ कि मेरी यहाँ रहने की कोई शर्त नहीं है। मैं आप लोगों को किसी भी तरह की तकलीफ में नहीं डालूँगा। जहाँ कहेंगे, जिस कागज पर कहेंगे, साइन पर दूँगा। किसी वकील के सामने कराएँगे तो वो भी कर दूँगा। बस, इतनी इल्तिजा है कि मुझे यहाँ रहने दिया जाए। आप फिक्र न करें, मैं अपने पैसों के बदले न तो कोई खास फरमाइश करूँगा और न ही किसी से ही इसका जिक्र ही करूँगा। इसके बावजूद अगर आपको लगता है कि मेरे यहाँ रहने से आपको परेशानियाँ ही होंगी तो मैं आपको मजबूर नहीं करूँगा। मेरे पास है ही क्या! चार जोड़ी कपड़े और ये दो-चार किताबें। आप नहीं रहने देंगे तो खड़े-खड़े कमरा खाली कर दूँगा। इतनी बड़ी दुनिया में कहीं तो बाकी वक्त गुजारने के लिए जगह मिल ही जाएगी। और कुछ?''

''अरे नहीं साहब। आप क्या बात कर रहे हैं। हमें आपकी सारी बातों पर यकीन हो गया है।'' श्रीकान्तजी घिघियाये हैं, ''आप आराम से रहिए यहाँ। अब आप जो कुछ बता रहे हैं और जिस तरह से बता रहे हैं हमारे पास पूछने के लिए कोई सवाल ही नहीं रह जाता। हम बस यही चाहते हैं कि हम किसी

कानूनी पचड़े में न पड़ें। आप लम्बी उम्र पाएँ और आपकी सेहत बनी रहे। हमारी तो हमेशा यही कोशिश रहती है कि अगर यहाँ कोई अपनी उम्र के इस दौर का वक़्त सुकून से गुजार पाता है और उसमें हम सबब बन पाते हैं तो हमारे लिए इससे अच्छी बात और क्या हो सकती है!'' श्रीकान्त जी ने हथियार डाल दिये हैं, ''अब हम चलते हैं। आपसे मिलकर सारी बातें साफ़ हो गयीं। आपको किसी भी चीज की जरूरत हो तो हमसे कहें। देवीदयालजी यहाँ हैं ही सही। बीच-बीच में मैं भी आता रहता हूँ।''

''नहीं, मुझे वैसे किसी चीज की जरूरत नहीं है। होगी तो जरूर बताऊँगा।''

और दोनों उनसे इजाजत ले कर चले गये हैं। रामदत्तजी ने राहत की साँस ली है। उनकी बहुत बड़ी समस्या हल हो गयी है।

उन्हें पता भी नहीं चला है और वे यहाँ के सबसे अधिक महत्त्वपूर्ण नागरिक बनते चले गये हैं। कहाँ तो अपना भरा-पूरा परिवार एक ही झटके से इसलिए छोड़कर आ गये थे कि वहाँ उन्हें कोई दो कौड़ी को नहीं पूछता था। जिन्दगी भर खटते हुए जो थोड़ी-बहुत इज्जत बनायी थी, वह सब धूल में मिल रही थी और यहाँ आते ही उन्हें सबने सिर-आँखों पर बिठा लिया है। चन्दरभानजी उन्हें बता रहे थे कि उनका कम बोलना, अपने काम से काम रखना, छोटी-छोटी चीजों को लेकर हाय-तौबा न करना, पढ़ने-लिखने में वक्त गुजारना वगैरह कई ऐसी बातें हैं जिसने उन्हें यहाँ का हीरो बना दिया है। उनकी जिस बात ने सबको आतंकित करने की हद तक डरा-सहमा दिया है और उनका भक्त बना दिया है वह है उनका मजबूत आर्थिक पक्ष और अपनी मनमर्जी से उनका यहाँ आना। वे न तो अपने घर वालों द्वारा सताये जाने के कारण यहाँ आये हैं और न ही उनके घरवाले ही उन्हें लावारिस की तरह अपनी मौत का इन्तजार करने के लिए यहाँ डाल कर गये हैं। ये सारी बातें यहाँ एक साथ पहली बार हो रही हैं। इसलिए यहाँ के लोग मन-ही-मन उन्हें ईर्ष्या और आदर के भाव से देखने लगे हैं। चाहने लगे हैं—काश, उनके हिस्से में भी इतना आत्म-सम्मान और बेफिक्री आ पाती!

अब वे सबको कैसे बताएँ कि इस झूठी और बेमतलब की शान के लिए उन्हें कितनी बड़ी कीमत चुकानी पड़ी है! कई बार वे खुद भी यहाँ रहने वाले बूढ़ों को देखते हैं और उनके जीवन को समझने की कोशिश करते हैं। कई बार सोचते हैं कि उन्हें पता होता तो पहले ही यहाँ आ गये होते तो कम-से-कम भागवन्ती को तो मरने से बचा सकते थे।

सन्ध्या आश्रम में अब उनका मन लगने लगा है। अपने आपको उन्होंने

यहाँ के शेड्यूल के हिसाब से ढाल लिया है। हालाँकि यहाँ की गतिविधियाँ इतनी सीमित हैं कि खाली बैठे-बैठे किसी भी भले आदमी का दिमाग खराब हो जाए। बेशक यहाँ टीवी है, कैरमबोर्ड है, ताश है, शतरंज और किताबें, अखबार और दूसरी चीजें हैं, लेकिन कोई भी चीज ऐसी नहीं है जो देर तक आपको बाँधे रख सके। एक ऊब के बाद दूसरी ऊब शुरू हो जाती है।

सबसे तकलीफ की बात तो यही है यहाँ पर कि हर चीज के साथ एक लम्बा इन्तजार जुड़ा हुआ है। सबके सब आश्रमवासी अपने आपको किसी ऐसे कस्बे के स्टेशन पर बैठा हुआ महसूस करते हैं जहाँ से दिन भर में इक्का-दुक्का गाड़ियाँ ही गुजरती हों। एक गाड़ी के गुजरते ही मानो दूसरी गाड़ी का इन्तजार शुरू हो जाता है। जाना बेशक किसी को कहीं भी नहीं है और न किसी को आना ही है। सब-के-सब हर वक़्त एक अनाम और अन्तहीन इन्तजार में बैठे रहते हैं। निचाट और बेमतलब का इन्तजार है। सुबह होने का इन्तजार, फिर नाश्ते का इन्तजार, फिर टीवी रूम खुलने का इन्तजार। कुछ लोगों ने ग्यारह बजे की चाय के इन्तजार को भी अपनी दिनचर्या का हिस्सा बना रखा है। ऐसे लोगों में ज्यादातर बाबू किस्म के वे लोग हैं जो ठीक ग्यारह बजे की चाय के लिए इन्तजार में बैठ जाते हैं। इधर-उधर होते रहते हैं। चाय निपटी नहीं होती, कि दोपहर को झपकी लेने के आदी हैं। उनके लिए मुश्किल नहीं होती लेकिन जो सो नहीं पाते उनके लिए शाम की चाय के वक्त का इन्तजार बहुत भारी गुजरता है। फिर रात के खाने का इन्तजार। ये इन्तजार तो ऐसे हैं जो कमोबेश हरेक के साथ जुड़े हुए हैं। इनके अलावा अलग-अलग आश्रमवासियों ने अपनी-अपनी जिन्दगी में व्यक्तिगत स्तर के जो इन्तजार जोड़ रखे हैं, वे अलग हैं। किसी को डाकिये का या कूरियर का इन्तजार रहता है जो लगातार बना ही रहता है और कई बार तो दिनों-दिन चलता ही रहता है। आँखें पथरा जाती हैं उनकी, लेकिन इन्तजार है कि खत्म होने में ही नहीं आता है। किसी ने कहीं से कोई दवा मँगवा रखी है। अब तक आ जानी चाहिए थी। किसी ने क्रॉसवर्ड भर कर भेजा हुआ है तो किसी को किसी खास दोस्त के खत का इन्तजार है।

सबसे तकलीफदेह इन्तजार होता है अपने सगे लोगों के आने का। कोई नहीं आता। तीज-त्योहार के खास मौकों पर भी कोई नहीं आता। आने की खबर भी नहीं आती। बाकी सारा इन्तजार आने वाले दिन पर टाले जा सकते हैं। दवा अगले दिन आ सकती है, क्रॉसवर्ड जीतने वालों में नाम न भी आया तो भी चलेगा, लेकिन किसी सगे का वायदा करके भी न आना यहाँ के रहने वालों को बुरी तरह से तोड़ जाता है। वे डर के मारे दोपहर से सो नहीं पाते कि कहीं ऐसा न हो कि आने वाला आ कर उन्हें सोया पाकर बिना मिले लौट न जाए। बहुत तकलीफदेह

होता है ये इन्तजार। सबसे ज्यादा त्रासद और खालीपन से भर देने वाला।

इस सबसे बड़ी और उबा देने वाली तकलीफ ये है कि किसी के पास भी करने-धरने को कुछ भी काम नहीं है। अब करें भी तो क्या ये बूढ़े, बीमार और लाचार आदमी। बेशक अपने सारे काम रोते-कलपते खुद ही करते हैं, लेकिन कोई भी तो काम ऐसा नहीं होता जो उन्हें दिन भर उलझाये रखे। हर वक्त खाली बैठे रहने से जीवन और मुश्किल लगने लगता है।

लेकिन रामदत्तजी को ये सारी बातें परेशान नहीं करतीं। वे कई मामलों में इन सबसे परे हैं। उन्हें किसी का भी इन्तजार नहीं। किसी भी चीज के, रिश्ते के और सम्बन्धों के मोह से वे पूरी तरह मुक्त हो चुके हैं। उन्होंने समय गुजारने का भी ठीक-ठाक सिलसिला खोज लिया है। पहले से बारी-बारी से इन सारी चीजों को देखते-परखते रहे, अपने आपको पूरी तरह भुलाये रखने के लिए जबरन किसी भी काम में मन लगाने की असफल कोशिशें करते रहे। हमेशा ऐसे काम चुनते रहे जिसमें किसी और से कम-से-कम संवाद करना पड़े या बिलकुल ही न करना पड़े। वे बेशक काफी हद तक भागवन्ती के सदमे से अब उबर चुके हैं, लेकिन बिना जरूरत सिर्फ बोलने के लिए बोलना उन्हें अब भी बहुत अखरता है। कभी वे आश्रम के पौधों को पानी देकर तसल्ली पा लेते हैं, तो कभी देवीदयाल की मदद कर देते हैं हिसाब-किताब में। फिर रसोई है, किताबें हैं, अखबार है, सुबह की लम्बी सैर तो है ही। वक्त ठीक-ठाक तरीके से गुजर ही जाता है।

पिछले दिनों से उन्होंने एक नया सिलसिला शुरू कर दिया है जिससे उनका खुद का समय तो बेहतर तरीके से गुज़रने ही लगा है, बाकी लोगों को भी इससे बहुत फायदा हुआ है। उन्होंने पाया था कि आश्रम के पुस्तकालय में गिनी-चुनी किताबें ही थीं। ज्यादातर दान में मिली हुई या कबाड़ी से रद्दी में खरीदी हुई। उन्होंने भाग-दौड़ करके इस बात का इन्तजाम करा लिया है कि शहर की पब्लिक लाइब्रेरी के चलते-फिरते पुस्तकालय की गाड़ी हफ्ते में एक बार आधे घंटे के लिए आश्रम के गेट पर भी आये। शुरू-शुरू में तो अच्छा रिस्पान्स नहीं मिला, लेकिन उनके और चन्दरभानजी के कहने पर कई बूढ़ों ने किताबों में दिलचस्पी दिखाई और धीरे-धीरे किताबें जारी कराने वाले लोगों की संख्या बढ़ने लगी है। वे खुद मोटी-मोटी किताबें पढ़ना ही पसन्द करते हैं। सन्त महात्माओं के जीवन चरित्र, महापुरुषों की आत्मकथाएँ या ऐसी ही किताबें जो देर तक साथ दे सकें। अच्छा समय गुजर जाता है किताबों की सोहबत में उनका। वे अफसोस भी करते हैं कि पहले किताबों की शरण में क्यों नहीं आये!

पता नहीं कैसे होता चला गया ये सब कि वे जिस एकान्त की तलाश में यहाँ आये थे, अब दिनों दिन दुर्लभ होता जा रहा है। वे तो यहाँ आते समय

हर तरह के रिश्ते-नाते और मोह पाश तोड़ आये थे और यह मुसीबत उनके गले पड़ गयी है कि बैठे-बिठाये सबके सलाहकार बनते चले जा रहे हैं। जिस किसी को किसी भी मामले में किसी भी तरह की सलाह लेनी होती है तो बेखटके चला आता है उनके कमरे में। किसी ने सम्पादक के नाम पत्र लिखा होता है, भेजने से पहले उसे सुनाना होता है, तो किसी ने अपना लिखा कुछ और सुनाना होता है। कभी रसोई का कोई मामला अटक जाता है, तो कभी कोई और मुसीबत सिर उठा कर खड़ी हो जाती है जिस पर उन्हें अपनी राय देनी पड़ जाती है। और कुछ नहीं तो किसी-न-किसी के पास कहने के लिए इतना कुछ होता है कि उनसे बेहतर श्रोता और कौन मिलेगा जो चुपचाप सुन लेता है और बदले में अपनी तरफ से कुछ भी नहीं सुनाता।

कई बार उन्हें हँसी भी आती है और तकलीफ भी होती है यहाँ रह रहे बेचारे बूढ़ों की जिन्दगी देखकर। ज्यादातर बूढ़े बेचारे अभावों में ही जी रहे हैं। ठीक-ठाक पैसे होते तो घरों से धकियाये ही क्यों जाते! इसके बावजूद वे इस बात को देख कर दंग भी हैं और खुश भी कि दूसरों के रहमो-करम पर पलने के बावजूद वे अपने बचे-खुचे आत्मसम्मान के लिए लड़ मरने पर उतारू हो जाते हैं, शायद इसी से उन्हें जीवन शक्ति मिलती है।

उन्हें चन्दरभान ने बताया था कि यहाँ का सबसे पुराना बाशिन्दा मेघनाथ दुनिया में बिलकुल अकेला है। कोई नहीं है उसका और उसके खर्चे के लिए पैसे लन्दन से एक संस्था भेजती है। ऐसे कम-से-कम पाँच लोग हैं यहाँ जिनका खर्च वह संस्था उठाती है, लेकिन मजाल है, वह या कोई और इस बात को जुबान पर ले आये। जब आप उससे बात करेंगे तो वह यही बतायेगा कि उसका भरा-पूरा घर-परिवार है। उसके भाई-भतीजे और बाकी सारे नाते-रिश्तेदार दुनिया भर के देशों में शानदार जिन्दगी जी रहे हैं। अपनी यहाँ की दरबदर जिन्दगी को वह यह कर जस्टीफाई करता है कि उसे अपना देश छोड़ कर कहीं भी रहना रास नहीं आता। वे यहीं भले।

मेघनाथ के ठीक विपरीत अर्जुन लाल जोशी हैं। राजस्थान की तरफ के हैं। घर पर सब हैं—बीवी, बच्चे, भाई और दूसरे रिश्तेदार। सबके अपने-अपने काम-धन्धे हैं, ख़ूब पैसे वाले हैं वे लोग, लेकिन इन्हें कोई दो कौड़ी को नहीं पूछता। कब से दूसरों के रहमो-करम पर पड़े हुए हैं। बहुत हुआ तो होली-दीवाली पर एकाध खत या मिठाई का डिब्बा आ जाएगा। बस, और कोई सम्बन्ध नहीं। वे भी अपनी तरफ से सबका तर्पण कर चुके हैं और यही कहते हैं कि कोई नहीं है उनका।

दोनों एक-दूसरे के विपरीत झूठ ओढ़े जा रहे हैं और दोनों ही जानते हैं

कि वे कितने अकेले और तनहा हैं और कितनी बेमतलब की जिन्दगी जी रहे हैं।

वे अपने कमरे में लेटे आराम कर रहे हैं। तभी उनके कमरे में वर्माजी चले आये हैं। उन्हें यह आदमी हमेशा जीवन से हारा हुआ लगा है। कभी भी ऐसा नहीं होता कि इस व्यक्ति को जमाने भर से शिकायत न हो। वर्माजी को देखते ही समझ गये हैं कि आने वाला पूरा एक घंटा वर्माजी की लन्तरानियाँ सुनते बीतेगा।

"आइए, कैसे हैं वर्माजी? आपकी तबीयत कैसी है?" वे उनका स्वागत करते हैं।

"ठीक हूँ। कल रात सो नहीं पाया था। पेट में गैस के गोले-से उठ रहे थे। बहुत परेशानी हुई।"

"अरे मुझे जगा दिया होता।"

"यही तो तकलीफ है। किसी को जगाओ तो उसकी भी रात खराब करो। अब तो जो...जैसे-तैसे कट रही है। दिन गिन रहे हैं।"

"ऐसा मत कहिये वर्माजी। जब तक जान है जहान है। अगर हम इसी तरह से हिम्मत हार कर दिन गिनने की बात करते रहें, तो न तो आज का दिन भोग पाएँगे और न ही कल का..."

"अजी आप भोगने की बात कर रहे हैं, यहाँ तो जिस पर बीतती है वही जानता है।"

"मैं कब आपकी तकलीफ कम करके बता रहा हूँ... मैं तो... अब उमर है तो शरीर में भी अपने हिसाब से टूट-फूट चलती ही रहती है।"

वर्माजी बड़बड़ाने लगे हैं, "पता नहीं कौन से पाप किये थे... सब कुछ होते हुए भी ये दिन देखने पड़ रहे हैं।"

वे पूछते हैं, "आपने मुझसे कुछ कहा?"

वर्माजी थके-हारे जवाब देते हैं, "अब कहने लायक रहा ही क्या है! आपको पता है कि मेरा भरा-पूरा घर-बार है। मेरा खुद का बनवाया हुआ आलीशान बंगला है। मैं एकाउट्ंस ऑफिसर था मिनिस्ट्री में। सबकुछ बनवाया। बच्चों के हवाले कर दिया। लेकिन मुझे क्या पता था, कि एक दिन मैं ही फालतू हो जाऊँगा। तिनका-तिनका जोड़ कर जो कुछ बनाया था उसे अब भोग रहे हैं वो और मैं यहाँ रात-भर तड़पता रहता हूँ। कोई एक गिलास पानी पिलाने वाला नहीं होता।"

वे न चाहते हुए भी उन्हें समझाते हैं, "अगर आप बुरा न मानें तो मैं आपको एक कहानी सुनाऊँ वर्माजी! बहुत ही छोटी-सी कहानी है।"

वर्माजी भड़क गये हैं, "आप तो बच्चों की तरह बहलाने लगे। चलिए,

सुनाइए कहानी!''

''जाने दीजिए कहानी। कोई और बात करते हैं।'' उन्होंने बात बदल दी है, ''अपने आपको खुश रखने की कोशिश कीजिए। या तो बच्चों को सबकुछ सौंपिये मत और सबकुछ सौंप दिया तो बच्चों से जितनी कम उम्मीद रखेंगे, उतने ही सुखी रहेंगे। तब दुनिया बेहतर और जीने लायक नजर आएगी।''

लेकिन वर्माजी निराश ही लग रहे हैं, ''आप कहना क्या चाहते हैं!''

वे समझाते हैं, ''मैं सिर्फ ये कहना चाहता हूँ कि हम अपना सबकुछ बच्चों को सौंप तो देते हैं, लेकिन अपने पास एक ही हक़ नहीं रखते कि हम पूरे वजन के साथ अपनी बात कह सकें। उनके कान पकड़ने का हक अपने आप रखते तो न आप घर-बार होते हुए अपने घर से बाहर होते और न मैं यहाँ अपना बुढ़ापा ख्वार कर रहा होता। हमने, आपने एक बार वक्त रहते अपने बेटे या बहू का कान पकड़ा होता तो।''

वर्माजी सहमत होते हुए कह रहे हैं, ''बात तो आपने बहुत काम की कही है जी, लेकिन ये जो पीढ़ी ही कुछ सुनने को तैयार ही नहीं है। अब मेरी ही बात लो...मेरी बहुओं ने मुझे घर से निकाल दिया और मेरे बेटे मुँह में दही रखे देखते रहे, चूँ तक नहीं निकाली। लेकिन माफ करना, आपकी अपनी कहानी इससे जुदा है क्या!''

वे हँस कर कहते हैं, ''मैंने कब कहा? इस सबमें मैं भी उतना ही शामिल हूँ जितने आप हैं। मेरी बात मानिए वर्माजी, अब तो हम आप सबकुछ छोड़कर यहाँ आ गये हैं तो क्यों जी जला रहे हैं! होने दो जो होता है। हमने अपने लिए जितना जीना था जी लिये। अब आराम से बाकी दिन काटें। जितना अपनी बीमारियों के बारे में सोचेंगे, उतना वे और सताएँगी।''

''ठीक कहते हैं आप। ऐसा करना तो चाहिए, लेकिन हो नहीं पाता। चलता हूँ, दवा का टाइम हो रहा है।''

रामदत्तजी सुबह की सैर के लिए निकलने ही वाले हैं कि किसी ने बताया है, ''एक आश्रमवासी की मृत्यु हो गयी है। बेचारा कब से बीमार चल रहा था। कल शाम ही उसे अस्पताल भर्ती कराया गया था। अभी-अभी खबर मिली कि...।'' वे खबर देने वाले के साथ ऑफिस तब गये हैं। बाकी लोग उनसे पहले वहाँ पहुँच चुके हैं। देवीदयाल जी फोन पर किसी से बात कर रहे हैं।

''घर पर खबर कर दी गयी है उनके?'' रामदत्तजी पूछ रहे हैं।

''जी, जब तक बीमार थे, मैं लगातार बताता रहा और वहाँ से यही खबर मिलती रही कि आ रहे हैं, आ रहे हैं। इस बीच कितनी बार तो फोन कर चुका हूँ। कल जब अस्पताल में भर्ती कराने ले गये थे तो भी फोन पर बता दिया था, इस

बार वे यही बताते रहे कि पहुँच रहे हैं। अस्पताल में दस तरह के झंझट होते हैं। पैसों की जरूरत पड़ती है और ये लोग तो सब कुछ हम पर छोड़कर फ्री हो जाते हैं।'' देवीदयालजी की यह भड़ास और कुछ नहीं, उनकी फालतू की भाग-दौड़ और उससे उपजी ऊब है। वे इसी वजह से झल्लाये हुए हैं।

''कहाँ हैं उनके बच्चे?'' रामदत्तजी पूछते हैं।

''पूना में हैं। वहीं का नम्बर मिला रहा था। मिल नहीं रहा है।'' देवीदयालजी बताते हैं।

चन्दरभानजी ने बीच में कहना शुरू कर दिया है, ''अजी क्या बताएँ! पहले भी बेचारा कई बार बीमार पड़ता रहा है। हर बार यही होता है। आश्रम के कायदों के अनुसार ज्यादा बीमार आदमी को अस्पातल या घर भिजवाना होता है, लेकिन इस बेचारे को कोई लेने ही नहीं आता। आज आखिर मुक्त हो ही गया।''

''इसका तो फिर भी ठीक है कि घर से ड्राफ्ट तो आता रहता था।'' कोई और बता रहा है, ''पिछले साल यहाँ कुछ लोग एक बूढ़े को भरती कराने आये थे। ये इतनी लम्बी गाड़ी में। बूढ़ा बिचारा हफ्ते भर में ही भगवान को प्यारा हो गया। जब घर पर खबर भिजवाने की कोशिश की गयी तो पता चला था कि वे लोग घर का पता ही गलत दे गये थे। क्या करते! पुलिस में रिपोर्ट करने के बाद हम सब ने मिल कर उसका अन्तिम संस्कार किया था।''

''बहुत विचित्र है जीवन भी। कैसे-कैसे लोग बसते हैं यहाँ! अपने माँ-बाप के प्रति इस तरह का व्यवहार! नरक में जगह नहीं मिलेगी ऐसे लोगों को।'' किसी और ने अपने आक्रोश को वाणी दी है।

चन्दरभानजी उसे समझा रहे हैं, ''अरे भाई फिलहाल हम उसे देखें जो गुजर गया है। पहले हम देखें कि क्या करें इसका अब। बेचारा आखिरी वक्त तक बच्चों की राह देखता रहा।''

''ये तो बहुत गलत हुआ। खैर, वैसे भी बहुत तकलीफ पा रहा था। एक तरह से मुक्त ही हो गया।''

''लाओ मुझे फोन दो। मैं देखता हूँ।'' रामदत्तजी कहते हैं। सब लोग उनके आस-पास खड़े हैं।

रामदत्तजी उसके घर का नम्बर मिला रहे हैं। नम्बर मिल गया है।

''सुनिए, मैं बम्बई में सन्ध्या वृद्धाश्रम से बोल रहा हूँ। हम आपको पहले भी कई बार बता चुके हैं कि आपके पिताजी की तबीयत खराब चल रही है। थोड़ी देर पहले उनका देहान्त हो गया है। डेड बॉडी अभी भी अस्पताल में पड़ी हुई है। बताइये क्या करना है?''

वे दूसरी तरफ से कही गयी बात सुन रहे हैं। दो बार 'हाँ-हूँ' करते हैं,

फिर धीरे-से फोन रख देते हैं।

फोन रखने के बाद वे सिर झुका कर एक खिड़की के पास जा कर खड़े हो गये हैं।

एकदम सन्नाटा पसर गया है कमरे में।

तभी चन्दरभान उनके कन्धे पर हाथ रखते हुए पूछ रहे हैं, "क्या हुआ?"

शून्य में देखते हुए वे हौले से बताते हैं, "लड़का था इनका। कहने लगा—अब डेथ तो हो ही चुकी है। आप लोग अन्तिम संस्कार कर दीजिए। मैं सारे खर्च का ड्राफ्ट भिजवा दूँगा।"

अचानक वे देवीदयालजी की तरफ मुड़े हैं, "डेड बॉडी कैसे मिलेगी?"

"वो तो मिल जाएगी क्योंकि उन्हें यहीं से भर्ती कराया गया था। पहले भी एकाध केस ऐसा हो चुका है।"

"तब आप ऐसा करो वहीं से उनके अन्तिम संस्कार के लिए इन्तजाम कर दो, जो भी इन्तजाम करने हैं। शववाहिनी वगैरह और..."

देवीदयालजी उनके वाक्य पूरा होने का इन्तजार कर रहे हैं कि चन्दरभान बीच में टोक देते हैं।

"आप फिक्र न करें। देवीदयालजी को सब पता है। अब तक तो कितनी बार बेचारे ये सब कर चुके हैं। मरता किसी और का बाप है और सारे क्रिया-कर्म इन्हें ही निपटाने पड़ते हैं।"

वे चुपचाप सुन रहे हैं। चन्दरभानजी देवीदयालजी को सारी बातें समझा रहे हैं।

रामदत्तजी को अचानक कुछ होने लगा है। उन्हें कुछ भी सुनाई देना बन्द हो गया है। वे कुछ भी महसूस नहीं कर पा रहे हैं और कुछ सोच भी नहीं पा रहे। उन्हें लग रहा है—कहीं कुछ बहुत गलत हो गया है। दूसरी बार। पचासवीं बार, हजारवीं बार। कई-कई बार हुआ है यह गलत। उन्हीं के साथ नहीं, दुनिया के सब बूढ़ों के साथ। हालाँकि वे मरने वाले को ढंग से जानते भी नहीं थे, उसके बच्चों को तो बिलकुल भी नहीं, फिर भी उन्हें लग रहा है—उस आदमी ने फोन पर जो कुछ भी कहा, इससे पहले कभी उनसे भी कहा जा चुका है या कहा गया होगा, या कहा जाता।

सिर्फ उनसे ही नहीं, हर बूढ़े से, हर बीमार से और हर आर्थिक रूप से कमजोर आदमी से।

उन्हें लग रहा है कि दुनिया भर के ऐसे सभी अभिशप्त, बूढ़े और लाचार बाप अभी और इसी वक्त मर गये हैं और उन सबकी लावारिस लाशें अन्तिम संस्कार के इन्तजार में हर अस्पताल के हर कमरे में, हर बेड पर, हर आश्रम में, हर घर के बाहर और हर शहर के हर चौराहे पर पड़ी हुई हैं। लाखों-करोड़ों लाशें,

जिनकी पथराई आँखों में अभी भी एक अविश्वसनीय-सा इन्तजार अटका हुआ नजर आ रहा है, ये लाशें सदियों से यो ही अन्तिम संस्कार के इन्तजार में पड़ी हुई हैं और जिन्हें मुखाग्नि देनी है, वे सब के सब विदेशी दौरों पर गये हुए हैं, पंचतारा होटलों में बड़े-बड़े सौदे पटा रहे हैं, अर्जेन्ट मीटिंगों में व्यस्त हैं, ब्रीफकेसों का आदान-प्रदान कर रहे हैं और उनकी सेक्रेटरी बता रही है कि साहब अभी भी बिजी हैं। वह यह भी बताती है कि साहब को उनके फादर की डेथ की सैड न्यूज दे दी गयी है और साहब की तरफ से एक आउटसाइड एजेंसी को फोन कर दिया गया है—अन्तिम संस्कार कर जाने के लिए। वे लोग बस आते ही होंगे। पेमेंट की चिन्ता न करें। कम्पनी के एकाउंट से कर दिया जाएगा।

वे देखते हैं कि इन लाखों-करोड़ों लाशों में से एक लाश उनकी खुद की भी है। एक अकेला देवीदयाल है जिसके जिम्मे ऐसे सभी बापों का अन्तिम संस्कार करना है। वह भाग-भाग कर लाइन में पड़ी हजारों-लाखों, करोड़ों लाशों को मुखाग्नि दे रहा है। उसका चेहरा बुरी तरह से लाल हो गया है और थकान के मारे उसका बुरा हाल है।

वे अचानक देवीदयाल की तरफ देखते हैं। अचानक उन्हें लगता है कि देवीदयाल भी उन्हीं की तरफ देख रहा है। वह कुछ पूछ रहा है। पता नहीं क्या पूछा है उसने, लेकिन उन्हें यही सुनाई दिया है कि वह उनसे तैयार होने के लिए कह रहा है क्योंकि अन्तिम संस्कार के लिए अगला नम्बर उन्हीं का है। देवीदयाल के पास समय बहुत कम है और काम बहुत ज्यादा। उन्हें लगता है देवीदयाल और इन्तजार नहीं कर सकता और कपाल क्रिया करने के लिए जलती हुई लकड़ी लिये उनकी तरफ बढ़ा चला आ रहा है।

वे सकपका कर पीछे हटे हैं। उन्हें समझ में नहीं आया—ये सब क्या हो रहा है। तभी चन्दरभानजी ने उन्हें सँभाला है। पूछ रहे हैं, "तबीयत तो ठीक है आपकी?"

वे चन्दरभान की तरफ मुड़े हैं, "मैं ठीक हूँ जरा कुछ सोचने लगा था।"

वे खुद को सँभालते हैं। एक बार फिर देवीदयाल की तरफ देखना चाहते हैं, लेकिन हिम्मत नहीं जुटा पाते। वे खड़े होते हैं और चन्दरभानजी से कहते हैं "चलिए, जब तक उनके अन्तिम संस्कार का इन्तजाम हो, हम एक चक्कर लगा आएँ।" चन्दरभान बिना कुछ बोले उनके साथ चल पड़े हैं। ये पहली बार हो रहा है कि दोनों एक साथ सैर को जा रहे हैं।

चन्दरभान साफ-साफ देख रहे हैं कि वे गहरी उथल-पुथल में से गुजर रहे हैं और कुछ है जो उनके भीतर से बाहर आना चाह रहा है। वे सही शब्द और सही मौके के इन्तजार में हैं।

चन्दरभान उनके साथ-साथ चुपचाप चल रहे हैं।

तभी उनकी गहरी और सधी हुई आवाज गूँजती है, "आपने कई बार मुझसे मेरे अतीत के बारे में जानना चाहा है। बेशक पहली बार के बाद आपने कभी कहा नहीं, लेकिन मैं जानता था कि आप और बाकी सब भी मेरे अतीत के बारे में, मेरी पिछली जिन्दगी के बारे में हमेशा जानना चाहते रहे।"

चन्दरभान उन्हें टोकना चाहते हैं, लेकिन वे हाथ के इशारे से मना कर देते हैं, "नहीं, कुछ कहने की जरूरत नहीं। मैं आज अपने बारे में आपको सब कुछ बताऊँगा। मुझे यकीन है मेरी सारी बातें आप तक ही रहेंगी। आज के इस हादसे के बाद मुझे लग रहा है कि मैं कम-से-कम किसी एक से तो अपनी बात कह ही जाऊँ। सही व्यक्ति आप ही हैं। मुझे भी लावारिस ही मरना है और जल्द ही एक दिन ऐसा आएगा कि देवीदयाल जी और आप सब ये सारे इन्तज़ाम मेरे लिए कर रहे होंगे। मैं किसी भी गलतफहमी में आप सबको छोड़कर जाना नहीं चाहता। बेशक मैंने इस बात की गुंजाइश ही नहीं छोड़ी है कि मेरे मरने के बाद मेरे घर पर फोन किया जाए और वहाँ से आप लोगों को इस तरह का कोई जवाब सुनना पड़े या... लावारिस की तरह मेरी लाश को फूँकने के लिए चन्दे का इन्तजाम करना पड़े। मैंने सब इन्तजाम कर दिये हैं।

"दरअसल मेरी कहानी भी, देखा जाए तो कोई अनोखी नहीं और जुदा नहीं है आश्रम के दूसरों लोगों की कहानी से। वही बच्चों की तरफ से सताया जाना और बहुओं का जलील करने वाला व्यवहार, लेकिन मैं वह सब भी सहन कर ही लेता, कर ही रहा था इतने बरस से, लेकिन भागवन्ती, यानी मेरी बीवी के मरने पर कुछ ऐसी बातें हो गयीं हमारे घर में कि मैं बुरी तरह से टूट गया और मेरे लिए एक ही झटके में सबकुछ खत्म हो गया। मैं सबकुछ छोड़-छाड़कर यहाँ चला आया।"

वे रुके हैं। फिर बोले हैं, "ठहरिए, मैं आपको थोड़ा पीछे से बताता हूँ। सन् सैंतालिस में हम पाकिस्तान में सबकुछ लुटा कर आये थे। ज्यादा डिटेल्स में नहीं जाऊँगा क्योंकि ये बात किसी से छुपी नहीं है कि हम लोग वहाँ क्या थे और यहाँ आकर क्या हो गये थे। मेरे साथ मेरी पत्नी थी और गोद में दो बेटे थे। एक छः साल का और दूसरा दो साल का। यो समझ लीजिए, हिन्दुस्तान में आकर मैंने सबसे पहला काम जो किया वह था, जालन्धर में सड़कों पर चूहे मारने की दवा बेचने का।

"ये काम भी बहुत ही अजीब तरीके से मेरे हिस्से में आया था। हम एक बन्द दुकान के थड़े पर बैठे थे। भूख से बेहाल और हर तरह से लाचार। बच्चों ने सुबह से कुछ खाया नहीं था। जेब में फूटी कौड़ी भी नहीं थी और न ही

कहीं से आने की उम्मीद ही थी। तभी उस दुकान का मालिक आया और दुकान खोलने लगा। बच्चे भूख से कुम्हला रहे थे। हमारी जो हालत थी उसमें कुछ कहने की जरूरत ही नहीं थी। दुकानदार समझदार था। हालात के मारे लोगों की तकलीफें तब किसी से छुपी नहीं थीं। उसने बिना कुछ कहे-सुने दो काम किये। पहले तो हमें भरपेट खाना खिलाया और दूसरे...उसने मुझे एक थैला थमा दिया और कहने लगा—मैं जानता हूँ, आपके लायक ये काम नहीं है, लेकिन कुछ न होने से तो बेहतर ही है। चूहे मारने की दवा है ये। दिन भर घूमेंगे तो इतने पैसे आ जाएँगे कि बच्चों के पेट में अन्न का दाना डाल सकें।

''आप यकीन मानिए यह आदमी उस वक्त मुझे देवदूत की तरह लगा था। जब मैंने दुकानदार से कहा कि मेरे पास तो उसे देने के लिए एक धेला भी नहीं है। तो उसने कहा था—मेरे पैसे कहीं नहीं जा रहे। आप बस, रोज ये दवा बेचते रहें। जब खत्म हो जाए तो और ले जाएँ। पैसे मैं लेता रहूँगा। आप फिक्र न करें। आपके अच्छे दिन लौट कर आएँगे।

''मैंने पूरे दो महीने यही काम किया था। हम चारों एक साथ घूमते रहते। पूरा शहर नापते रहते। आवाजें मारते। एक भी पैकेट बिकता तो कुछ खरीदकर बच्चों को खिलाते। आपको हँसी आएगी कि हम बेचते तो चूहे मारने की दवा थे, लेकिन दुआ ये करते थे कि खूब चूहे पैदा हों ताकि हमारी दवा खूब बिके।

''खैर, ये दौर भी खत्म हुआ और उस दुकानदार की मदद और दुआ से हमारे अच्छे दिन लौटकर आये। मैंने फिर से कई छोटे-मोटे धन्धे किये। धीरे-धीरे पैसे जोड़े। छत का इन्तजाम किया। फिर जब कुछ पैसे जुड़ गये तो बजाजी का अपना पुराना काम शुरू किया और घर-बार फिर से सेट हुआ। छोटी-सी दुकान का जुगाड़ भी हो गया। काम चल निकला तो बच्चों की पढ़ाई शुरू हुई। हमारी मेहनत रंग लायी और जिन्दगी की गाड़ी पटरी पर वापिस आयी। बहुत मुश्किल थे वे दिन, लेकिन किसी तरह निकल ही गये थे। अच्छे और बुरे, दोनों ही दिन ज्यादा देर तक हमारे साथ नहीं रहते।

''बड़े वाले ने इंजीनियरिंग की और छोटे वाले ने बी.ए. करके ठीक-ठाक नौकरी पकड़ी। बड़े की अच्छी-खासी नौकरी थी। शुरू-शुरू में तो सबकुछ ठीक-ठाक चलता रहा। बड़े की शादी हुई। बस, ये समझ लीजिए कि बड़े की शादी होते ही हमारे दुर्दिन शुरू हुए। तब हम वजह समझ नहीं पाये थे और नये शादीशुदा बेटे से पूछ भी नहीं पाते थे, लेकिन तभी हमारे घर में सामान बढ़ने लगा था। खूब पैसा आने लगा था। उसकी माँ पूछती तो टालते हुए कह देता-ससुराल वालों ने भेजा है। ये तो हमें तब पता चला कि जब एक दिन उसे रिश्वत लेने के चक्कर में घर पर बिठा दिया गया है। इसके बावजूद वह यही कहता रहा कि उसने

करप्ट मशीनरी का हिस्सा बनने से मना कर दिया था! इसलिए उसे झूठमूठ फँसाया गया है।

"लेकिन सच कहाँ छुपता है! शादी होते ही उसकी ज्यादा कमाने की हवस बढ़ने लगी थी और उसने गलत तरीकों से कमाना शुरू कर दिया था। उसे नचाने वाली आ चुकी थी। हर चीज की एक सीमा होती है। बेशक रिश्वत लेने की बात ही क्यों न हो। दाल में नमक चल जाता है, लेकिन वह तो नमक में से दाल निकालने की फिराक में था। वह तो रातोंरात अमीर बनना चाहता था। नतीजा क्या हुआ? सड़क पर आ चुका था।

"तभी हमारे दुर्दिनों की दूसरी किस्त जारी हुई। बड़े ने अपनी माँ को नयी पट्टी पढ़ाई कि वह अपनी ससुराल वालों के साथ मिल कर प्रापर्टी एजेंट का काम शुरू करना चाहता हैं। मैं भी उसके झाँसे में आ गया। क्या हुआ कि हमारा बेटा रिश्वत के चक्कर में नौकरी से निकाला गया था, आखिर था तो अपना बेटा ही। हमने अपनी सारी जमा पूँजी उसे सौंप दी। पहले पैसे दिये, फिर अपना घर बिका। चली चलायी दुकान भी उसके धन्धे की भेंट चढ़ गयी। इधर वह ऊपर उठने लगा और मेरी ढलान की यात्रा शुरू हुई। मेरी काम-धन्धे की सारी पूँजी तो उसके धन्धे में ट्रांसफर हो रही थी। और एक दिन ऐसा भी आया कि मैं सड़क पर था और उसका धन्धा फलने-फूलने लगा था।

"यह मेरे दुर्दिनों की तीसरी किस्त थी और मेरे हिस्से में वह दिन भी देखना आया कि मैं उसकी दुकान पर बैठने को मजबूर हो चुका था।

"अब मेरा घरबार खत्म हो चुका था। मेरा घर बिक चुका था और हम दोनों मियाँ-बीवी बड़े बेटे की आलीशान कोठी में एक छोटे से कमरे में शिफ्ट हो चुके थे। अब तक छोटा बेटा भी अपनी लगी-लगायी नौकरी छोड़कर बड़े बेटे के साथ इसी धन्धे में आ गया था। दोनों बेतहाशा पैसा पीट रहे थे। हमें अपने बच्चों को तरक्की करते देख खुश होना चाहिए था, लेकिन कुछ ऐसा था कि मैं चीजों को स्वीकार ही नहीं कर पा रहा था।

"तभी मेरी जिन्दगी में बदकिस्मती ने एक बार फिर दस्तक दी। मेरी बीवी भागवन्ती को कैंसर हुआ और... और दोनों बेटों के बीच धन्धे को लेकर झगड़े होने शुरू हुए। दोनों में रोज फैसले होते और रोज ही झगड़े होते। दोनों को ही इस बात की परवाह नहीं थी कि उनकी माँ जीती है या मरती है। मैं तो उनसे कुछ भी कहने सुनने के हक से परे जा चुका था।

"अब मेरी हैसियत मुफ्त के नौकर की हो चुकी थी। सब चिढ़ते मुझसे। हरामखोर हो चुका था मैं। घर पर रहता तो मुसीबत, दुकान पर बैठूँ तो मुसीबत। दुकान का नौकर बंसी मुझसे अच्छा था। महीने की दस तारीख को गिनकर पूरी

तनखा तो ले जाता था, जबकि काम मैं भी उतना ही करता। ग्राहकों को चाय पिलाता, उनके जूठे गिलास धोता। दुकान में झाड़ू तक तो लगाता। मैं समझ नहीं पाता अब और कितनी उम्मीद करते थे वे इन बूढ़ी हड्डियों से? अपने सगे बाप से? कई बार अफसोस भी होता, गुस्सा भी आता कि अब इन सत्तर साल की बूढ़ी हड्डियों के साथ और कितना खटता रहूँ! सबकुछ इन्हें दे दिया। इन साहबजादों के लिए जमा-जमाया घर-बार, दुकान सब छोड़कर, सबकुछ इन्हें सौंप दिया। यही सोचते रहे—हमारी क्या है कट जाएगी, बची ही कितनी है! अब दोनों लाखों-करोड़ों में खेल रहे थे और उनका बाप...।

''उधर भागवन्ती मुझे ही समझाने की कोशिश करती—अब जाने भी दो। जब तुम्हारा वक्त था तो तुम्हारी चलती थी। गलत बातें भी सही मानी जाती थी। है कि नहीं? अब वक़्त से समझौता कर लो। सही-गलत...।

''मैं उसे टोकता तू सही-गलत की बात कर रही है... यहाँ तो कोई बात भी करने को राजी नहीं है। अपने पोता-पोती कभी हमसे सीधे मुँह बात नहीं करते।

''तो इसी तरह से दिन कट रहे थे हमारे।

''तभी हमारे दुर्भाग्य ने एक और पर्ची काटी हमारे लिए।

''एक दिन एक बड़ा यह सन्देश लेकर आया कि उन दोनों में फैसला हो गया है। मैं उस वक्त अपने कमरे में था। भागवन्ती की तबीयत खराब थी उस दिन। उसी के पास बैठा तसल्ली दे रहा था कि—

'ज्यादा नहीं, पाँच लाख नकद। उसका खुद का घर। मीरा रोड वाला आधा बना हुआ फ्लैट और दूसरी एक आध प्रापर्टी उसके हिस्से में गयी है।'

'कहीं पूना वाला फार्म हाउस तो उसे नहीं दे दिया। आपका कोई भरोसा नहीं।' बड़े की बीवी ने अपने पति के फैसलों पर बिलकुल भी भरोसा नहीं था।

'नहीं दिया बाबा, मुझे भी पता है, क्या-क्या देना चाहिए था।' और क्या दिया है उसे। कुछ अपने पास भी बचता है या सबकुछ लुटा दिया?

'तुम तो एकदम पागलों जैसी बातें कर रही हो। जितना उसका हक बनता था, उसमें भी मैंने कसकर हाथ खींचा है। हाँ, माँजी अब उसी के पास रहेंगी।' उसने खुद कहा उनके लिए।

उसकी बीवी चौंक गयी थी। अचानक यह याद आने पर कि मैं अपने कमरे में हूँ, आवाज दबाकर बोली थी—'आपने हाँ कर दी है बाउजी के लिए? आपका क्या है। सँभालना तो मुझे पड़ता है। एक मिनट का चैन नहीं लेने देते। सारा दिन दरवाजा खोलते। बन्द करते रहो। अब आप ही बिठाया करना दुकान पर सारा दिन।'

''तो चन्दरभान जी ये इज्जत थी हमारी मेरे ही घर में। मेरे ही बच्चे, बहू इस तरह से मेरे बारे में, अपने माँ-बाप के बारे में इस तरह से बात करते थे और मैं कुछ नहीं कह पाता था। कहने के सारे हक तो मैंने उसी दिन उनके पक्ष में गिरवी रख दिये थे जिस दिन अपना सबकुछ उन्हें सौंप दिया था।

''एक बात बताऊँ आपको कि आप तब तक कुछ कहने लायक हालत में होते हैं जब तक आपके पास ही ताकत होती है। वरना आज जो आदमी मरा है उसके लड़के की यह कहने की भला हिम्मत हो सकती थी कि आप लोग मेरे बाप का अन्तिम संस्कार कर दो और बिल भेज दो। वह यह बात इसीलिए कह पाया क्योंकि वह जानता था कि उसका बाप आज उस पर मोहताज है इसलिए कहने-सुनने के सारे हक खो चुका है।

''खैर, तो मैं अपनी बात बता रहा था। जिस रात फैसला हुआ उन दोनों में, उस रात मेरे बड़े बेटे ने अपने छोटे भाई को खाने पर बुलाया। वे अकसर ऐसा ही करते थे। एक-दूसरे को खाने के लिए बुलाते रहते थे, लेकिन हम बूढ़े माँ-बाप एक-दूसरे के घर कभी भी नहीं बुलाये जाते थे। हम उनकी सभा-सोसाइटी में बैठने लायक नहीं रहे थे।

''बड़ा बेटा मेरे कमरे में आया था और मुझे बता रहा था हमने तय... किया था... कि अब... माँजी... कुछ दिन... छोटे... के पास रह लें। उसकी बीवी... की इच्छा है कि... वह भी माँजी... की सेवा...

''हालाँकि मैं सबकुछ सुन चुका था और जानता था कि मेरी कोई भी बात मानी नहीं जाएगी, फिर भी हल्का-सा विरोध किया था मैंने—लेकिन बेटा... उसका इलाज... दवा... कब कौन-सी... कैसे...

''मेरे बेटे ने मेरी बात हवा में उड़ा दी थी—अरे बाउजी, कोई समन्दर पार थोड़े ही जा रही है। छोटे का घर है ही कितनी दूर! फिर आप तो हैं ही सही। आप दोनों के लिए तो दोनों घर अपने। एक पैर इधर और एक पैर उधर। हम भी आते-जाते बने रहेंगे। फोन भी दोनों घरों में है ही सही। अब मैं छोटे की इच्छा कैसे टालता?

''मैंने हार मान ली थी—ठीक है। जो तुम दोनों का फैसला। अब हम क्या करें, जहाँ रखोगे, जैसा रखोगे रह लेंगे। और वह अपना फैसला हम पर थोपकर चला गया था।

''मुझे भागवन्ती की दवाई लानी थी। मैं जब जाने लगा तो उसने रोका था मुझे, वह शराब रखने का केबिनेट खोल कर देख रहा था—एक मिनट ठहरें जरा! उसने पर्स में से कुछ नोट निकालकर मुझे दिये थे और कहा था—ऐसा करना, बाउजी, एक बोतल ब्लैक नाइट लेते आना। नौ सौ की आयेगी। दवाई भी इसी में से ले लेना। शकुन्तला से भी पूछ लीजिए, कुछ चाहिए हो तो...

''मैंने चुपचाप पैसे ले लिये थे और बाहर आ गया था।

''मैं सोच रहा था—मेरे बेटे ने मुझे बारह सौ रुपये दिये हैं और शराब की बोतल मँगवायी है। बताया है—नौ सौ की आयेगी। यह तो कहा है—उसकी बीमार माँ की दवा भी उन्हीं पैसों में से लेता आऊँ। नौ सौ अस्सी की शराब आएगी। हम दोनों के महीने के खर्च से भी ज्यादा।

''मैं शराब तो ले आया था, लेकिन कुछ बुरी तरह उखड़ चुका था मेरा। ये क्या हो रहा था हमारी जिन्दगी के साथ! मैं कोस रहा था खुद को—लानत है ऐसी औलाद पर। ऐसी जिन्दगी पर। कभी अपनी माँ के कमरे में झाँक कर नहीं देखते। जीती है या मर गयी है।

''बेशक उस रात फैसला हो गया था दोनों में और दोनों ने शराब के नशे में ढेरों वायदे भी किये थे और कसमें भी खायी थीं, लेकिन अगली सुबह नशा उतरते ही दोनों को ही, और खासकर दोनों की बीवियों को लगा था कि वे दोनों ही ठगे गये हैं। छोटे बेटे को लग रहा था कि बड़े ने मीठी-मीठी बातें करके उसे पूरी तरह ठग लिया है। छोटे की बीवी ने ताना मारा था कि ये फैसले भावनाओं में बहकर नहीं होते। आपको जब पता ही है कि वो चालाकी करेंगे तो आपको भी पूरी प्रापर्टियों के बारे में गिन-गिन कर फैसला करना चाहिए था। वैसे उसकी यह चिन्ता कम थी कि उन्हें कितना मिला है। उसकी असली चिन्ता यह थी कि उन्हें देने के बाद उन लोगों के पास कितना बचता है।

''दोनों बेटों के चक्कर में हम दोनों की जिन्दगी ख्वार हो रही थी। मैं ही यहाँ वहाँ चक्कर काटता। बेशक भागवन्ती यही कहती कि वह वहाँ छोटे के घर ज्यादा आराम से थी। लेकिन वह कितने बड़े धोखे में थी जो छोटा बेटा उसे दे रहा था। जब मुझे भी पता चला तो कितनी देर हो चुकी थी। सबकुछ खत्म हो चुका था। इधर दोनों अपनी-अपनी जिद पर अड़े थे। छोटे को बराबरी का हिस्सा चाहिए था और बड़ा जितना तय कर चुका, उससे एक पैसा ज्यादा देने को तैयार नहीं था। हम यही सोचते कि जब तक हम दोनों हमारे जाये हैं लेकिन हमारी सुनते कहाँ हैं! दुनिया भर को बीच में ला रहे हैं। पता नहीं अभी तो क्या-क्या देखने को बाकी है!

''भागवन्ती मेरी तबीयत पूछती। आराम करने को कहती, लेकिन सच कहूँ तो मैं थक चुका था। जीने की इच्छा थी खत्म होती चली जा रही थी। पहले बस, फिर ट्रेन, फिर बस, नहीं हो पाता था। ऑटो रिक्शे में आना-जाना बहुत महँगा पड़ता था। फिर दिन भर दुकान पर खटना। सच तो यह था कि मैं तो सिर्फ़ उसी के सहारे और उसी के लिए जी रहा था वरना... इस जिन्दगी से...

वह बार-बार यही कहती कि सहना सीखो। जहाँ तक हो सके, सामने ही मत पड़ो। अब बची ही कितनी है! आगे... पीछे...। मुझे ही देखो, इतने दर्द के बावजूद... चुपचाप...। वह इस उम्र में भी लाड़ लड़ाती अपना, ख्याल रखना...। कितना तो खटते हो मेरे लिए! कैसी पापिन हूँ मैं! सारा दिन पड़ी रहती हूँ। तुम्हारी सेवा करने की बजाय... तुम्हीं से...।

''मैं भी छेड़ता—मुझे पता है। अगले जन्म में पूरी सेवा करवा लूँगा। बनोगी न मेरी साथन?

''अभी तो छ: जनम और बनूँगी तुम्हारी साथन। तब भी चंगी रहूँगी। तुमसे एक गिलास पानी भी नहीं पीऊँगी।

''बस, यही हमारी आखिरी मुलाकात थी। इस बात के दो ही दिन बाद एक रात उसकी तबीयत अचानक खराब हो गयी थी और सबकुछ खत्म हो गया था। वह भी खत्म हो गयी थी और... और सारे रिश्ते-नाते खत्म हो गये थे।'' यह कह कर रामदत्तजी एक पुलिया पर बैठ गये थे और दोनों हाथों से अपना मुँह ढँक लिया था। चन्दरभानजी ने उनके कन्धे पर हाथ रखा था।

रामदत्तजी ने रुक-रुक कर आगे कहना शुरू किया है—''आधी रात का वक्त था। उस वक्त मैं बड़े बेटे के घर पर ही था। अचानक फोन की घंटी बजी थी। मैं समझ गया था। अनहोनी हो चुकी है। लेकिन मैं सपने में भी नहीं सोच सकता था कि ये अनहोनी इस रूप में होगी।

''बड़े बेटे ने लाइट जलायी थी। मैं भी उठकर फोन के पास आ गया था। देखा-रात के ढाई बजे थे।

''बड़े ने फोन उठाया था।

''दूसरी तरफ छोटा बेटा था।

''बड़े ने पूछा था—'तू इस वक्त। रात के ढाई बजे। सब खैरियत तो है ना...'

''छोटा दूसरी तरफ से बोल रहा था—'पहले मेरी पूरी बात सुन लो। तभी फोन रखना। अभी थोड़ी देर पहले माँजी गुजर गयीं। अन्तिम संस्कार कल सुबह ग्यारह बजे होगा। आप माँजी के अन्तिम दर्शन तभी कर पाएँगे जब आप प्रापर्टीज में से मेरे हिस्से के पचास लाख का कागजात लेकर आएँगे।

''और फोन कट गया था।''

रामदत्तजी पुलिया से उठ खड़े हुए हैं और चन्दरभानजी को वापिस चलने का इशारा किया है। दोनों काफी देर तक चुपचाप चलते रहते हैं। फिर वे खुद ही आगे बताना शुरू करते हैं।

''आप मेरी उस वक्त की हालत समझ सकते हैं। मेरी बीवी की लाश

बेटे के घर में पड़ी हुई थी और मैं उसका अन्तिम दर्शन तक नहीं कर सकता था। जी तो चाहता था दोनों बेटों को उसी वक्त पुलिस के हवाले कर दूँ, लेकिन मेरी सोचने-समझने की सारी शक्ति खत्म हो चुकी थी। मैं रोना चाहता था, बीवी को दो आँसुओं के साथ विदा करना चाहता था, लेकिन कुछ भी मेरे बस में नहीं रहा था। मैं एकाएक चुप हो गया था और सारे मामले से अपने आपको अलग कर लिया था और वहीं बरामदे में एक कोने में सारे वक्त कुर्सी पर चुपचाप बैठा रह गया था।

"दोनों बेटों ने इसे अपनी-अपनी इज्जत का मामला बना लिया था। पूरी बिरादरी को बीच में लाया गया था और आखिर शाम चार बजे भागवन्ती का अन्तिम संस्कार हो पाया था।"

रामदत्तजी फिर चुप हो गये हैं। चन्दरभानजी उनका हाथ थामे उनके साथ चल रहे हैं।

"बस, उसी दिन मेरा आखिरी संवाद हुआ था अपने उन हत्यारे बेटों से। भागवन्ती के सामान से मुझे ये रुपये मिले थे। अगर मुझे पहले से पता होता कि उसके पास इतने पैसे हैं तो मैं उसे मरने नहीं देता... कतई मरने नहीं देता। कहीं भी ले जा कर उसका इलाज कराता। लेकिन मैं उसे जरूर बचा लेता। मुझे पता है चन्दरभानजी, आ... आप मुझे रोने भी नहीं देंगे, लेकिन मैं आपसे एक सवाल तो पूछ सकता हूँ न..."

"पूछिए न"...चन्दरभानजी के चेहरे पर आश्वस्त करने वाला भाव है।

"इस पूरे मामले में मेरी गलती क्या थी जो मेरी भागवन्ती को अपने ही जाये बेटों के हाथ ये दिन देखना पड़ा।" उन्होंने चन्दरभानजी के दोनों हाथ थाम लिये हैं और बार-बार यही सवाल पूछ रहे हैं।

चन्दरभानजी ने हौले से उनके हाथ दबाये हैं और कहा है, "आपकी कोई ग़लती नहीं थी। बेशक आपको इतनी तकलीफ से गुजरना पड़ा और अपने ही बच्चों के हाथों अपनी पत्नी की ख्वारी देखनी पड़ी, इसका कारण मेरी निगाह में तो यही समझ में आता है कि हर अगली पीढ़ी अपने आपको पिछली पीढ़ी की तुलना में ज्यादा व्यावहारिक, चतुर और सयानी समझती है और ये मान कर चलती है कि उसे देने के लिए पिछली पीढ़ी के पास कुछ भी नहीं है, जबकि सचाई यह होती है कि अगली इस पीढ़ी को पिछली इक्यावन पीढ़ियों की विरासत मिली है तो पचास पीढ़ियों की विरासत तो हमारे पास भी तो थी। बस, यही समझने और समझाने का फेर है और इसमें मात हमेशा पिछली पीढ़ी को ही खानी पड़ती है क्योंकि उसके पास आर्थिक आधार नहीं रहता। आपके मामले में भी आपके बच्चे जानते थे कि अब आपके पास उन्हें देने के लिए कुछ नहीं...।"

''ठीक कह रहे हैं आप कि आर्थिक आधार छूटना ही सबसे बड़ी हार होती है हम जैसे लोगों के लिए। खैर छोड़िए, चलें। सब लोग हमारा इन्तजार कर रहे होंगे।''

वे दोनों वापिस मुड़े हैं!

सूर्य इस समय ठीक सिर पर आ गया है।

मेरे हिस्से का घर

गगनदीप वापिस लौट रहा है। आज ही डाक में आये उसके संक्षिप्त पत्र से तो यही संकेत मिलता है कि हमेशा के लिए लौट रहा है। पता नहीं क्या बात हो गयी हो! उसके इन तीन लाइनों के पत्र से तो कुछ पता नहीं चलता।

लिखा है उसने—

''वीरजी,

अरसे बाद लिख रहा हूँ। 29 जनवरी की सुबह एयर इंडिया की फ्लाइट से बम्बई वापिस लौट रहा हूँ। हो सके तो इस बीच हल्द्वानी से दारजी और मेरे छोटे भाई परमजीत या अमनदीप को वहीं मुम्बई में बुलवा लें। पता दे रहा हूँ। पी पी नम्बर भी। बाकी खैरियत। 29 को मिल ही रहे हैं। अलका दीदी को प्रणाम।

आपका ही,

गगनदीप।''

गगनदीप का यह छोटा-सा खत भी शायद चार बरस बाद आया है। उससे खतो-किताबत छूटे इतना अरसा तो हो ही गया होगा। विदेश जाकर बस गये दोस्तों के साथ अकसर ऐसा ही होता है। लम्बे खतों से शुरू होकर छोटे पत्र और फिर उनकी जगह छपे हुए ग्रीटिंग कार्ड। ये कार्ड भी आने-जाने कब बन्द हो गये थे, याद नहीं आता। आज अचानक इतने बरसों के बाद उसका ये छोटा-सा ख़त मुझे हैरान तो कर ही रहा है, खासा परेशान भी कर रहा है। 'वापिस लौट रहा हूँ', इस वाक्य की बनावट, लिखने की उदासीनता भरी शैली और हल्द्वानी से अपने पिता और छोटे भाई को यहाँ बुलवाने का आग्रह—इन सबसे से तो यही संकेत मिलता है कि सबकुछ खैरियत से नहीं है। अब तो उसके आने पर ही पता चल पायेगा कि सच क्या है! फिलहाल तो यही देखना है कि किसी तरह हल्द्वानी सम्पर्क करके उसके दारजी और भाई को यहाँ आने के लिए खबर करूँ। गगनदीप ने भी उन्हें लिखा तो होगा ही। पता नहीं वे आ पाते हैं या नहीं।

गगनदीप को मैं छः-सात साल से तो जानता ही होऊँगा। अगर उसके लन्दन

जाने के बाद के पिछले पाँच सालों को छोड़ भी दें तो भी डेढ़ साल तो वह यहीं, ठीक हमारे समाने वाले घर में ही रहा और हमारा अमूमन रोज का ही उठना-बैठना था। सच तो यह है कि मैं उसे कभी भी नहीं समझ पाया था। वह कभी किसी पवित्र नदी के पारदर्शी, निश्छल, दोषरहित जल की तरह लगता जिसे आर-पार देखा, समझा और जाना जा सकता था। जैसा है, सबके लिए वही है। कोई दुराव-छिपाव नहीं, और कभी यही शख्स इतना हैरान-परेशान, चुप्पा, अपने खोल मैं बन्द लगने लगता कि उससे एक-एक वाक्य बुलवाने के लिए घंटों मशक्कत करनी पड़ती। लगता, वह लगातार किसी गहरे मानसिक मन्थन से गुजर रहा है। तब उससे बात कर पाना बहुत ही मुश्किल होता था। कभी तो पूरी शाम हमारे ही घर पर गुजारता, बोलता, बतियाता और कभी पूरा-पूरा हफ्ता ही नजर न आता। ऑफिस से आते ही खुद को अपने कमरे में बन्द कर लेता। जब बाहर निकलता तो वह दूसरा ही शख्स होता। चेहरा सूजा हुआ और आँखें लाल। जैसे इस पूरे अरसे में रोता ही रहा हो। लगातार एक-डेढ़ साल तक ज्यादातर शाम एक साथ बैठने, गुजारने और बोलने, बतियाने के बाद ही यह मुमकिन हो पाया था कि वह हमसे, खासकर मेरी पत्नी अलका से थोड़ा-थोड़ा खुलने लगा था। बल्कि एक तरह से वह अलका की वजह से ही हमारे परिवार में एक सदस्य की तरह शामिल हो गया था।

तब वह नया-नया ही कानपुर से एम.टेक. करके बम्बई आया था। एक अच्छी-कम्पनी में उसकी नयी नौकरी लगी। किसी के रेफरेंस से ठीक हमारे सामने वाले फ्लैट में पेइंग गेस्ट बनकर रहने आया था। उस फ्लैट में पेइंग गेस्ट अक्सर रखे जाते थे और इसमें कोई नयी बात नहीं थी। हाँ, खास बात यह होती थी कि उसके मकान मालिक बूढ़े पारसी दम्पती थे जो किसी से भी, यहाँ तक कि अपने पेइंग गेस्ट से भी ज्यादा बात करना पसन्द नहीं करते थे। उनके घर पर रहने के नियम-कायदे भी बहुत कड़े होते थे। नतीजतन जो भी युवक वहाँ रह रहा होता, बुरी तरह से अपने कमरे में बोर होता रहता। शायद इसी वजह से वहाँ आए दिन पेइंग गेस्ट बदलते रहते और उनकी तरफ कोई खास ध्यान नहीं देता था। एक पेइंग गेस्ट के जाते ही वहाँ अगले दिन ही कोई नया पेइंग गेस्ट आ विराजता।

उस रोज दीपावली का त्योहार था। चारों तरफ त्योहार की गहमा-गहमी थी। हम दोनों घर पर ही थे। तभी दरवाजे की घंटी बजी। दरवाजा अलका ने खोला था। देखा, एक बहुत ही आकर्षक, सुदर्शन और अच्छी कद-काठी का स्मार्ट लड़का दरवाजे पर खड़ा है। उसने बहुत ही आदर से नमस्कार किया था और अपना परिचय दिया था, ''मेरा नाम गगनदीप है और मैं आपके सामने वाले घर

में पेइंग गेस्ट हूँ।''

अलका उसे भीतर लिवा लायी थी और उसे बिठाया था। मुझे भी अपना परिचय दे देने के बाद और पानी पी लेने के बाद उसने बहुत ही संकोच के साथ कहा था, ''दरअसल मुझे समझ में नहीं आ रहा है कि मैं कैसे शुरू करूँ!'' हमने उसे कहा था कि वह बिलकुल भी औपचारिकता महसूस न करे और बिलकुल सहज होकर अपनी बात कहे। जब अलका ने उससे कहा कि वह उसे तीन-चार बार सामने वाले घर में आते-जाते देख चुकी है और यह महसूस कर सकती है कि उस घर में रहने वाले पेइंग गेस्ट कई बार बात करने के लिए भी तरस जाते हैं तो कुछ हद तक उसका संकोच दूर हुआ था। उसने किसी तरह अपनी बात पूरी की थी और कहा था, ''वैसे तो मुझे अकेले रहने की आदत है और मैं कई-कई दिन तक बिना किसी से भी बात किए रह सकता हूँ, लेकिन त्योहारों के दिन मेरे लिए बहुत भारी गुजरते हैं। आपके दरवाजे पर नेम प्लेट देखता था तो रोज ही सोचता था, कभी बात करूँगा। कपूर सर नेम तो पंजाबियों का ही होता है। मैं दरअसल मोना सिख हूँ। कई बार अपनी जुबान बोलने के लिए भी आदमी...।'' कहकर वह झेंपी-सी हँसी हँसा था। बात अलका ने ही आगे बढ़ायी थी, पूछा था उससे—कहाँ है उसका घर-बार और कौन-कौन हैं घर में उसके।

इतना सुनते ही वह फिर से संकोच में पड़ गया था और हौले से बोला था, ''एक लम्बी दास्तान है इसके पीछे। कभी मौका मिला तो बताऊँगा। फिलहाल आपसे इतनी ही रिक्वेस्ट है कि मैं आज की शाम आप लोगों के साथ गुजारना चाहता हूँ। आज इतने अच्छे त्योहार के दिन मैं अपने कमरे में अकेला बैठने से घबरा रहा था। बम्बई में नया हूँ और कोई दोस्त भी नहीं है। इसलिए आपके दरवाजे पर लगी नेम प्लेट पर सिर्फ सरनेम देखकर ही इतनी लिबर्टी लेकर यहाँ आ गया हूँ कि थोड़ा पारिवारिक माहौल मिलेगा और...।''

उसने बात अधूरी छोड़ दी थी। इसके बाद उस दिन न हमने उसके बारे में कोई बात पूछी थी और न ही उसने ही कुछ बताया था। वह देर तक हमारे घर बैठा रहा था और हम तीनों इधर-उधर की बातें करते रहे थे। इस बीच वह काफी सहज हो गया था और किसी पुराने परिचित की तरह बातें करने लगा था।

अलका ने उसे खाना खाने के लिए जबरदस्ती रोक लिया था और मिठाई वगैरह खिलायी थी। दो-एक घंटे बैठकर जब वह जाने लगा था तो मैंने और अलका ने उससे एक साथ ही आग्रह किया था कि वह इसे अपना ही घर समझे और जब भी उसे घर की याद आये या वह बेखटके आ सकता है। उसके चेहरे की रंगत बदली थी और वह ठिठक गया था। अचानक भर्राई हुई आवाज में बोला

था, ''आप लोग बहुत अच्छे हैं। मुझे नहीं पता था लोग अनजान आदमी से भी इतनी अच्छी तरह से पेश आते हैं। मैं फिर आऊँगा, थैंक्स!'' कहकर वह तेजी से निकलकर चला गया था।

बाद में भाई दूज वाले दिन अलका ने ही बताया था कि गगनदीप आया था और ढेर सारी मिठाई वगैरह ले आया था। बता रही थी कि उसने बहुत संकोच के साथ पूछा था—'मेरी कोई बड़ी बहन नहीं है। क्या मैं आपको दीदी कहकर पुकार सकता हूँ?' अलका बता रही थी कि यह कहते समय उसकी आँखों में आँसू भर आये थे और वह रोने को था। अलका ने न केवल उसे भाई बना लिया था, बल्कि भाई दूज का टीका भी किया था। और इस तरह गगनदीप हमारे परिवार का एक सदस्य बन गया था। वह अब भी चला आता और काफी देर तक बैठा रहता। कभी वह किचन में अलका की मदद करने लगता तो कभी हमारे डेढ़ साल के चुन्नू के साथ खेलता रहता। इस बीच वह कई बार मना करने के बावजूद बच्चे और अलका के लिए कई कीमती उपहार ले आया था। हम मना करते तो उसका चेहरा उतर जाता कहता, ''आप ही लोगों के सहारे तो इतने बड़े शहर में मैं अकेलेपन के दिन इतनी अच्छी तरह गुजार पा रहा हूँ।'' अलका या मेरे पास इस बात का कोई जवाब नहीं था। हम यही कोशिश करते कि अगर वह खाने के वक्त हमारे घर पर है तो खाना खाकर ही जाए।

हालाँकि उसे हमारे घर आते-जाते एक-डेढ़ महीना हो गया था और वह अलका से बहुत सहजता से बात करने लगा था, तो भी उसने अपने बारे में कुछ खास नहीं बताया था। हम भी उसे ज्यादा कुरेदकर परेशान नहीं करना चाहते थे।

उस रोज इतवार था और मैं घर पर अकेला ही था। तभी गगनदीप आया था। जब उसे पता चला कि अलका मायके गयी हुई है और मैं खाना या तो खुद बनाऊँगा या होटल से मँगवाऊँगा तो उसने प्रस्ताव रखा था, 'आज का डिनर मेरी तरफ से' और वह मुझे जबरदस्ती बाहर ले आया था। उसने मेरी एक नहीं सुनी थी। हम एक अच्छे से रेस्तराँ में गये थे। ऑर्डर देने से पहले उसने मुझसे कहा था, ''मुझे पता है आप ड्रिंक्स लेते है। मैंने जिन्दगी में एक-आध बार ही बीयर पी है। मैं आपसे बहुत छोटा हूँ, मेरे साथ आपको पीने में कोई एतराज तो नहीं है?''

मैंने उसे आश्वस्त किया था, ''ड्रिंक्स में कम्पनी के लिए उम्र नहीं, मेन्टल लेवल देखा जाना चाहिए कि हम जिस के साथ बैठकर पी रहे हैं वह हमारे साथ बैठने लायक है या नहीं।'' उसे बहुत अच्छा लगा था। कहा था उसने, ''आपकी यह बात जिन्दगी भर याद रहेगी।'' तब मैंने ही उससे कहा था, मैं भी बीयर ही लूँगा। उसने बीयर का ही ऑर्डर दिया था।

एक तरह से अगर मैं उस शाम उसके साथ बैठकर न पीता, तो बहुत सम्भव था मैं कभी भी उसके बारे में इतनी बातें न जान पाता। उस पूरी शाम हम कई घंटों एक साथ रहे थे और गगनदीप ने एक तरह से अपनी जिन्दगी की पूरी किताब मेरे सामने खोलकर रख दी थी। उसमें से उसने कुछ भी मुझसे छिपाया नहीं था। सबकुछ ज्यों-का-त्यों बयान कर दिया था। बीयर के लम्बे घूँट भरते हुए उसने पूछा था मुझसे, ''अगर मैं आपको वीरजी कहूँ तो आपको कोई एतराज तो नहीं होगा।''

''इसमें एतराज की क्या बात! तुम चाहो तो मुझे नाम से भी बुला सकते हो।''

''दरअसल मैं कभी परिवार में नहीं रहा हूँ। रिश्ते-नाते कैसे निभाये जाते हैं, नहीं जानता। चौदह साल की उम्र थी जब घर छूट गया। तब से एक शहर से दूसरे शहर भटक रहा हूँ।''

''क्या मतलब? घर छूट गया था का मतलब? तो ये सब पढ़ाई और एम.टेक. तक की डिग्री?''

''बहुत लम्बी कहानी है वीरजी, पहली बार आप ही के सामने मेरी जिन्दगी की इस बन्द किताब के ये पन्ने खुल रहे हैं। आपको यह जानकर ताज्जुब होगा कि मैंने सिर्फ चौदह साल की उम्र में घर छोड़ दिया था और एम.टेक. तक पढ़ाई मैंने खुद के, अपने बलबूते पर की है। घर छोड़ने की कहानी भी बहुत अजीब है। विश्वास ही नहीं करेंगे आप कि इतनी-सी बात को लेकर भी घर छोड़ना पड़ सकता है। हालाँकि घर पर मेरे पिताजी, माँ और दो छोटे भाई हैं। एक बड़ी बहन थी जिसे गुजरे आठ साल हो गये हैं। लेकिन गुजारा हो ही जाता था। मेरे पिताजी कारपेंटर थे और घर पर रह कर ही काम करते थे और गुस्सा आने पर किसी को भी नहीं बख्शते थे। आज भी अगर मैं गिनूँ तो घर छोड़ने तक, यानी चौदह साल की उम्र तक मैं जितनी मार उनसे खा चुका था, उसके बीसियों निशान मैं आपको अभी भी गिनकर दिखा सकता हूँ। तन पर भी और मन पर भी। गुस्से में वे अपनी जगह पर बैठे-बैठे, जो भी औजार हाथ में हो, वही दे मारते थे। खैर, मेरे घर छोड़ने की वजह दूसरी ही थी। बेशक आखरी बार भी मैं घर से पिट कर ही रोता हुआ निकला था और आज तक वापिस नहीं गया हूँ।''

यह कहते हुए उसका गला भर आया था, आँखें डबडबा आयी थीं। मैंने उसकी बाँह पर हाथ रखा था। थोड़ी देर तक वह अपने गिलास को घुमाता रहा था। फिर उसने आगे कहना शुरू किया था, ''बचपन में मेरे केश बहुत लम्बे, भारी और चमकीले थे। सबकी निगाह में ये केश जितने शानदार थे, मेरे लिए उतनी ही मुसीबत का कारण बने। बचपन में मेरा सिर बहुत दुखता था। हर वक्त जैसे सिर में हथौड़े बजते रहते। एक पल के लिए भी चैन न मिलता। मैं सारा-सारा दिन इसी सिर दर्द

की वजह से रोता। न पढ़ पाता, न खेल ही पाता। दिल करता, सिर को दीवार से, फर्श से तब तक टकराता रहूँ जब तक इसके दो टुकड़े न हो जाएँ। मेरा बाप मुझे डॉक्टर के पास ले जाता, माँ सिर पर ढेर सारा गरम तेल चुपड़ कर सिर की मालिश करती। थोड़ी देर के लिए आराम आ जाता लेकिन फिर वही सिर दर्द। पड़ोस का स्कूल था, इसलिए किसी तरह ठेल-ठाल कर पास तो कर दिया जाता, लेकिन पढ़ाई मेरे पल्ले खाक भी नहीं पड़ती थी। ध्यान ही नहीं दे पाता था। डॉक्टरों, वैद्यों, हकीमों के आधे-अधूरे इलाज चलते, लेकिन आराम न आता। मुझे अपनी बाल बुद्धि से इसका एक ही इलाज समझ में आता कि ये केश ही इस सारे सिरदर्द की वजह हैं। जाने क्यों यह बात मेरे मन में घर कर गयी थी कि जिस दिन मैं ये केश कटवा लूँगा, मेर सिर दर्द अपने आप ठीक हो जाएगा। मैं तब केशों की महत्ता नहीं जानता था। वैसे भी ढीले और गन्दे से जूड़े ने मुझे असहनीय दर्द के अलावा दिया ही क्या था! मैंने एकाध बार दबी जबान में माँ ने इसका जिक्र किया भी था। लेकिन माँ ने दुत्कार दिया था, 'मरणे जोग्या, फिर यह बात मुँह से निकाली तो तेरी जुबान खींच लूँगी।'

''शायद रब्ब को कुछ और ही मंजूर था। एक दिन मैंने भी तय कर लिया, जुबान जाती है तो जाए, लेकिन ये केश और बरदाश्त नहीं होते। इनसे छुटकारा पाना ही होगा। और मैं घर से बहुत दूर एक मेले में गया और वहाँ अपने केश कटवा आया। पहले तो कोई नाई ही किसी सिक्ख बच्चे के केश काटने को तैयार न हो, लेकिन जब मैंने रोते-रोते अपनी तकलीफ बतायी, अपनी पढ़ाई की दुहाई दी और दुगने तिगुने पैसे का लालच दिया तो एक नाई बड़ी मुश्किल से तैयार हुआ। उस दिन मैंने पहली बार घर में चोरी की थी। मुझे पता नहीं था बाल कटवाने के कितने पैसे लगते हैं। मैंने माँ की गुल्लक से बीस रुपये निकाले थे। एक रात पहले से ही मैं तय कर चुका था कि ये काम कर ही डालना है। चाहे जो हो जाए। एकाध बार बाप क्रे गुस्से का खयाल आया था, लेकिन उनके गुस्से की तुलना में मेरी अपनी जिन्दगी और पढ़ाई ज्यादा जरूरी थे।

''हम लोग नियमित रूप से गुरुद्वारे जाते थे और वहाँ हमें पाँच ककारों के महत्त्व के बारे में बताया ही जाता था। फिलहाल ये सारी चीजें दिमाग में बहुत पीछे जा चुकी थीं। केश काटने वाली रात मैं घर नहीं लौटा था। उस रात मैं अपनी याद में पहली बार पूरी नींद सोया था। वहीं मेले में ही। चारों तरफ मेले के दुकानदार और दूसरे लोग मैदान में ही दरी बिछा का सोये हुए थे। लेकिन शायद यही रात चैन से सोने की मेरी आखिरी रात थी। अगले दिन जब मैं अपना गंजा सिर लेकर घर में घुसा था तो जैसे घर में तूफान आ गया था। मेरे बाप ने सपने में भी नहीं सोचा था कि यह घुन्ना-सा, हर बात पर मार खाने वाला तेरह-

चौदह साल का मरियल-सा छोकरा सिक्खी धर्म के खिलाफ जाकर केश भी कटवा सकता है। मेरी माँ को तो जैसे दौरा पड़ गया था और वह पछाड़ें खाने लगी थी। सारा मोहल्ला हमारे आँगन में जमा हो गया था। मेरी जम कर कुटम्मस हुई थी। लानतें दी गयी थीं। मेरे बाप ने उस दिन मुझे इतना पीटा था कि पिटते-पिटते मैं फैसला कर चुका था कि इस घर में नहीं रहना है। वैसे अगर मैं यह फैसला न भी करता तो भी मुझे घर छोड़ना ही था। मेरे बाप ने उसी समय खड़े-खड़े मुझे घर से निकाल दिया था। गुस्से में उसने एक अच्छी बात यह की थी कि मेरे दो-चार जोड़ी फटे पुराने कपड़े और मेरा स्कूल का बस्ता भी उठाकर बाहर फेंक दिया था। मैं अपनी कुल जमा पूँजी उठाये दो-तीन घंटे तक अपने मोहल्ले के बाहर तालाब के किनारे भूखा-प्यासा बैठा बिसूरता रहा था और मेरे सारे यार-दोस्त, मेरे दोनों छोटे भाई मेरे आस-पास घेरा बनाये खड़े थे। उनकी निगाह में मैं अब एक अजूबा था जिसके सिर से सींग गायब हो गये थे।

"शाम तक किसी ने भी मेरी खाने की सुध नहीं ली थी तो मैंने भी तय कर लिया था कि मैं इसी गंजे सिर से वह सब कर के दिखाऊँगा जो अब तक मेरे खानदान में किसी ने न किया हो। मेरे आँसू अचानक ही सूख गये थे और मैं फैसला कर चुका था। मैं सीधे अपने स्कूल के हेड मास्टर के घर गया था और रोते-रोते उन्हें सारी बात बतायी थी। उनके पास जाने की वजह यही थी कि वे भी सिक्ख थे। हालाँकि उनका पूरा खानदान सिक्खों का ही था और उनके ससुराल वाले कट्टर सिक्ख थे। वे मेरे दारजी के गुस्से से वाकिफ थे और मेरी सिर दर्द की तकलीफ से भी। मैंने उनके आगे सिर नवा दिया था कि मैं अब आपके आसरे ही पढ़ना चाहता हूँ तो उन्होंने मेरे सिर पर हाथ फेरा था। वे भले आदमी थे। मेरा दृढ़ निश्चय देखकर दिलासा दी थी कि पुत्तर तूँ चिन्ता न कर। मैं तेरी पढ़ाई-लिखाई का पूरा इन्तजाम कर दूँगा। अच्छा होता तेरे घर वाले तेरी तकलीफ को समझते और तेरा इलाज कराते। खैर, जो ऊपर वाले को मंजूर। उन्होंने तब मुझे खाना खिलाया था और पास ही के शहर में रहने वाले अपने ससुर के नाम चिट्ठी दी थी और मुझे उसी दिन रवाना कर दिया था। उनके ससुर उतने ही काइयाँ आदमी थे। वे चाहते तो मेरी सारी समस्याएँ हल कर सकते थे, लेकिन उन्होंने ऐसा कुछ भी नहीं किया था। न तो मैं नियमित रूप से स्कूल जा पाता था, न घर पर ही पढ़ पाता था। हेड मास्टर साहब ने तो अपने ससुर के पास मुझे पढ़ाने के हिसाब से भेजा था, लेकिन यहाँ मेरी हैसियत घरेलू नौकर की हो गयी थी। सचमुच सिर मुंडाते ही ओले पड़े थे। मैं दिन भर खटता, घर भर के उल्टे-सीधे काम करता और रात को बाबाजी के पैर दबाता। खाने के नाम पर यही तसल्ली थी कि दोनों वक्त खाना गुरुद्वारे के लंगर से आता था सो पेट किसी

तरह भर ही जाता था। असली तकलीफ पढ़ाई की थी जिसका नाम सुनते ही बाबाजी दस तरह के बहाने बनाते। जब मैंने देखा कि मैं अब तक का पढ़ा-लिखा सब भूल जाऊँगा और यहाँ तो मुफ्त का घरेलू नौकर ही बनकर रह जाऊँगा तो एक रात मैं वहाँ से भाग निकला। इतना तो मैं देख ही चुका था कि गुरुद्वारे में आराम से रहा जा सकता है। कम-से-कम रहने और खाने का संकट नहीं रहेगा। जहाँ तक स्कूल का सवाल था, मैंने सोचा कि अगर यहाँ सिंह सभा गुरुद्वारा और स्कूल एक साथ चलाती है तो दूसरे शहरों में भी चलाती ही होगी। बचपन में एक बार गाँव से एक जत्थे के साथ हिमाचल प्रदेश के मणिकर्ण गुरुद्वारे गये थे और वहाँ तीन दिन रहे थे। वह जगह मुझे बहुत अच्छी लगी थी। वहीं जाने का फैसला किया। बाबाजी के यहाँ से भागा तो किसी तरह मेहनत मजदूरी करते हुए, कुलीगिरी करते हुए, ट्रकों में लिफ्ट लेते हुए वहाँ पहुँचा। जाते ही पहला झूठ बोला कि गाँव में आयी बाढ़ में सब बह गये हैं। दुनिया में अकेला हूँ और पढ़ना चाहता हूँ। यह नाटक करते समय बहुत रोया। यह जगह मुझे पसन्द आयी और आगे तीन साल की यानी दसवीं तक की पढ़ाई यहाँ से करने का फैसला मैं कर चुका था।

"वहाँ मुझे अपना लिया गया था। स्कूल से फुर्सत मिलते ही सारा वक्त गुरुद्वारे में बिताता। वहीं खाता, पढ़ता, सोता और यात्रियों की सेवा करता। सिर पर हर समय रूमाल बाँधे रखता। कई बार बसों या कारों में आने वाले यात्रियों का सामान उठवा कर रख देता तो थोड़े-बहुत पैसे मिल जाते। मैं वहाँ रहने वालों की खूब सेवा करता क्योंकि अब अगली व्यवस्था तक यहीं रहना था और इसके लिए जरूरी था कि सबका दिल जीत कर रहूँ। सब लोग मेरे व्यवहार से खुश रहते। वहाँ मेरी तरह और भी कई थे, लेकिन उनमें से कुछ वाकई गरीब घरों से आये थे या सचमुच यतीम थे। मैं अच्छे-भले घर का, माँ-बाप के होते हुए यतीम था। अब मेरा विश्वास था या कोई जादू, मुझे सिर दर्द से मुक्ति मिल चुकी थी। यहाँ खाने-रहने की कोई चिन्ता नहीं थी। स्कूल से लौटते ही मैं अपने हिस्से के काम करके पढ़ने बैठ जाता। मुझे अपनी माँ, बहन और छोटे भाइयों की बहुत याद आती थी। अकेले में मैं रोता था कि चाह कर भी उनसे मिलने नहीं जा सकता था। लेकिन मेरी भी जिद थी कि मुझे घर से निकाला गया है, मैंने खुद घर नहीं छोड़ा है। मुझे वापिस बुलाया जाएगा तभी जाऊँगा।

"तीसरे बरस मैं हाईस्कूल में अपने स्कूल में अव्वल आया था। मुझे ढेरों इनाम और वजीफा मिले थे। मैं अपने घर जाकर अपनी माँ और छोटे भाइयों के साथ यह खुशी बाँटना चाहता था, लेकिन यही सोच कर रुक गया था कि अभी तो बहुत सारे किले फतह करने हैं। एक ही बार जाऊँगा। उनकी बहुत याद आती,

लेकिन मन कड़ा किये रहता। पता नहीं, उन्होंने भी कभी मेरी कोई खोज-खबर ली थी या नहीं। कई बार सोचता, शायद हेड मास्टर साहब ने उन्हें खबर दे दी हो, फिर खयाल आता, उन्हें भी कहाँ पता होगा कि उनके ससुर के घर से भाग कर मैं कहाँ गया हूँ!

''एक बार फिर मेरे सामने रहने-खाने की समस्या आ खड़ी हुई थी। यहाँ सिर्फ दसवीं तक का ही स्कूल था। बारहवीं के लिए नीचे मैदानों में उतरना पड़ता। मैं अब तक के अनुभवों से बहुत कुछ सीख चुका था और इस नयी समस्या के लिए तैयार था। छोटे-मोटे काम करके मैंने अब तक इनते पैसे जमा कर लिये थे कि दो-तीन महीने आराम से कहीं कमरा लेकर काट सकूँ। वजीफा था ही। सौ रुपये प्रबन्धक कमेटी ने हर महीने भेजने का वायदा कर दिया था। तभी संयोग से अमृतसर से एक इंटर कॉलेज का एक स्कूली ग्रुप वहाँ आया। मेरे अनुरोध पर हमारे प्रधानजी ने उनके इंचार्ज के सामने मेरी समस्या रखी। तब मेरी उम्र अट्ठारह साल थी। यहाँ रहते हुए साढ़े तीन-चार महीने होने को आये थे। मेरी तरह के तीन-चार और भी लड़के थे जो आगे पढ़ना चाहते थे। हमारे प्रधानजी ने हमारी सिफारिश की थी कि हो सके तो इन बच्चों का भला कर दो। हमारी किस्मत अच्छी थी कि हम चारों ही उस ग्रुप के साथ अमृतसर आ गये।

''अब मेरे सामने एक और बड़ी दुनिया थी। यहाँ आकर हमारे रहने-खाने की व्यवस्था अलग-अलग गुरसिक्खी घरों में कर दी गयी थी और हम अब उन घरों के सदस्य की तरह हो गये थे। हमें अब वहीं रहते हुए पढ़ाई करनी थी और बदले में सिर्फ यही करना होता कि गुरुद्वारों में जब भी कोई बड़ा कार्यक्रम होता, हमें सेवा करनी होती। जहाँ मैं रहता था, वे लोग बहुत अच्छे थे। बेशक यह किसी के रहमो-करम पर पलने जैसा था और मेरा बाल मन कई बार मुझे धिक्कारता कि मैं क्यों अपना घर-बार छोड़ कर दूसरों के आसरे पड़ा हुआ हूँ, लेकिन मेरे पास कोई उपाय नहीं था। कोई विकल्प ही नहीं था। मैं उनके इस अहसान के बदले घर के कई काम कर देता। छोटे बच्चों को पढ़ाता और जी-जान से उनकी सेवा करके अपनी आत्मा के बोझ को कम करता।

''मैं पढ़ाई में जी-जान से जुट गया था। इंटर में मैं अपने जिले में फर्स्ट आया था। घर छोड़े मुझे छः साल होने को आए थे, लेकिन सिर्फ कुछ सौ मील के फासले पर मैं नहीं गया था। अखबारों में मेरी तस्वीर छपी थी। जिस घर में मैं रहता था, उनकी खुशी का ठिकाना नहीं था। इसके बावजूद मैं उस रात खूब रोया था। ये कैसी नियति थी कि मुझे मेरा चाहा सबकुछ मिल रहा था और ये सब घर-परिवार त्यागने के बाद ही। मैं मन-ही-मन चाहने लगा था कि घर से कोई आये और मेरे कान पकड़ कर लिवा ले जाये। मुझे नहीं मालूम था कि उन्हें

मेरी इस सफलता की खबर थी या नहीं और क्या उन्होंने कभी मेरी खोज-खबर भी ली थी या नहीं। वे तो मुझे कब का त्याग चुके थे। बहुत बाद में पता चला था कि मेरी माँ मेरे लिए खूब रोती थी, लेकिन बाप के डर से न कह पाती थी और न किसी से पूछ ही पाती थी। मेरे भाई भी अब बड़ी कक्षाओं में आ गये थे और बाप की मार खाकर बड़े हो रहे थे।

''आई.आई.टी में एडमिशन मिल जाने के बाद जब मुझसे रहा नहीं गया तो मैं अपने गॉडफादर हेड मास्टर साहब से मिलने गया था। वे मुझे ठीक-ठाक और तरक्की करता पाकर यकायक रो पड़े थे। वे इतने बरसों से अपने मन पर बोझ लिये हुए थे कि उनके ससुर ने मेरे साथ इस तरह का व्यवहार करके मुझे घर छोड़ने पर मजबूर कर दिया था। मैंने उनसे खूब आशीषें पायी थीं। मैंने अपने वचन का मान रखा था। उन्हीं के आशीर्वाद से इंजीनियर होने जा रहा था। अपने शहर जाकर भी मैं अपने घर नहीं गया था। उनकी इच्छा थी मुझे घर भेजने की। वे खुद भी साथ चलने के लिए तैयार थे, लेकिन मैं ही नहीं गया था। सिर्फ उन्हीं से समाचार लेकर आ गया था।

''अगले चार-छ: साल तक मैं खुद को जस्टीफाई करता रहा कि मुझे कुछ कर के दिखाना है। आप हैरान होंगे वीरजी कि इन बरसों में मुझे शायद ही कभी फुर्सत मिली हो। मैं हमेशा खटता रहा। कुछ-न-कुछ करता रहा। बच्चों को पढ़ाता रहा। आपको बताऊँ वीरजी, कि मैंने बेशक कम्प्यूटर्स में बी.टेक. और एम.टेक. किया है लेकिन गुरुद्वारे में रहते हुए, अमृतसर में भी और बाद में आई.आई.टी. कानपुर में पढ़ते हुए भी मैं बराबर ऐसे काम-धन्धे सीखता रहा जो एक कम पढ़ा-लिखा आदमी जानता है या रोजी-रोटी कमाने के लिए सीखता है। मैं जरा भी फुर्सत मिलने पर ऐसे काम सीखता था। मुझे चारपाई बुनना, चप्पलों की मरम्मत करना, जूते तैयार करना, कपड़े रँगना या कारपेन्टरी का मेरा खानदानी काम ये जैसे बीसियों धन्धे आते हैं। मैं बिजली की सारी बिगड़ी चीजें दुरुस्त कर सकता हूँ। बेशक मुझे पतंग उड़ाना या क्रिकेट खेलना नहीं आता, लेकिन मैं हर तरह का खाना बना सकता हूँ और घर की रँगाई-पुताई बखूबी कर सकता हूँ। इतने लम्बे अरसे में मैंने शायद ही कोई फिल्म देखी हो, कोई आवारागर्दी की हो या पढ़ाई के अलावा और किसी बात के बारे में सोचा हो लेकिन जरूरत पड़ने पर मैं आज भी कुलीगिरी से लेकर टाइपिंग या प्रूफरीडिंग जैसे काम भी करने में हिचकूँगा नहीं। मैं पी-एच.डी. करना चाहता था, लेकिन रजिस्ट्रेशन करवाने के बावजूद सब कुछ छोड़-छाड़ आया। सच तो यह है कि मैं अब थक चुका हूँ। अब पिछले छ: महीने से जॉब कर रहा हूँ तो आस-पास दुनिया को देखने की कोशिश कर रहा हूँ। मैं कई बार ये देखकर हैरान हो जाता हूँ कि मैं कितने सालों

से ऐसे एक कमरे में बन्द था और दुनिया कहाँ की कहाँ पहुँच गयी है! जैसे मैं किसी और ही रफ्तार से चल रहा था। मेरी तकलीफ यही है कि इतने संघर्ष करके यहाँ आकर पहुँचने के बाद मैं व्यावहारिक या दुनियादारी की बातों में चालाक नहीं हो पाया हूँ। सड़क के किनारे आवाज मार कर सामान बेचने वाला भी मुझे आसानी से बेवकूफ बना जाता है और मैं कुछ भी नहीं कर पाता। खैर, पता नहीं आज अचानक आपके सामने मैं इतनी सारी बातें कैसे कर गया हूँ।''

हमें वहाँ बैठे-बैठे दो तीन घंटे हो गये थे और हम दो-दो बीयर पी चुके थे। वक्त का पता ही नहीं चल रहा था। यह लड़का जो कभी इतनी सहजता से पेश आता था और कभी बन्द किताब की तरह हो जाता था, अपनी इस छोटी-सी जिन्दगी में कितने-कितने तूफान झेल चुका है! हालाँकि उसने अपनी जिन्दगी की किताब मेरे सामने खोलकर रख दी थी, लेकिन फिर भी बहुत कुछ ऐसा था जो अभी बाहर नहीं आ पाया था। वैसे भी वह जब बीयर पीते हुए भावुक होकर सुरूर में बोल रहा था तो उसे टोकना ठीक नहीं था।

इस मुलाकात के कुछ ही दिन बाद गगनदीप ने अलका को ही बताया था कि वह बहुत अकेलापन महसूस करता है और इतने बड़े शहर में उसका एक भी दोस्त नहीं है। अलका ने उसे छेड़ा था कि तेरे जैसे स्मार्ट लड़के को लड़कियों की क्या कमी तो वह उदास हो गया था। कहा था उसने कि उसे लड़कियों से बात ही नहीं करनी आती।

''क्यों, क्या वहाँ आई.आई.टी. में लड़कियाँ नहीं थीं?''

''होंगी, उनके बारे में मुझे ज्यादा नहीं पता, क्योंकि तब मैं उनकी तरफ देखता ही नहीं था कि कहीं तेरी तपस्या न भंग हो जाए। जिस वक्त सारे लड़के हॉस्टल के आस-पास देर रात तक हा-हा-हू-हू करते रहते मैं किताबों में सिर खपाता रहता। आप ही बताओ दीदी, प्यार-व्यार के लिए वक्त ही कहाँ था मेरे पास?''

''तो अब तो है वक्त और जॉब भी है और पैसे भी हैं। वैसे तो उस वक्त भी एकाध लड़की तो तुम्हारी निगाह में रही होगी।''

''वैसे तो थी एक, लेकिन कहने की हिम्मत ही कहाँ थी! आज भी नहीं है।''

''किसी और से कहलवा दिया होता।''

'' कहलवाया था लेकिन जिन्दगी के इस इम्तिहान में मैं फेल हो गया था।''

''क्या बात हो गयी थी?''

''वह उस समय एम.बी.बी.एस. कर रही थी। हमारे ही प्रोफेसर की छोटी बहन थी। हमारे सीनियर बैच की एक लड़की लेक्चरर लगी थी। उसी के जरिये उसके भाई से कहलवाया था।''

“क्या जवाब मिला था?”

“लड़की का तो पता नहीं, लेकिन उसके भाई ने टका-सा जवाब दे दिया था हम खानदानी लोग हैं। किसी खानदान मे ही रिश्ता करेंगे। मैं ठहरा मेहनत-मजदूरी करके पढ़ने वाला। उनकी निगाह में मैं कैसे टिकता!”

“बहुत बदतमीज था वो प्रोफेसर, सेल्फ मेड आदमी का भी भला कोई विकल्प होता है।” लेकिन कुछ ही दिन बाद उसने ख़ुद ही अलका को बताया था कि आज वह अपने ऑफिस में पिटते-पिटते बचा है। उसी ने बताया था कि अकेलेपन से बुरी तरह ऊब कर उसने अपने ही सेक्शन की एक खूबसूरत स्टेनो के आगे कॉफी पीने चलने का प्रोपोजल रख दिया था। तब गगनदीप को नहीं पता था कि यह लड़की शादीशुदा है और उसका हसबैंड भी उसी ऑफिस में काम करता है।

हम गगनदीप की तकलीफ समझते थे लेकिन चाह कर भी उसकी कोई मदद नहीं कर सकते थे। बहुत हुआ तो हम उसका किसी अच्छी लड़की से परिचय करा सकते थे, लेकिन आगे के धागे तो उसे ही थामने थे। वह यही नहीं कर पाता था। यहीं उसका सीधापन आड़े आ जाता था।

एक बार उसने मुझसे कहा था कि वह जब भी हम दोनों को इतने प्यार से रहते देखता है तो उसे बहुत अच्छा लगता है। काश, वह भी ऐसा ही एक घर बसा पता! मैंने पाया था कि इसी तरह की कई बातें वह कई बार अलका से भी कर चुका था। कई बार वह साफ-सुथरे, करीब-से लगे घर को लेकर कहता कि इस तरह के घरों में जाना उसे बहुत अच्छा लगता है। एक बार मैंने उससे पूछ ही लिया था, “घर को लेकर तुम्हारे मन में क्या इमेज है?”

वह यकायक सकपका गया था। उसे सूझा ही नहीं था कि क्या जवाब दे। बहुत उधेड़-बुन के बाद उसने कहा था, “मेरे मन में बचपन से अपने घर और बाद में बाबाजी के घर को लेकर जो आतंक बैठा हुआ है, उससे मैं आज तक मुक्त नहीं हो पाया हूँ। मैं अपने बचपन में या तो पिटते हुए बड़ा हुआ या फिर लगातार सिर दर्द की वजह से छटपटाता रहा। घर से भागकर जो घर मिला, वहाँ बाबाजी ने घर की मेरी इमेज को और दूषित किया। बाद में बेशक अलग-अलग घरों में रहा, लेकिन वहाँ मैं न कभी खुलकर हँस पाता था और न कभी पैर फैलाकर बैठ ही सकता था। कारण मैं नहीं जानता। फिर ज्यादातर वक्त हॉस्टल में कटा, जहाँ घर के प्रति मेरा मोह तो हमेशा बना रहा, लेकिन कोई मुकम्मल तस्वीर नहीं बनती थी कि घर कैसा होना चाहिए, बस, जहाँ भी बच्चों की किलकारियाँ सुनता या हसबैंड-वाइफ को प्यार से बात करते देखता, एक़-दूसरे की केयर करते देखता, लगता शायद घर यही होता है।”

"घर को लेकर तुम्हारी जो इमेज है, दरअसल तुम्हारे अनुभवों की विविधता की वजह से और घर को दूर से देखने के कारण बनी है।" मैंने उसे समझाया था, "तुम हमेशा या तो ऐसे घरों में रहे जहाँ माहौल सही नहीं था या ऐसे घरों में रहे जो तुम्हारे अपने घर नहीं थे। वैसे देखा जाए तो हर आदमी के लिए घर के मायने अलग होते हैं। बेशक तुम अपने पिता का घर छोड़ कर भागे थे क्योंकि वह घर अब तुम्हारे लिए घर ही नहीं रहा था, लेकिन तुम्हारी माँ या भाइयों के लिए तब भी वह घर बना ही रहा था क्योंकि उनके लिए न तो वहाँ मुक्ति थी और न मुक्ति की चाह ही। हो सकता है तुम्हारे सामने केश कटाने के बाद घर छोड़ने का सवाल न आता तो अब भी वह घर तुम्हारा बना ही रहता। उस पिटाई के बावजूद उस घर में भी कुछ तो ऐसा रहा ही होगा जो तुम्हें आज तक हॉन्ट करता है। पिता अपने गुस्से की वजह से कभी व्यक्त नहीं कर पाये होंगे। इसमें कोई शक नहीं कि आपसी प्रेम और सेंस ऑव केयर से घर की नींवें मजबूत होती हैं, लेकिन हम दोनों भी आपस में छोटी-छोटी चीजों को लेकर लड़ते-झगड़ते हैं। एक-दूसरे से रूठते हैं और एक-दूसरे को कोसते भी हैं। इसके बावजूद हम दोनों एक ही बने रहते हैं क्योंकि हमें एक-दूसरे पर विश्वास है और हम एक-दूसरे की भावना की कद्र भी करते हैं। हम आपस में कितना भी लड़ लें, कभी बाहर वालों को हवा भी नहीं लगने देते और न एक-दूसरे की बुराई ही करते हैं। शायद तुम बच्चों की किलकारियाँ भी चाहो और होटल के कमरे की तरह सफाई भी, तो शायद यह विरोधाभास होगा। घर घर जैसा ही होना और लगना चाहिए। घर वो होता है जहाँ शाम को लौटना अच्छा लगे, न कि मजबूरी। जहाँ आपसी रिश्तों की महक हमेशा माहौल को जीवन्त बनाये रखे, वही घर होता है। तुम्हें शायद देखने का मौका न मिला हो, यहाँ मुम्बई में जितने भी बीयर बार हैं या शराब के अड्डे हैं वहाँ तुम्हें हजारों आदमी ऐसे मिल जाएँगे जिन्हें घर काटने को दौड़ता है। वजह कोई भी हो सकती है, लेकिन ऐसे लोग होशो-हवास में घर जाने से बचना चाहते हैं। वे चाहें तो अपने घर को बेहतर भी बना सकते हैं जहाँ लौटने को उनका दिल करे, लेकिन हो नहीं पाता। तो बन्धु, हम तो यही दुआ करते हैं कि तुम्हें मनचाहा घर जल्दी मिले।"

"बिलीव मी, वीरजी, आपने तो घर की इतनी बारीक व्याख्या कर दी। हॉस्टल में लड़के अकसर वहाँ के स्टाफ की जवान बीवियों को जबरदस्ती भाभीजी बनाकर उनके घरों के खाने के चक्कर में रहते थे और ख़ूब खा-पी कर आते थे। थोड़ी-सी तारीफ़ का मक्खन लगाकर वे महीनों मौज करते थे। मैं कभी इस तरह के मतलबी रिश्ते नहीं बना पाया था। मैं घर को लेकर बहुत सेंसिटिव हूँ, और अपनी तरह के घर को पाने के लिए कुछ भी कर सकता हूँ।"

"एक मायने में वे भी ग़लत नहीं हैं। आदमी जब घर से दूर रहता है तभी

उसे घर की महत्ता पता चलती है। वह किसी भी तरीके से घर नाम की जगह से जुड़ना चाहता है। घर चाहे अपना हो या किसी और का, घर का ही अहसास देता है। चूँकि तुम घर के मोह से मुक्त थे, इसलिए ये हरकतें तुम्हें बचकानी लगती होंगी। चिन्ता मत करो, तुम्हें भी अपना घर ज़रूर मिलेगा और तुम्हारी ही शर्तों पर मिलेगा।''

''पता नहीं घर की यह तलाश कब ख़त्म होगी?'' उसने निराश होते हुए कहा था।

इस चर्चा के बाद वह कई दिन तक नज़र नहीं आया था। एक-आध बार अलका ने पूछा था, उसे खाने पर बुलाया था। वह आया भी, लेकिन ज़्यादा बात नहीं की थी उसने। हमने पाया था कि उन दिनों वह ख़ासा डिस्टर्ब रहता था। बीच-बीच में ग़ायब भी हो जाता। एक बार पता चला कि वह अपने घर चला गया है। एक दिन अचानक ही, गहरे डिप्रेसन में उसने बैग उठाया, बाज़ार में भाइयों और माँ के लिए जो कुछ समझ में आया, ख़रीदा और चल दिया अपने बिछुड़े परिवार से मिलने। हमें अच्छा लगा था कि चलो, हो सकता है, उसके घर वाले उसे स्वीकार कर लें और उसकी ज़िन्दगी में रौनक आ जाए। शायद उसे उसका घर भी मिल जाए। लेकिन वह हफ़्ते भर के भीतर ही लौट आया था। पहले से कहीं ज़्यादा परेशान। इतने सालों के बाद उसने घर से यही सोच कर नाता जोड़ा था कि वह घर से बाहर अकेले रहते-रहते थक गया था और अब कुछ स्नेह की उम्मीद करता था, लेकिन यहाँ तो तीसरे ही दिन उसके लिए दूसरे ही मंसूबे बाँधे जाने लगे थे। वह जान छुड़ाकर भाग आया था। वह दस बारह साल के बाद घर लौटा था। घर पर इतने लम्बे-तगड़े छः फुट तीन इंच के गबरू जवान को किसी ने भी नहीं पहचाना था। जब वह माँ के पैरों पर गिरकर फूट-फूट कर रोने लगा तो उसकी माँ एकदम सकपका गयी थी। ये कौन अजनबी है जो इस तरह पैरों में गिरकर फूट-फूट कर रो रहा है। उन्हें अपने में भी गुमान नहीं था कि उनका सदियों में रूठा बेटा इस तरह कभी लौट भी सकता है। सच्चाई पता चलने पर घर भर में हंगामा मच गया था। उसके दारजी ने भी इस लम्बे-तगड़े जवान को बिना भी एक शब्द बोले माफ़ कर दिया था। रो-रो कर सबका बुरा हाल हो गया था। हाल-चाल पूछे गये थे। इन दसियों सालों के सुख-दुख हिचकियों के बीच बाँटे गये थे और कहा-सुना माफ़ कर दिया गया था। सारा मोहल्ला अपने बीच के सबसे पढ़े-लिखे इस छः फुटे जवान से मिलने आया था। लोगों ने उसकी संघर्ष-गाथा सुन कर दाँतों तले उँगली दबा ली थी। हालाँकि उसके दोनों भाई भी अब काफी बड़े हो गये थे और छोटे-मोटे काम-धन्धे से लग गये थे। उन्हें बड़े भाई का लौटना अच्छा भी लगा, लेकिन वे उससे पूरी तरह जुड़ नहीं पाये थे।

वह घर में यह सोचकर गया था कि जी भर रहेगा, लेकिन तीसरे चौथे

दिन ही उसका मन उचटने लगा था। वह टूटे धागे फिर से जोड़ना चाहता था, लेकिन कुछ था जो आड़े आ रहा था। सब कुछ सहज नहीं हो पा रहा था उसे स्वीकार तो कर लिया गया था, लेकिन सहज संवाद की स्थिति नहीं बन पा रही थी। वह आख़िर कब तक माँ के पल्लू से बँधा-बँधा घूमता रहता। सारे नाते-रिश्तेदारों से मुलाकात हो ही चुकी थी। उस बीच एक और ऐसी घटना घटी कि उसका मन और खट्टा हो गया। एक दिन उसे बताया गया कि शाम को तैयार रहना। किसी के घर जाना है। जब से वह आया था किसी-न-किसी के घर आना-जाना लगा ही हुआ था। वह आने-जाने से नहीं घबराता था। उसकी तक़लीफ़ यह थी कि हर बार उसे नये सिरे से अपनी संघर्ष-गाथा सुनानी पड़ती थी और सबके सामने बेचारा बनना पड़ता था। लेकिन उस शाम का जाना कुछ अलग क़िस्म का था। उसे जिस घर में ले जाया गया, वहाँ उसकी बड़ी ख़ातिर-तवज्जो हुई। वहाँ ढेरों लोग जमा थे और उसे बड़े तारीफ़ भरी निगाहों के साथ देख रहे थे। तभी उस कमरे में एक लड़की लायी गयी। छुई-मुई। शरमाती, सकुचाती। तब उसकी माँ ने ही टहोका मारकर बताया था, ये लाडो है। बचपन में हमने तुम दोनों की सगाई कर दी थी। मेरी बहू लाडो की किस्मत कितनी अच्छी है कि तू इतने बरस बाद सही-सलामत लौट आया है। वरना हम सब तो तुझे इस जन्म में दोबारा देखने की उम्मीद ही छोड़ चुके थे। तुझे पसन्द है लाडो? गगनदीप को काटो तो ख़ून नहीं। वह यहाँ कहाँ फँसाया जा रहा है। उसे न तो उस सगाई की याद थी और न ही अब वह इस मानसिकता में ही था कि बचपन की उस गुड्डे-गुड़ियों की शादी वाला माँ का कौल पूरा करे। बहुत मुश्किल से वह माँ से यह कह पाया था कि उसे सोचने का वक़्त दें। इस समय हाँ करने की हालत में नहीं है। लड़की वाले हैरान थे कि जब रिश्ता हो चुका है तो अब फिर से हाँ करने में देर कैसी। किसी तरह जान छुड़ाकर आया था और माँ से बहुत नाराज़ हुआ था कि वह इस तरह की शादी कत्तई नहीं कर सकता। इस घटना के बाद उसके लिए वहाँ और रह पाना असम्भव हो गया था। वह जिस तरह अचानक अपने घर गया था वैसे ही अचानक बैग उठाकर लौट भी आया था। मन पर उतना ही बोझ लिये। वैसे तसल्ली भी थी कि एक बार फिर सबसे मिल लिए। लेकिन अफसोस भी था कि कहाँ उस हाई स्कूल पास घरेलू लड़की के साथ उसे फँसाया जा रहा है। आते समय वह एक बहुत बड़ी बेवक़ूफ़ी कर आया था। घर की माली हालत देखकर वह उन्हें अपनी सारी बचत पन्द्रह-बीस हज़ार रुपये सौंप आया था। सबकी आँखों में एक चमक-सी कौंधती छोड़ आया था।

उसके लौटने के कुछ ही दिन बाद वहाँ से नियमित रूप से पत्र आने लगे थे। ये पत्र लाडो से उसकी शादी की बाबत होते। जब वह भागा था तो लड़की

वालों ने उसे अपने खाते में से काट दिया था, लेकिन अब घर से उसके ताल्लुकात नार्मल हो जाने से उन्होंने भूले-बिसरे रिश्ते की पुरानी कॉपी निकाली थी और उसमें दर्ज गगनदीप के सारे गुनाह मिटा दिये थे और उसे क्लीन चिट दे दी थी। अब वे मानो गगनदीप को भी किसी भी कीमत पर छोड़ नहीं सकते थे। उनकी लड़की बेशक़ दसवीं पास थी, लेकिन गगनदीप एम.टेक. करके पन्द्रह हज़ार रुपये से भी ज़्यादा कमा रहा था, और ख़ासा ख़ूबसूरत निकल आया था। वे जब-जब गगनदीप के माँ-बाप पर दबाव डालते, गगनदीप के घर से एक और चिट्ठी आ जाती, शादी के लिए जल्दी हाँ कर दे। गगनदीप के माँ-बाप भी लाडो के पक्ष में थे क्योंकि अब इसमें उनका अपना ख़ुद का भी स्वार्थ था। अगर गगनदीप कहीं बाहर अपनी पसन्द की लड़की से शादी करेगा तो कभी भी उनके पास लौटकर नहीं आएगा, न उसे और न ही उसकी बीवी को वे तब अपने वश में कर पाते। अगर गगनदीप की शादी अपनी पसन्द की देखी-भाली लड़की से करें तो कम-से-कम उसके बहाने तो वह अपने घर-बार से बँधा रहेगा और आता जाता रहेगा। यही स्वार्थ उनसे बार-बार ख़त लिखवाता और गगनदीप को गहरी परेशानी में डाल जाता। जिस दिन भी घर से इस तरह का कोई ख़त आता तो इस बिना पर पैसों की माँग आती कि तेरी शादी के लिए घर-बार ठीक कराना है या अलाँ-फलाँ खरीदारी करनी है तो सारी परेशानियों के बावजूद वह गाहे-बगाहे घर पर बड़ी राशि के ड्राफ्ट भेजता ही रहता। भाइयों और माँ-बाप के लिए जब भी मौका लगता क़ीमती कपड़े भी भिजवाता। लेकिन जब वह देखता कि घर वालों की माँगों का तो कोई अन्त ही नहीं है, तो वह डिप्रेसन में आ जाता। घर पर अकेला बैठा या तो रोता रहता या अलका के सामने अपने दुखड़े रोता। घर वापिस लौटने का यह किस्सा उसके लिए अच्छा-खासा दुखदायी बनकर आया था।

डिप्रेसन के उस भीषण दौर में ही गगनदीप ने यह फ़ैसला कर लिया था कि अब यहाँ नहीं रहना है। किसी भी कीमत पर इंग्लैंड या अमेरिका की तरफ निकल जाना है। उसने इसके लिए बाक़ायदा अलग-अलग चैनलों की खोज करनी शुरू कर दी थी कि वहाँ कैसे-कैसे जाया जा सकता है। उसने अख़बारों में विदेशी नौकरियों के विज्ञापन देखने शुरू कर दिये थे। वह विदेश जाने के लिए इच्छुक होने के बावजूद विदेशी नौकरी के लिए थोड़ा हिचकिचा भी रहा था, क्योंकि उन दिनों विदेशी नौकरी का झाँसा देकर सब कुछ लूट लेने वालों की बाढ़-सी आयी हुई थी और आए दिन इस तरह की ख़बरों से अख़बार भरे रहते। किसी ने उसे बताया कि विदेश जाने का सबसे सुरक्षित तरीका है कि वहाँ रहने वाली किसी लड़की की शादी कर लो। बेशक़ घरजँवाई बनना पड़ सकता है लेकिन न वीसा का झंझट, न नौकरी का, न ही रहने-खाने का। बात उसे समझ में आ गयी थी और उसने अब अख़बारों के इस तरह

के मैटरिमोनियल कॉलमों पर ध्यान देना शुरू कर दिया था। वह इन दिनों इस तरह के पत्राचार में उलझा रहता। कभी-कभार हमें भी इस मिशन में शामिल कर लेता। हम भी अब यह चाहने लगे थे कि गगनदीप का कहीं बाहर निकल जाना ही ठीक रहेगा। बेचारे ने बहुत तक़लीफ़ें झेली हैं।

गगनदीप आख़िर अपनी मनमाफ़िक दुनिया में जाने में सफल हो ही गया था। इसके लिए उसे लम्बी जद्दोजहद करनी पड़ी थी और वह कमोबेश पूरा साल ही इस मिशन में लगा रहा था। जो ख़तो-किताबत उसकी भावी ससुराल से हुई थी उसके मुताबिक उन लोगों की बहुत सारी कम्पनियाँ थीं और करोड़ों पौंड सालाना का कारोबार था। उन्होंने अपनी कम्पनियों के ख़ूबसूरत ब्रोशर भेजे थे, जैसा आम तौर पर ग्राहकों को पटाने के लिए कम्पनियों की तरफ से भेजे जाते हैं।

गगनदीप को जो पत्र भेजे गये थे, उनके अनुसार उसकी होने वाली बीवी बी.ए. पास थी और इन कम्पनियों में से एक की फुल टाइम डाइरेक्टर थी। यह गगनदीप की मर्ज़ी पर छोड़ दिया गया था कि वह दामाद बन जाने के बाद चाहे तो इन्हीं में से किसी कम्पनी का सर्वेसर्वा बन सकता है या फिर कहीं और अपनी पसन्द और योग्यता के अनुसार अलग से काम भी देख सकता है। ऐसी नौकरी तलाशने में उसकी पूरी मदद करने की पेशकश की गयी थी। इन ख़तों में ढेरों तस्वीरें आयी थीं। परिवार के लोगों की, फैक्टरियों की, डिपार्टमेंटल स्टोर्स की और दूसरी तमाम चीज़ों की। एक तस्वीर उस घर की भी थी जिसमें गगनदीप और उसकी भावी पत्नी जाकर रहने वाले थे। उस लड़की की भी कई तस्वीरें थीं। अलग-अलग मूड में। इन तस्वीरों को देखकर उसकी सेहत और क़द-काठी और ख़ूबसूरती का अन्दाज़ा ही लगाया जा सकता था। उसके अलावा इन तस्वीरों से व्यक्तित्व का कोई और पहलू उजागर नहीं होता था। इस पार्टी ने अपने शुरुआती पत्राचार में ही गगनदीप से भी उसकी कई तस्वीरें मँगायी थीं। बीसियों तरह की जानकारी माँगी गयी थी और उसकी पढ़ाई-लिखाई, माँ-बाप, भाई-बहनों के ब्योरे, तथा खानदान की हैसियत और जानकारी की बाबत कई भीतरी और बाहरी बातें पूछी गयी थीं। सारी बातें इतनी बारीकी से पूछी गयी थीं मानो यह प्रस्ताव दो परिवारों के बीच शादी का प्रस्ताव न होकर किसी इंगलिश काउंटी की गवर्नशिप का हो। गगनदीप ने उन्हें सारी जानकारी दे दी थी। इस जानकारी के भेजने के बीच और ट्रेवल डॉक्यूमेंट्स और टूरिस्ट वीसा बनवाने के लिए हरी झंडी मिलने के बीच लगभग-चार पाँच महीने का वक़्त लगा था और ये महीने गगनदीप के लिए बहुत मुश्किल भरे दिन थे। उसने इस सम्बन्ध में अब तक अपने घर में कुछ भी नहीं लिखा था। लिखने का मतलब ही नहीं था। वे तो हर ख़त के ज़रिये शादी की तारीख़ तय करके भेज रहे थे। गगनदीप नहीं पहुँचता था और वह तारीख़ आगे

खिसका दी जाती थी। एक दिन सुबह-सुबह ही उसका छोटा भाई अमनदीप आ पहुँचा था। वैसे वह ख़ुद भला लड़का लग रहा था, लेकिन लगता था उसे लिखा-पढ़ा कर भेजा गया था। वह गगनदीप का जीवन-स्तर, रहने का रंग-ढंग और उसकी माली हालत का जायज़ा लेने के लिए आया था। कहा उसने यही था कि वह भाई को शादी के लिए तैयार करने और लिवा लेने के लिए आया है। वह अपने साथ लाडो की तस्वीर भी लाया था। एक अजीब-सी बात थी कि वह बेशक गगनदीप का छोटा भाई था, लेकिन उसके व्यवहार से बड़े भाई के प्रति किसी भी तरह के भावनात्मक लगाव का पता नहीं चलता था। शायद इसकी वजह यह रही हो कि वे दोनों पिछले चौदह साल में सिर्फ़ एक-दो बार ही मिले थे और उनके आपसी रिश्तों की सारी बेलें इस लम्बी अवधि में पूरी तरह सूख चुकी थीं और अब वे मानसिक रूप से एक-दूसरे से कोसों दूर थे। इसके बावजूद अमनदीप के प्रति गगनदीप का व्यवहार बहुत की स्नेहसिक्त था। उसे विदा करते समय शादी के लिए वह किसी भी शर्त पर तैयार नहीं हुआ था।

भाई के जाने के अगले हफ्ते ही वह लन्दन चला गया था। हमसे बिछुड़ते समय वह बहुत उदास हो गया था, 'आप न होते तो पता नहीं यह वक़्त कैसे गुजरता।' उसने अलका के प्रति बहुत आभार माना था और वादा किया था कि वह नियमित रूप से पत्र लिखता रहेगा।

लेकिन अब जो गगनदीप लौट कर आया है वह बिलकुल ही बदला हुआ इनसान है। कोई कह ही नहीं सकता कि वह वही गगनदीप है, जो सिर्फ़ पाँच साल पहले लन्दन गया था, जो बहुत ही आकर्षक व्यक्तित्व का मालिक था और अच्छा-खासा पढ़ा-लिखा स्मार्ट नौजवान था। यह जो शख्स मेरे सामने एयरपोर्ट लाउंज में खड़ा है, उसका तो हुलिया ही बिगड़ा हुआ है। अत्यधिक शराब की वजह से लाल और सूजा हुआ चेहरा, बढ़ी हुई तोंद और वक़्त से बहुत पहले झड़ चुके बाल। इस समय उसकी उम्र तीस-बत्तीस साल से ज़्यादा नहीं होनी चाहिए, लेकिन वह कम-से-कम पैंतालीस का लग रहा है।

बह तपाक से मुझसे गर्मजोशी से गले मिला है और पूरे आदर के साथ मेरे पैर छुए हैं। उसने सबसे पहले अलका दीदी के बारे में पूछा है और बच्चों के हालचाल पूछे हैं। एयरपोर्ट से घर तक वह बिलकुल ही चुप रहा है। घर पहुँचकर भी उसने अलका से बहुत कम बात की है। नहा कर उसके चेहरे पर थोड़ी ताज़गी आयी है, लेकिन बातचीत से वह अभी भी किफ़ायत बरत रहा है।

उसने बताया है कि वह कुछ देर सोना चाहेगा और उसे खाने के लिए हम नहीं जगाएँ तो बेहतर। उठने के बाद वह एक साथ खा लेगा।

अलका भी उसके इस व्यवहार को लेकर परेशान है। वह भी महसूस कर

रही है कि कहीं कुछ ज़्यादा ही गड़बड़ है। हम दोनों ने यही उचित समझा है कि फ़िलहाल उसे भरपूर आराम की ज़रूरत है। बातें तो होती ही रहेंगी।

गगनदीप लगभग दस-बाहर घंटे लगातार सोने के बाद उठा है। उसने ख़ुद ही रसोई में जाकर हम सब के लिए चाय बनायी है। नाश्ते की मेज़ पर ही अलका ने उससे पूछा है ये क्या हाल बना लिया तुमने इन बरसों में अपना। हम तो समझे थे कि तुमने अब तक पूरा लन्दन अपने नाम पर कर लिया होगा और अँग्रेज़ एक बार फिर हिन्दुस्तान में आने की सोच रहे होंगे। यहाँ तो तुम ख़ुद ही... उसने जान-बूझ कर बात अधूरी छोड़ दी है।

फीकी हँसी हँसा है गगनदीप। वह भी दिन में पहली बार।

"हमारी हथेली कितनी भी बड़ी हो दीदी, देने वाला उतना ही देता है जितना उसे देना होता है। अब चाहे लन्दन हो या मेरे बचपन का मेरा अपना शहर हल्द्वानी, मेरे लिए सारी जगहें एक जैसी हैं। ख़ैर दीदी, आप अपनी सुनाओ", उसने बात टालने की गरज से कहा है। अलका भी समझ गयी है कि गगनदीप इतनी आसानी से नहीं खुलेगा। वैसे भी हमें कोई जल्दी नहीं है कि उसके सीने के ज़ख़्म देखें। सिर्फ़ उसकी ये हालत देखकर अच्छा नहीं लग रहा है।

शाम को हम दोनों घूमने निकले हैं। हालाँकि घर पर ड्रिंक्स का पूरा इन्तज़ाम है फिर भी गगनदीप प्रायवेसी चाहता है। उसने बाहर ही कहीं इत्मिनान से बैठने की इच्छा ज़ाहिर की है।

ड्रिंक्स का इन्तज़ार करते हुए मैंने बातों का सिलसिला शुरू करने की नीयत से पूछा है, "और सुनाओ, कैसे रहे लन्दन में इतने दिनों?"

उसने मेरी बात का जवाब न देकर पूछा है, "आपने जब दारजी और अमनदीप को यहाँ आने के लिए कहा तो उन्होंने क्या जवाब दिया था?"

मैं समझ गया था कि उसे उन लोगों का न आना अच्छा नहीं लगा होगा। जब पिछले हफ्ते उनसे फोन पर बात की थी, तो उन्होंने यही कहा कि गगनदीप सीधे ही हल्द्वानी चला आए। उनके लिए मुम्बई आना नहीं हो पाएगा। कुछ मकान वगैरह का ज़िक्र कर रहे थे। बन रहा है या बनवाना है। अलबत्ता उन्होंने गगनदीप के आने के बारे में सारी जानकारी माँगी थी। जब मैंने गगनदीप को यह सब बताया तो वह पहली बार तल्ख़ी से बोला :

"मुझे पता था वे लोग नहीं आएगे। मैंने खुद भी चलने से पहले फोन किया था। उन्हें नाराज़गी थी कि मैंने उन्हें या भाइयों को न लन्दन बुलाया, न उनके लिए वहाँ किसी अच्छे काम-धन्धे का ही जुगाड़ ही किया। फिर मैंने अचानक पैसे भेजने क्यों बन्द कर दिये थे। वे लोग मकान बना रहे थे मेरे पैसे के भरोसे। वह अधबीच में रह गया है। अब मैं उन्हें फोन पर कैसे बताता कि ये पैसे जो मैंने उन्हें पिछले तीन-चार साल में भेजे थे क्यों भेजे थे और कैसे भेजे थे। उन्हें हमेशा अपनी

ही चिन्ता रही है। मेरे लिए कभी किसी ने न सोचा और न ही ज़रूरत ही समझी।'' यह कहते हुए गगनदीप का चेहरा रुआँसा हो गया है।

मैंने बात बदलने की नीयत से पूछा है, ''जब तुम्हें पता ही था कि तुम्हारे घर के लोग ही तुम्हारी कभी परवाह नहीं करते थे, बल्कि तुम्हारे यहाँ से जाने की वजह भी वे ही थे तो भी...।''

''बात यह नहीं है कि वीरजी, मैं जानता हूँ, मुझे अपने ही घर वालों ने कितने दुख दिये हैं। मैं पहले उनकी वजह से घर से भागा, फिर एक तरह से यहाँ से भी भागा। मैं वहाँ चैन और सुकून की तलाश में गया था। वहाँ से भी ये सोचकर उन्हें पैसे भेजता रहा कि आख़िर मेरे छोटे भाई हैं। माँ है जिसने ज़िन्दगी भर सुख नहीं देखा है। थोड़ा खाएँगे और थोड़ा बचाएँगे। लेकिन इन लोगों ने तो मेरी सारी उम्मीदों पर पानी फेर दिया है। मैं इसी भरोसे सब कुछ छोड़-छाड़ कर आया हूँ कि यहाँ थोड़ी-बहुत पूँजी है ही, लेकिन यहाँ तो सबके मुँह फूले हुए हैं कि पैसे भेजने क्यों बन्द कर दिये।''

''लेकिन ऐसा क्या हो गया था कि इस तरह...''

''बहुत लम्बी कहानी है वीरजी, कोई एक किस्सा हो तो बताऊँ! ये पाँच साल मैंने वहाँ पर कैसे गुज़ारे हैं, मैं ही जानता हूँ।''

''लेकिन जब शादी की बातचीत चल रही थी तो तब तो सब कुछ बहुत शानदार लग रहा था, सारी चीज़ें लिखित रूप में पहले ही तय हो गयी थीं।''

''यहीं तो ग़लती हो गयी मुझसे। उस समय मैं अपने घरवालों से, अपने अकेलेपन से थक चुका था, इसलिए समझ ही नहीं पाया था कितना बारीक जाल बुना गया था उस शादी के नाम पर। शुरू से आख़िर तक धोख़ा-ही-धोख़ा था। आपको तो पता ही है जब मैं यहाँ से गया था, बल्कि आप ही ने मेरे सारे पेपर्स देखे थे। बड़ी-बड़ी कम्पनियाँ, फलाँ प्रापर्टी, ढेर सारे सुहावने सपने...

शुरू-शुरू में तो सब कुछ ठीक-ठाक चलता रहा। पूरी बिरादरी के सामने हमारी बाकायदा शादी हुई। हम हफ़्ते भर के लिए हनीमून पर भी गये और हमें रहने के लिए एक शानदार अपार्टमेंट दे दिया गया। मेरी बीवी देखने में ठीक-ठाक थी। वह मुझसे अच्छी तरह पेश आयी थी। वह मेरी क़द-काठी पर जी-जान से मोहित हो गयी थी। मैं भी तो जन्म-जन्म का प्यासा था। इन सारी चीज़ों पर ध्यान ही नहीं दिया। हम पूरी तरह एक-दूसरे में डूब गये थे। वह खाने-पीने और मस्त रहने वाली लड़की थी। मुझे छोड़ना ही न चाहती। उसकी इच्छाओं और आकांक्षाओं का कहीं अन्त नहीं था। मुझे भी लगा था, मेरे सारे दुख दलिद्दर अब ख़त्म हो गये हैं। कैसा भी हो अब मुझे मेरा घर मिल गया था। जितना बड़ा खानदान और फैला हुआ कारोबार नज़र आ रहा था, उससे तो लगता था इतनी दौलत से तो भारत का कोई पूरा का पूरा गाँव न केवल खरीदा जा सकता है, बल्कि सारे गाँव वालों की पूरी परवरिश

भी की जा सकती है। अन्धाधुन्ध कमाई नज़र आती थी। हमें मौज-मज़ा करते एक हफ़्ता ही हुआ था कि मुझे बुलाया गया और बताया गया कि मौज-मस्ती तो ज़िन्दगी भर चलती रहेगी, ज़रा मैं काम-धन्धा भी देख लूँ। मैं ख़ुद भी उत्सुक था यह देखने के लिए कि आख़िर इतने ठाठ-बाठ जुटाए कैसे जाते हैं। मुझे पहले ही दिन सब जगह घुमाया गया था। सारी चीज़ें दिखाई गयी थीं और सबसे परिचय कराया गया था। सत्तर फीसदी स्टाफ भारतीय था और बाकी दूसरे मुल्कों का। मैंने इस तरफ ज़्यादा ध्यान नहीं था।

गौरी सारा दिन मेरे साथ ही रही थी और मुझे सारी चीज़ें समझाती रही थी। एक डिपार्टमेंटल स्टोर में हमने सबसे ज़्यादा वक़्त बिताया था और वहाँ गौरी ने मुझे चीज़ों के बारे में विस्तार में बताया था। मुझे बताया गया था कि कल से मुझे यहीं आना है। मैंने भी पूछना ज़्यादा उचित नहीं समझा था और सब कुछ देखता समझता रहा था। अगले दिन जब मैं वहाँ पहुँचा था तो मैनेजर ने मुझे सारी चीज़ें फिर से समझायी थीं। उसके समझाने के तरीके से मैं समझ नहीं पा रहा था कि वह आख़िर इतने डिटेल्स में क्यों जा रहा है। सब कुछ मैं पहले दिन समझ ही चुका था। मैं हैरान था कि ये सारी औपचारिकताएँ किस लिए दोहराई जा रही हैं। उससे भी पूछना उचित नहीं लगा था। अगले दिन पता चला कि उस मैनेजर को स्टोर से निकाल दिया गया था और मुझे उसके काउंटर पर बिठा दिया गया था। अब मैं ही इसका नया मैनेजर था। मैं इस नयी हैसियत से डिस्टर्ब हो गया था। यह क्या मज़ाक़ है! मैंने इस घर में शादी की है और इस शादी का मैनेजरी से क्या मतलब? मेरे पास एम.टेक. की शानदार डिग्री है। शायद ही कोई और उनके घर में इतना पढ़ा-लिखा हो। मैं किसी भी जगह कोई भी शानदार और इज़्ज़तदार नौकरी कर सकता हूँ। लेकिन वहाँ कोई नहीं था जिससे मैं ये बातें कहता।

मेरा पहला ही दिन बेहद थकाऊ था। दुनिया भर की चीज़ों की इन्वैट्री। वैसे भी दिमाग़ भन्नाया हुआ था। दिन भर ग्राहकों की भीड़ और हिसाब-किताब रखने का झंझट। इस किस्म के काम का न तो अनुभव था और न तैयारी ही। रात को थका-हारा वापिस आया तो मैंने गौरी से इस बारे में बात की :

''क्या मुझे यही सब करना है, मैं तो सोच कर आया था कि...।''

''रिलैक्स डियर, जब घर में ही इतने सारे शानदार काम हैं तो बाहर किसी और की गुलामी करने की क्या जरुरत। जहाँ तक आपकी डिग्रियों की बात है, यहाँ ऐसी डिग्रियों से आपको पोस्टमैनी और सेल्समैनी करने वाले हजारों मिल जाएँगे, बल्कि गोदामों में बोरियाँ और पेटियाँ उठाने-लगाने वाले भी नज़र आ जाएँगे। आपको तो ख़ुश होना चाहिए कि आप हांडा ग्रुप के फैमिली मैम्बर हैं। हज़ारों में से चुनकर लाए गये हैं। फिर भी अगर वहाँ जाना अच्छा न लगे तो किसी और शॉप में

देख लेना। बीसियों जगहें हैं। शू शॉप है, रेस्तरां है, पब है, बुक शॉप है। जिसमें चाहोगे, तुम्हारी सिफ़ारिश कर दूँगी। आखिर मैं भी तो फ्लोरिस्ट स्टॉल सम्भालती ही हूँ। उसने मुझे छेड़ा था, वहाँ चाहो तो वहीं आ जाओ, लेकिन ख़याल रखना, वहाँ सिमेट्री जाने वाली बुढ़िया मेमें ही ज़्यादा आती हैं।''

अब धीरे-धीरे मुझे सारी चीज़ें समझ में आने लगी थीं। सारा चक्कर ही कहीं इन दुकानों के लिए भरोसे का और एक तरह से बिना पैसे का स्टाफ जुटाने ही का तो नहीं है। मेरा डर सही निकाला था। मैंने पाया कि हांडा खानदान में कुल पाँच लड़कियाँ थी और पाँचों की शादियाँ इसी तरह से की गयी थीं। न लड़कियाँ घर से बाहर गयी थीं और न बिजनेस ही। अलबत्ता घर के सारे आदमी और लड़के इन कम्पनियों के या तो अकेले कर्ता थे या ज्वाइंटली सारा कामकाज सम्भालते थे। वैसे लड़कियों की पोजीशन भी उनकी पढ़ाई-लिखाई के हिसाब से थी, लेकिन दामादों की हालत मैनेजरों या उसके आसपास वाली थी। जहाँ हसबैंड वाइफ एक साथ थे भी वहाँ औरत ही सर्वेसर्वा थी और उसके मरद की पोजीशन दोयम दरज़े की ही थी। बेशक गौरी फ्लोरिस्ट स्टाल पर बैठती थी, लेकिन उसकी वजह दूसरी थी। उसे वहाँ बहुत कम देर के लिए बैठना पड़ता था और बाकी वक़्त वह फ़िल्में देखते हुए और कॉमिक्स पढ़ते हुए गुज़ारती थी। कभी-कभार मेरे पास आ जाती और दो-एक घंटे हम साथ गुज़ार पाते थे।

यहा हांडा ग्रुप की एक बहुत ही सोची-समझी चाल थी और वे इसमें बहुत ही बारीकी से, योजनाबद्ध तरीके से काम करते थे। मुझसे पहले तीन लड़कियों के लिए दामाद इसी तरह से लाए गये थे। चौथा मैं था। उनके सभी दामाद हाइली क्वालिफाइड थे। सभी भारतीय अख़बारों के ज़रिये घेरे गये थे। शादी के कुछ ही दिन बाद मैंने पाया था कि मेरी अटैची में से मेरे सारे काग़ज़ात, डिग्रियाँ, ट्रेवल डाक्यूमेंट्स ग़ायब थे। मैंने जब गौरी से इस बाबत पूछा तो उसने बड़ी सफाई से टाल दिया था, तुम छोटी-छोटी बातों के लिए चिन्ता बहुत करते हो डियर, इतने कीमती काग़ज़ ऐसे ही पड़े हुए थे। सम्भाल कर रख दिये हैं। वैसे तो उनकी ज़रूरत अब नहीं पड़ेगी लेकिन जब चाहोगे, दे दूँगी। आख़िर घर-बार के, तुम्हारे बिजनेस के सारे काग़ज़ भी तो मैं ही सम्भालती हूँ। बताओ हिन्दुस्तान में तुम्हें ऐसी बीवी मिलती जो तुम्हारे इतने काम भी करे और तुम्हारी सारी परेशानियाँ भी अपने सिर ओढ़ ले। तुम्हें तो इसके लिए मुझे अलग से पेमेंट करना चाहिए।''

सचमुच हिन्दुस्तान में मुझे ऐसी बीवी नहीं मिलती जो पहले दो बार एबांर्शन करवा चुकी हो। जिसके पता नहीं कितने गोरों और कालों के साथ शारीरिक सम्बन्ध रहे हों और मलाल की बारीक-सी रेखा भी चेहरे पर न हो। वैसे सिर्फ़ वही नहीं, वहाँ अमूमन हर लड़की का यही हाल था। कोई तलाकशुदा थी तो कोई छोड़ी

हुई। कुँवारी कन्याएँ तो लन्दन में नसीब वालों को ही मिलती हैं। बाद में पता चला था कि वह ग्रेजुएट भी नहीं थी। स्कूली पढ़ाई के बाद उसने किताबों का मुँह भी नहीं देखा था।

अब मेरे सामने राते हुए या गाते हुए इस स्टोर्स में मैनेजरी सम्भालने के अलावा और कोई उपाय नहीं था। गलती मेरी ही थी। मैं ही तो भागा-भागा इतने सारे लालच देख कर खिंचा चला आया था। यह तो मुझे ही देखना चाहिए था।

वहाँ मैंने बारीकी से सारी चीज़ें सँभाली थीं और सारे तन्त्र को समझने की कोशिश की थी। मैंने देखा था कि वहाँ, घर पर, फैमिली मैटर्स में, बिजिनेस में, मेरे स्टोर में हर चीज़ के लिए सिस्टम बना हुआ था। यह लन्दन की खासियत थी। कहीं कोई चूक नहीं। कोई सिस्टम फेल्यर नहीं। जब अगले महीने हांडा ग्रुप के कारपोरेट ऑफ़िस से स्टाफ के खाते में पूरे दो हजार पौंड महीने के बचा लिए गये थे। उस वक़्त के यहाँ के हिसाब से लगभग अस्सी हजार रुपये। अब सारा खेल मेरी समझ में आ गया था। मुफ्त का, भरोसेमंद मैनेजर, घर जवांई का घर जवांई। न घर छोड़ कर जाए और न दुकान।

मैं पूरी तरह घिर चुका था। अपने घर का सपना एक बार फिर मुझे छल गया था। मेरे हाथ खाली थे और पूरे देश में मैं किसी को भी नहीं जानता था। घर में किसी और से कुछ भी कहने का न हक था, न मतलब। मुझे पहले ही बता दिया था कि मुझे जो कुछ कहना है गौरी के जरिये ही कहना है। अलबत्ता सिस्टम, परिवार या पसर्नल लाइफ के बारे में कुछ भी कहने की मनाही थी। गौरी थी कि हर बात के लिए उसके अपने तरीके थे—'क्यों टैंशन लेते हो डियर। तुम्हें किस बात की चिन्ता। किस बात की तक़लीफ़ है तुम्हें।'

डिपार्टमेंटल स्टोर का सारा हिसाब-किताब कम्प्यूटराइज्ड था। मैं हमेशा खाली हाथ रहता। यहाँ तक कि मुझे अपनी पसर्नल ज़रूरतों के लिए भी गौरी पर निर्भर रहना पड़ता। मैं टालता, लेकिन फिर भी शेव, पैट्रोल, बस, ट्राम, वगैरह के लिए ही सही, कुछ तो पैसों की ज़रूरत पड़ती ही थी। माँगना अच्छा न लगता और बिन माँगे काम न चलता। नया देश और कहने को अपना एक भी परिचित नहीं। उस कुनबे का एक अलिखित नियम था कि कोई भी कहीं से भी हिसाब में से पैसे नहीं निकालेगा। निकाल सकता भी नहीं था, क्योंकि न तो किसी का खुद का खाता था और न सिस्टम में कहीं गुजांइश ही थी। ज़रूरत है तो अपनी-अपनी बीवी से माँगे। बड़ी मुश्किल से कह-सुन कर मैं अपना खाता खुलवा पाया था। बाद में पता चला कि वह खाता भी मेरी जानकारी के बिना गौरी के साथ ज्वांइट खाते में बदला जा चुका है। इस चक्कर में सबकी बातें अलग से सुननी पड़ीं। वहाँ न बोलने का इजाजत थी न किसी बात पर उँगली उठाने की। वैसे भी गौरी और मैं सुबह या रात को ही थोड़ी

देर के लिए मिल पाते। रात को हम दोनों ही थके हुए होते। हमारे पास सूचनाओं के आदान-प्रदान के अलावा करने के लिए बातें ही नहीं होती थी। पीओ, अगर बीवी जाग रही है तो डिनर उसके साथ लो, नहीं तो अकेले खाना भकोसो और अँधेरे में बीवी के बिस्तर में घुस कर, इच्छा हो या न हो, सेक्स का रिचुअल निभाओ। बात करने का कोई मौका ही नहीं। अगर कभी बहुत जिद करके बात करने की कोशिश भी करो तो गौरी की भृकुटियाँ तन जातीं।

'तुम्हीं अकेले ही तो नहीं खटते डियर, यहाँ सभी बराबरी का काम करते हैं। मैं भी तो तुम्हारे बराबर ही काम करती हूँ, मैंने तो कभी अपने लिए अलग से कुछ नहीं माँगा। तुम्हारी सारी ज़रूरतें तो ठाठ से पूरी हो रही हैं।'

मैं उसे कैसे बताता कि ये ज़रूरतें तो मैं भारत में भी बहुत शानदार तरीके से पूरी कर रहा था और अपनी शर्तों पर कर रहा था। मैं यहाँ कुछ सपने लेकर आया था। घर के, परिवार के, और एक सुकून भरी ज़िन्दगी के, लेकिन गौरी के पास न तो इस सारी बातों को समझ सकने लायक़ दिमाग़ था और न ही फ़ुर्सत। मेरी हैसियत धीरे-धीरे मैनेजर से घट कर सेल्समैन की हो चुकी थी। कहने को मैं मैनेजर था, लेकिन काम सारे करने पड़ते। सभी करते थे।

तभी मेरी मुलाकात शिशिर से हुई थी। वह मेरा हमज़ुल्फ़ था। मेरा साढ़ू। मुझसे सीनियर था और मेरी ही तरह हाँक करके लाया गया था। वह एमबीए था और लन्दन में मेरी ही तरह शानदार करियर का चुग्गा देखकर फँस गया था। उसकी बीवी मेरी बीवी की कजिन थी। डाइवोर्सी। पहले एक-आध एबार्शन भी करवा चुकी थी। उसे भी इसी बात की खुन्दक थी कि उससे हर लेवल पर झूठ बोला गया था। पैट्रोल के अभाव में न हम कहीं जॉब तलाश कर सकते थे और न वापिस भाग ही सकते थे। हम में से कुछ ने एकाध बच्चे भी पैदा करके अपने गले के फन्दे को और भी मज़बूती से कसवा लिया था। हम कभी-कभार फोन पर बात कर लेते या शादी-ब्याह वगैरह में मिल जाते। फैमिली गेट टु गेदर की परम्परा नहीं थी।

वैसे हमारी सारी ज़रूरतें पूरी करने में कोई कसर नहीं होती थी। अच्छा खाते-पीते थे। बढ़िया कपड़े पहनते थे। गाहे-बगाहे सौ पचास पौंड भी खर्च करने को मिल जाते या फिर वीक एंड में हम लोग लम्बी ड्राइव पर भी निकल जाते। हम सब के पास गाड़ियाँ भी थीं और ऐशो आराम का सारा सामान भी, लेकिन बस, हमारे या कम-से-कम मेरे हिस्से में सुकून नहीं था। शायद इसलिए भी कि मैं सोचता बहुत था। हम बन्धुआ मजदूर ही तो थे जिसकी आज़ादी का या व्यक्तिगत आमदनी का कोई ज़रिया नहीं था।

तो एक दिन ड्रिंक्स के दौरान शिशिर और मैंने अपने ज़ख़्म एक-दूसरे के

सामने खोल दिये थे। एक मायने में शिशिर की हालत मुझसे अलग थी कि वह घर-परिवार से आया था, मेरी तरह घर की तलाश में नहीं आया था। उसके पीछे कुछ ज़िम्मेवारियाँ थीं जिन्हें वह चोरी-छुपे पूरी कर रहा था। एम.बी.ए. था ही सही और दिमाग़ का भी तेज़ था। उसने हेरा-फेरी के कुछ बहुत ही बारीक तरीके ढूँढ़ लिये या ईजाद कर लिये थे और इस तरह हर महीने चार-पाँच सौ पौंड अलग से बचा लेता। इस तरह से कमाये हुए पैसों को वह नियमित चैनलों से भारत भेज रहा था। मैं पहला ही शख़्स था जिसे उसने इनमें राज़दार बनाया था। उसने यहाँ इंडिया में घर वालों को सख्त हिदायत दे रखी थी कि भूलकर भी अपने पत्रों में रुपये पैसे मँगाने या पाने का ज़िक्र न करें अपनी पसर्नल डाक भी वह अलग-अलग दोस्तों के पतों पर मँगाता और ये पते बदलता रहता। उसी ने मुझे बताया था कि पहले वह भी मेरी तरह कुढ़ता रहता था, लेकिन जब उसने देखा कि यहाँ की ग़ुलामी तो हम चाह कर भी खत्म नहीं कर सकते और मरते दम तक हांडा परिवार के ग़ुलाम ही बने रहेंगे तो फिर हमीं क्यों हरिश्चन्द्र की औलाद बने रहें। पहले तो मैं भी बहुत डरा, मेरी आत्मा गवारा ही नहीं करती थी। आज तक मैंने बचपन की उस इकलौती चोरी के अलावा बेईमानी से एक पैसा तक नहीं कमाया था। लेकिन शिशिर के बार-बार उकसाने पर मैंने भी अपने यहाँ हेरा-फेरी के रास्ते तलाशे, डेवलप किये और इस तरह से अच्छी रकम यहाँ भेजी। यह भी सन्देशा भेजा कि ये सारे पैसे खर्च न करें और खाता खुलवाकर जमा करते रहें।

एक बार हाथ खुल जाने पर झिझक जाती रही। अब ये बात अलग है कि वो रकम भी न मेरे हिस्से में आयी और न ही मेरे परिवार के साथ मेरे रिश्तों को सुधार ही पायी।''

''लेकिन इस तरह से वापिस चले आने का फ़ैसला।''

''सच बताऊँ वीरजी, बेशक मैं पैसे के उस समन्दर में से अपनी मुट्ठियों में भर कर थोड़े बहुत पौंड निकाल पाया, लेकिन यह कोई बहुत इज़्ज़तदार सिलसिला तो नहीं था। हम वहाँ बेगारी की ही तो ज़िन्दगी जी रहे थे। हालाँकि गौरी मेरी बेचैनी और छटपटाहट को समझती थी, लेकिन या तो उसके सामने भी बन्धन थे या फिर जिस तरह की उसकी परवरिश थी, वहाँ इन सब चीज़ों के लिए कोई जगह ही नहीं थी। बेशक हम पाँच जवान, पढ़े-लिखे लड़के उस घर के जवाँई थे, बेशक घर जवाँई, लेकिन थे तो उस खानदान में सबसे पढ़े-लिखे, लेकिन हमें कभी भी घर के सदस्य की तरह ट्रीटमेंट नहीं मिला। मैं वहाँ कभी भी, एक दिन के लिए भी, न तो कभी सहज हो पाया और न ही मेरी नाराज़गी की, उदासी की वजह किसी ने पूछने की ज़रूरत ही समझी। मैं वहाँ कभी भी अपनी फैमिली लाइफ को एन्जाय नहीं कर पाया। उसकी बुनियाद ही अविश्वास और झूठ की ज़मीन पर रखी गयी थी। उस तरह

की लाइफ को वैसे भी हैप्पी मैरिड लाइफ नहीं कहा जा सकता था। खाना, साथ में सो लेना या कभी-कभार बाहर आउटिंग या डिनर के लिए चले जाना ही तो सब कुछ नहीं था। मेरा मन. काम से उचटने लगा था। नतीज़ा यह हुआ कि मैं घुटन महसूस करने लगा। मेरी शराब बढ़ने लगी। मैं पहले भी अकेला था अब और अकेला होता चला गया। इसी दौर में मैंने बाहर एकाध जगह काम की तलाश की। काम बहुत थे और मेरी लियाकत और ट्रेनिंग के अनुरूप थे, लेकिन दिक़्क़त यही थी कि सारे के सारे काग़ज़ात गौरी के क़ब्ज़े में थे। उन्हें मैं किसी भी हालत में नहीं निकलवा सकता था। पहला सवाल यही होता कि क्यों चाहिए। मुझे पाँच साल पूरे होने को आए थे और मेरी सिटीजनशिप के लिए एप्लाई किया जाना था। मुझे लगा जो कुछ करना है तभी करना। सिटीजनशिप के नाटक से पहले ही मैं वापिस लौटना चाहता था। इस दौरान मेरी छटपटाहट बहुत बढ़ गयी थी और मैंने काम की तरफ ध्यान देना ही छोड़ दिया था भाड़ में जाएँ सब। मैं ही हांडा परिवार की दौलत बढ़ाने के लिए क्यों दिन-रात खटता रहूँ। मेरी सेहत भी खराब रहने लगी। मैं बेशक़ इस बावत किसी से बात नहीं करता था और किसी से कोई शिकायत नहीं करता था, लेकिन बात किसी तरह हांडा परिवार के मुखिया तक पहुँच ही गयी थी।

यह पाँच साल में पहली बार था कि मैं और मेरे ससुर अकेले और इन्फार्मली बात कर रहे थे। शायद गौरी ने या घर में और किसी ने उन्हें बताया होगा। उन्होंने मेरी सेहत के बारे में पूछा। मेरी दिनचर्या के बारे में पूछा और मेरी उदासी का कारण जानना चाहा। पहले तो मैं टालता रहा। उनसे आँखें मिलाने से भी बचता रहा, लेकिन जब उन्होंने बहुत ज़ोर दिया तो मैं फट पड़ा। पाँच साल से मैं घुट रहा था। कितना कुछ था जो मैं किसी से कहना चाह रहा था, लेकिन आज तक न कह पाया था और न ही किसी ने मेरे कन्धे पर हाथ ही रखा था। पहले तो वे चुपचाप मेरी बातें ध्यान से सुनते रहे। जब उन्होंने देखा कि मैं जो कुछ कहना चाहता था, कह चुका हूँ तो वे धीरे-से बोले थे।'

"तुम्हारे साथ बहुत ज़ुल्म हुआ है बेटे। मुझे नहीं मालूम था कि अपने सीने पर इतने बरसों से इतना बोझ लिये-लिये घूम रहे हो। तुम अगर मेरे पास पहले ही आ जाते तो यहाँ तक नौबत ही न आती। इस तरह तो तुम्हारी सेहत ख़राब हो जाएगी। तुम चिन्ता मत करो। हमें एक मौका और दो। तुम्हें अब किसी भी बात की शिकायत नहीं रहेगी। गौरी ने भी कभी ज़िक्र नहीं किया।"

तब हांडा परिवार ने एक और नाटक खेला था। गौरी और मेरे लिए पूरे योरोप की ट्रिप एरेंज की गयी थी। हमें इस ट्रिप के लिए ढेर सारे पौंड दे दिये गये थे और सारा इन्तज़ाम कर दिया गया था। पूरा महीना हमें अपना चेहरा उन्हें नहीं दिखाना था। गौरी भी खुश थी कि मेरे इस नाटक से उसे भी घूमने-फिरने का मौका मिल

रहा था। हालाँकि मलाल की बारीक-सी रेखा भी उसके चेहरे पर नहीं थी। बेशक योरोप की इस ट्रिप में गौरी ने कोशिश की थी कि पैच अप हो जाए और हमारे सम्बन्धों में जो खटास आ गयी है उसे कम किया जा सके। मैं भी अपनी और उसकी ट्रिप को दुखद नहीं बनाना चाहता था। मैं भरसक नार्मल बना रहा।

वहाँ से लौटने के बाद भी स्थितियों में कोई ख़ास परिवर्तन नहीं हुआ था। जो पैसे हमें दिये गये थे उसमें से भी बहुत बच गये थे, वे गौरी ने अपने खाते में जमा करा दिये थे। सिर्फ़ यही हुआ था कि मेरे और गौरी के नाम पर रेडीमेड शर्ट्स की एक नयी फैक्टरी लगा दी गयी थी और उसे पूरी तरह ज़माने की ज़िम्मेवारी मेरे कन्धों पर डाल दी गयी थी। यहाँ भी मेरे हिस्से में हर तरह की मज़दूरी ही आयी थी। सारे इन्तज़ाम मुझे ही करने पड़ते।

मैं तब तक तय कर चुका था कि वापिस लौटना है, बेशक़ खाली हाथ ही क्यों न लौटना पड़े। मैंने अपनी समस्या शिशिर को बतायी थी। तय यही करना था कि तलाक लेकर जाऊँ, बिना बताये वापिस भाग जाऊँ या और कोई राह खोजी जाए। यह सुझाव उसी का था कि जब मैं सिटीजनशिप के लिए एप्लाई करने जाऊँ तो तभी गौरी से अपने सारे कागजात निकलवा लूँ। वह शक़ भी नहीं करेगी और इनकार भी नहीं कर सकेगी। हमने यही किया था। मैं सिटीजनशिप के लिए एप्लाई करने के लिए जाने के बजाय वापसी के लिए टिकट निकलवाने चला गया था। हमने पूरी गोपनीयता से योजना बनायी थी। हल्द्वानी न जाने की भी यही वजह है। अब मैं आपके सामने हूँ। एक तरह से किसी को भी बताए बिना ही लौट आया हूँ। शिशिर के अलावा किसी को भी पता नहीं है कि मैं यहाँ आ गया हूँ और कहाँ ठहरूँगा। मुझे पता था जहाँ उन्हें मैं बताता कि मैं कुछ दिन के लिए यहाँ लौटना चाहता हूँ तो वे न तो इजाज़त देते और न मेरी हालत में कोई फ़र्क़ आता।

"अब यहाँ क्या इरादा है? मेरे ख़्याल से तुम्हें जॉब ढूँढने में तो कोई तक़लीफ़ नहीं होनी चाहिए।"

"जॉब की तो कोई तक़लीफ़ नहीं है। देर-सबेर मिल ही जाएगा। मेरे मन पर एक दूसरा ही बोझ है। जब से मैंने वापिस लौटने का मन बनाया था, मैंने यहाँ घर पर पैसे वापिस भेजने बन्द कर दिये थे ताकि टिकट के लिए और यहाँ लौटने के बाद पैर जमाने लायक़ कुछ तो पैसे मेरे पास रहें। ये पैसे शिशिर के ज़रिये मैंने एक जगह रखवाये थे। यही कोई दो ढाई हज़ार रहे होंगे।"

"तो क्या ये पाउंड वापिस नहीं मिले।"

"यही तो दिक़्क़त है। ये सारे पाउंड तो शिशिर आ कर एयरपोर्ट पर दे ही गया था। उसने अपनी सारी बचत भी मुझे थमा दी थी ताकि मुझे कोई तक़लीफ़ न हो। उसने बन्द पैकेट दिया था जो मैंने आज शाम को कपड़े बदलते समय ही

खोला है। उसने दो लाइनें लिखी हैं कि जो कुछ पाँच साल में हुआ उसे भूल जाऊँ और एक नयी ज़िन्दगी की शुरुआत करूँ। मैं इन पैसों का किसी से भी न तो ज़िक्र करूँ और न ही इन्हें कभी लौटाने के बारे में ही सोचूँ। पता है वीरजी, उसने मुझे कितने पाउंड दिये हैं? पाँच हज़ार पाउंड। यहाँ के हिसाब से पूरे तीन लाख रुपये। उसकी पूरे साल भर की बचत रही होगी। कैसे चुकाऊँगा उसका यह अहसान...। अब बेशक़ मेरे सामने तुरन्त कोई संकट नहीं है लेकिन...

"लेकिन क्या?"

"पूरी दुनिया का चक्कर लगा कर भी बेघर-बार हूँ। पता नहीं... मेरे हिस्से में घर लिखा भी है या नहीं...।

घर-बेघर

लन्दन से महेश आया हुआ है। यारी रोड का अपना मकान खाली कराने के लिए। दो बरस पहले जब वह हमेशा के लिए लन्दन बसने के इरादे से बम्बई से गया था वो एक भरोसेमन्द एजेंट की मार्फ़त एक बरस के लिए अपना मकान एक मलयाली के दे कर गया था। तय हुआ था कि वह ठीक एक साल बाद मकान खाली कर देगा। और भी कुछ वायदे किये थे उसने, मसलन वह महेश की सारी डाक एस्टेट एजेंट के पास पहुँचाता रहेगा जो उसे किसी-न-किसी ज़रिये से लन्दन भिजवाने का इन्तज़ाम करने वाला था। सारे बिल अदा करेगा और सोसाइटी चार्जेज़ वक़्त पर अदा करेगा। लेकिन उसने कोई भी वायदा पूरा नहीं किया था। न डाक भिजवायी थी, न टेलिफोन बिल अदा किये थे, न ही सोसायटी चार्जेज़ टाइम पर दिये थे। और तो और, बीच-बीच में बिल अदा न किये जाने के कारण दो-तीन बार बिजली भी कट चुकी थी।

उससे यह भी तय हुआ था कि वह मकान का किराया नियमित रूप से महेश की तरफ से एजेंट को देता रहेता, लेकिन किराया भी उसने छः--सात महीने का ही जमा कराया था।

महेश बता रहा है कि उसने किरायेदार को कई पत्र लिखे। सन्देश भिजवाये लेकिन किसी भी तरह से वह पकड़ नहीं आया। कई बार फोन करने पर एक आध बार जब वह पकड़ में आया तो गिड़गिड़ाने लगा कि छः महीने की मोहलत और दे दो। छः महीने पूरे होते ही वह मकान खाली कर देगा। सारे पेमेंट और कर देगा किसी भी तरह की शिकायत का मौका नहीं देगा।

लन्दन में बैठे हुए महेश के पास इसके अलावा और कोई उपाय भी नहीं था क्योंकि इस बीच उसका एजेंट भी अपनी दुकान बन्द करके वहाँ से गायब हो चुका था और किरायेदार से कम-से-कम सात महीने का किराया भी ले जा चुका था। ये वही एजेंट था जो महेश के लन्दन जाते समय आधी रात को अपनी वैन ले कर आया था और उसका सारा सामान लाद कर एयरपोर्ट ले गया था। महेश को विदा करते समय वह महेश के गले लग कर फूट-फूट कर रो रहा था और टेसुए बहा रहा था

कि आप जैसा खरा ज़िन्दादिल इनसान मैंने ज़िन्दगी में नहीं देखा। और यही एजेंट अपना बोरिया-बिस्तर समेटकर चम्पत हो चुका था।

महेश बता रहा है कि लन्दन से चलने से पहले उसने किरायेदार को दसियों बार फोन करके अपने आने की सूचना दे दी थी। वह सिर्फ़ मकान खाली कराने के मकसद से ही आ रहा है और उसका यहाँ और कोई काम नहीं है। इसलिए वह जैसे भी हो, मकान खाली रखे ताकि उसे यहाँ बेकार में रुकना न पड़े। किरायेदार के ही कहने पर महेश ने यहाँ आने की तारीख़ दो बार बदली। जब भी महेश ने उसे बताया कि मैं आ रहा हूँ, किरायेदार ने कोई-न-कोई बहाना बना कर थोड़ा समय और माँगा। एक बार दो महीने का और एक बार एक महीने का। दो बार किरायेदार के कारण और एक बार खुद की छुट्टी मंजूर न होने के कारण महेश का आना तीन बार टला और आख़िर वह आ ही गया है।

महेश के यहाँ पहुँचते ही हम दोनों ने सुबह-सुबह ही किरायेदार के घर पर हमला बोल दिया है। यही वक़्त है जब उसे घर पर घेरा जा सकता है। हम दोनों को सुबह छः बजे ही अपने दरवाज़े पर देखकर पहले तो किरायेदार हैरान हुआ, फिर किसी तरह सम्भलकर बोला, "अच्छा हुआ, आप आ गये। मैंने अपने लिए दूसरे मकान का इन्तज़ाम कर लिया है, कल बारह बजे मुझे चाबी मिल जाएगी। कल शाम तक आपका मकान आपको खाली मिल जाएगा।" इससे आगे उसने संवाद की गुंजाइश ही नहीं छोड़ी है।

महेश घर में कदम रखते ही परेशान हो गया है। किरायेदार ने घर बहुत ही बुरी हालत में रख छोड़ा है। हम दोनों ही हैरान हो गये हैं कि क्या ये महेश का वही घर है जिसे वह इतनी सफ़ाई से और इतने जतन से साफ़-सुथरा रखता था। लग ही नहीं रहा है कि इस घर में कोई दो साल से लगातार रह रहा है। चारों तरफ मकड़ी के जाले लगे हुए हैं। काग़ज़ों के ढेर, कचरा और ढेरों फटे-पुराने जूते ड्राइंगरूम की शोभा बढ़ा रहे हैं। रसोई का तो और भी बुरा हाल है। जैसे वहाँ दो साल से कचरा ही न बुहारा गया हो। एक अजीब-सी बदबू पूरे घर में फैली हुई है। जैसे अरसे से कई चूहे मरे पड़े हों घर में और उन्हें बाहर निकाला ही न गया हो।

उसने एक और बदमाशी की है कि ड्राइंगरूम में ही दीवार पर एक बहुत बड़ा-सा लकड़ी का मन्दिर ठोंक दिया है। महेश जब यहाँ रहता था तो उसने कभी ड्राइंगरूम में एक कील तक नहीं ठोंकी थी और अब...।

इस समय उससे कुछ कहने का मतलब ही नहीं है। बस एक दिन ही की बात है। हम खाली हाथ वापिस लौट आए हैं।

और आज सात दिन बीत जाने के बाद भी हम महेश का मकान खाली नहीं करवा पाये हैं। हर बार एक नया बहाना। हर बार थोड़ी और मोहलत के लिए गिड़गिड़ाना और नये सिरे से वायदे करना ही चलता रहा है इस दौरान।

जब हम अगले दिन वहाँ गये तो पता चला, किरायेदार घर पर नहीं है, रात को देर से आएगा। घर को देखते हुए ऐसा कोई संकेत नहीं मिल रहा था कि घर खाली करने की कोई तैयारी की की गयी होगी। जबकि किरायेदार के मुताबिक तो हमें इस वक़्त खाली घर की चाबी लेने आना था।

हम अगले दिन सुबह-सुबह ही जा धमके हैं वहाँ। एक बार फिर निराशा हाथ लगी है। पता चला है कि रात को जनाब घर वापिस ही नहीं आये। आउटडोर शूटिंग के सिलसिले में बाहर गये हुए हैं। आज शाम तक आने की उम्मीद है।

दरवाज़ा एक ख़ूबसूरत और जवान लड़की ने खोला है। उसके पीछे एक और लड़का खड़ा है जिसके बारे में लड़की ने ही बताया है कि वह अंकल का ड्राइवर है। लड़की का परिचय पूछने पर उसने बताया है कि वह गोपालन की भतीजी है और यहाँ कुछ दिनों के लिए एक प्रोजेक्ट के सिलसिले में आयी हुई है। ये बात हमारे गले से नीचे नहीं उतर रही क्योंकि एक तो वह लड़की किसी भी नजरिये से मलयाली नहीं लग रही और नीचे आने पर हमें वाचमैन ने भी यही बताया कि ये लड़की तो अकसर यहाँ आती रहती है। एक और बात हमें परेशान करने लगी है कि बेशक किरायेदार ने महेश को बताया था कि वह मॉडल कोऑर्डिनेटर है, लेकिन वॉचमैन और सोसायटी के दूसरे लोगों ने जो कुछ बताया है उसके अनुसार वहाँ रात-बेरात जिस तरह की लड़कियों आना-जाना है, उनमें से ज़्यादातर मॉडल तो क्या, सड़क किनारे खड़ी नज़र आने वाली पतुरिया से ज़्यादा नहीं लगती। जैसा कोऑर्डिनेटर, वैसी ही मॉडल।

फ़िलहाल ये हमारा मुद्दा नहीं है कि किरायेदार क्या करता और क्या कराता है। फिलहाल हमारी चिन्ता महेश का मकान वापिस पा लेने की है जो हमारे सामने होते हुए भी वापिस नहीं मिल रहा।

लड़की ने जब दरवाज़ा खोला था तो हम सीधे अन्दर तक चले आए थे। महेश का ख़ून वैसे ही खौल रहा था। आज उसे आए चार दिन हो गये थे और किरायेदार था कि लुका-छिपी का खेल खेल रहा था। लड़की हमें इस तरह अन्दर आते देखकर घबरा गयी, लेकिन जब महेश ने उसे बताया कि वह मकान मालिक है और पिछले चार दिन से गोपालन के पीछे चक्कर काट-काट कर परेशान हो गया है तो लड़की ने जैसे सेरेंडर ही कर दिया—'आप चाहें तो अभी के अभी मकान खाली करा सकते हैं। मैं अपना सामान ले कर होटल चली जाऊँगी, लेकिन क्या ये बेहतर नहीं होगा कि जहाँ आपने इतने दिन इन्तज़ार किया, एक दिन और सही।' लड़की ने जिस तरह से पूरी बात की और सहयोग देने का आश्वासन दिया, हम चाह कर भी उसे खड़े-खड़े बाहर नहीं निकाल पाये। वैसे भी किरायेदार की गैर हाजिरी में मकान खाली कराना न केवल गलत था, बल्कि इससे अनधिकृत और जबरन प्रवेश का मामला भी बन सकता था। भले ही वह बेईमान था, लेकिन था तो किरायेदार ही।

अलबत्ता, हमने इतना जोख़िम ज़रूर लिया कि वॉचमैन की मदद से ड्राइंगरूम में से मन्दिर उखड़वा दिया है। मन्दिर के पीछे इतने काक्रोच निकले कि वह लड़की तो डर ही गयी। हमारा मूड तो खराब हुआ ही।

हम रात के वक़्त फिर वहाँ गये हैं और इस बार चार-पाँच आदमी गये हैं और ये तय करके गये हैं कि कैसे भी आज मकान खाली करा ही लेना है। लेकिन वहाँ एक और ही सदमा हमारा इन्तज़ार कर रहा है। घर पर केवल ड्राइवर है। वह लड़की वहाँ से शिफ्ट कर चुकी है। ड्राइवर ने जो कुछ बताया है उसे सुनकर हमें हँसी भी आ रही है और ख़ून भी खौल रहा है। अगर ड्राइवर पर भरोसा किया जाए तो गोपालन शाम की फ्लाइट से केरल में अपने गाँव गया है, शादी करने। हमें गुस्सा इस बात पर आ रहा है कि गोपालन एक बार फिर गच्चा दे गया और हँसी इस बात पर आ रही है कि बदमाश के पास रहने के लिए छत नहीं है, जो है उसे खाली कराने के लिए हम कब से उसे तलाशते फिर रहे हैं और जनाब पचपन साल की उम्र में फिर से ब्याह रचाने गाँव गये हुए हैं।

बहुत मुश्किल से ड्राइवर गोपालन के गाँव का फोन नम्बर तलाश कर पाया है। उसे तो वह भी न मिलता। एक तरह से हमने ही उसके गाँव का नम्बर तलाशा। हुआ ये कि वहाँ हमें पड़े ढेरों कागजों में एसटीडी बूथ से की गयी एसटीडी कॉलों की रसीदें मिलीं। उनमें से सबसे ज़्यादा बार जिस नम्बर पर फोन किये गये थे, उन रसीदों पर दिये गये एसटीडी कोड के ज़रिये ही नम्बर का अन्दाज़ा लगा पाये। इसी नम्बर के जरिये हमने उसके गाँव के नाम का पता लगाया और फिर ड्राइवर से भी गाँव का नाम कन्फर्म किया, संयोग से वहाँ कुछ पत्र हमें रखे मिले गये जिन पर गाँव का नाम लिखा हुआ था। आख़िर जाएगा कहाँ बच्चू। शादी करने गया हो या अपने धन्धे के लिए नयी मॉडल तलाशने, आख़िर वापिस तो यहीं आएगा। कब तक बचता बचाता फिरेगा।

संयोग से गोपालन घर पर मिल गया है और महेश ने इस बात की परवाह किये बिना कि गाँव में शादी कराने गया हुआ है, फोन पर ही उसकी जो लानत-मलामत की है, गोपालन ज़िन्दगी भर याद रखेगा। लगभग पन्द्रह मिनट तक महेश उसे फोन पर ही धोता रहा और जब उसे ये धमकी दी गयी कि आज ही उसका सारा सामान उसकी गैर-मौजूदगी में सड़क पर डाल दिया जाएगा, पुलिस केस बनता है तो बने, तो उसने एक बार फिर गिड़गिड़ा कर सिर्फ़ तीन दिन की मोहलत माँगी है और कहा है कि वह कैसे भी करके आते ही घर खाली कर देगा।

महेश मकान को ले कर बहुत परेशान हो रहा है। वह जानता है कि किरायेदार उसके लन्दन में होने का पूरा फायदा उठा रहा है। ग़ोपालन को पता है कि महेश हमेशा के लिए तो छुट्टी ले कर उसके पीछे चक्कर काटने से रहा इसलिए वह लगातार कोशिश करके सामने आने से ही बच रहा है।

हम पुलिस चौकी गये हैं कि इस बारे में क्या वहाँ से कोई मदद मिल सकती है तो पुलिस ने साफ़ जवाब दे दिया है कि वे इस तरह के मामलों में कुछ नहीं कर सकते। जब महेश ने उन्हें गोपालन के हस्ताक्षर वाला बिना तारीख़ का मकान खाली करके देने वाला काग़ज़ दिखाया तो पुलिस का यही कहना है कि आप बेशक़ ज़ोर-ज़बरदस्ती से मकान खाली करवा लीजिए, वे बीच में नहीं आएँगे।

महेश ने लन्दन जाने से पहले यहीं और इसी इलाके में कम-से-कम पन्द्रह बरस गुजारे हैं और वह यहाँ के कायदे-कानूनों से और काम करने के तौर-तरीकों से अच्छी तरह से वाकिफ़ है, फिर भी लगातार सबको गालियाँ दे रहा है कि ये सब लन्दन में होता तो ये हो जाता और वो हो जाता। फ़िलहाल स्थिति यही है कि वह तीन बार अपने वापिस जाने की तारीख आगे खिसका चुका है। वहाँ उसके काम का हर्जा हो रहा है वो अलग। लेकिन किया भी क्या जाए। इस देश में मकान किराये पर देने वालों की यही नियति होती है। अपना मकान वापिस पाने के लिए क्या-क्या पापड़ नहीं बेलने पड़ते!

इस बीच हम लगातार महेश के इस्टेट एजेंट की तलाश करते फिर रहे हैं। कोई बताता है कि वह मीरा रोड की तरफ चला गया है तो कोई बताता है कि अब उसने ये काम ही छोड़ दिया है और चिंचपोकली के पास कम्प्यूटर सेंटर खोल कर वहाँ नया धन्धा कर रहा है। जितने मुँह उतनी ही बातें और सारी की सारी भ्रामक। हम कई जगह भटकते रहे उसकी तलाश में, लेकिन वह किसी के भी बताये पते पर नहीं मिला।

आख़िर गोपालन वापिस लौट आया है। हम जानते हैं कि ये ग़लत है कि वह आज ही गाँव से शादी करके आया है और अपने साथ नयी ब्याहता दुल्हन ले कर आया है और हम इस तरह से सुबह-सुबह ही तकादा करने वालों की तरह जा धमकें। आख़िर उसकी शादी हुई है और हम उसे ठीक-ठाक तरीके से बधाई देने जाएँ, लेकिन महेश का कहना है कि इस तरह जाने से वह मानसिक रूप से दबाव में आएगा। यही बात हमारे पक्ष में जाएगी। और हम सचमुच उसे बधाई देने के बजाय उसे घर खाली करने के लिए धमकाने चले आये हैं।

लेकिन मानना पड़ेगा गोपालन को भी। इस बार भी उसके पास एक और रेडिमेड बहाना है कि जिस आदमी के घर उसे शिफ्ट करना है उसका जीजा मर गया है। कम-से-कम चौथे दिन के संस्कार तक के लिए इसे मोहलत दी जाए। उसके चेहरे पर एक शिकन तक नहीं है कि वह एक हफ्ते से हमें इस तरह लटकाए हुए हैं। महेश चाह कर भी इस बीच अपनी अकेली और विधवा माँ से मिलने मुरादाबाद नहीं जा पाया है। इस तरफ से कुछ तय हो तो ही वह कुछ और करने की सोचे।

महेश का सिर एकदम गर्म हो गया है। वह कुछ सुनने के लिए तैयार नहीं

है। बात ठीक भी है। ये आदमी महेश को कब से बेवकूफ बना रहा है और लगातार तनाव में रखे हुए है। ख़ुद उसे अपनी ज़िम्मेदारी का ज़रा-सा भी ख़याल नहीं है। अगर किसी ने मेहरबानी करके आपको किराये पर मकान दे दिया तो उसका ये मतलब तो नहीं कि आप उसे मकान खाली कराने के लिए रुला डालें। गोपालन यही कर रहा है पिछले कई दिनों से।

महेश ने उसे आख़िरी चेतावनी दे दी है—'मैं आपको कल शाम तक का समय दे रहा हूँ और ये आख़िरी वार्निंग है। अगर इसके बाद भी आप मकान खाली नहीं करते तो मैं बाहर से ताला लगा दूँगा। मैं ये भी नहीं देखूँगा कि आप घर के अन्दर हैं या आपकी बीवी बाथरूम में बन्द रह गयी है।'

हम ये धमकी दे कर आ तो गये हैं, लेकिन नहीं जानते कि कल क्या होनेवाला है। इस बीच गोपालन ने दो-तीन फीलर्स भिजवाये हैं कि किसी तरह से उसे थोड़ा-सा समय और मिल जाए लेकिन महेश ने किसी भी सन्देश देने वाले से बात करने से ही मना कर दिया है। हम जानते हैं कि हर बार गोपालन ने मोहलत माँगी है और हर बार वह मुकर गया है।

और गोपालन ने इस बार भी मकान खाली नहीं किया है। सोसायटी के कहने पर महेश ने दरवाज़े पर ताला तो नहीं लगाया है, लेकिन गोपालन को और कोई मौका न देने का फ़ैसला कर लिया है।

हम बहुत परेशान हो चुके हैं। वह हमारे धैर्य की इतनी परीक्षाएँ ले चुका है कि अब तो पानी कब का गले से ऊपर आ चुका है। हम परेशान हाल यूँ ही बाज़ार में घूम रहे हैं कि सामने एक इस्टेट एजेंट का बोर्ड नज़र आया है। हम दोनों बिना किसी ख़ास मक़सद के भीतर चले गये हैं कि शायद यहाँ से कोई मदद मिल जाए।

"आइये साहब जी।" भीतर ऐसी ऑफ़िस में बैठा आदमी हमारा स्वागत करता है। महेश बताता है उसे, "नमस्कार जी मेरा नाम महेश है और मैं लन्दन से आया हूँ।"

"कहिए, आपकी क्या सेवा की जाए जी।"

"जी बात दरअसल यह है कि मैं एक अजीब-सी मुसीबत में फँस गया हूँ और आपकी दुकान का बोर्ड देखकर सिर्फ़ इस उम्मीद में भीतर आ गया हूँ कि शायद आप मेरी मदद कर सकें।"

"ये तो जी आपकी पूरी बात सुनने के बाद ही पता चल पाएगा साहब जी कि हम आपके किस काम आ सकते हैं।"

ये आदमी जिस तरह से बात कर रहा है, अपने धन्धे का पूरा घाघ मालूम होता है। महेश उसे बता रहा है, "दरअसल बात ये है कि मेरा एक घर था, मेरा मतलब है कि मेरा एक घर है यारी रोड पर। मैं लगभग दो साल पहले लन्दन बसने के इरादे से यहाँ से गया था तो चार बंगला के एक इस्टेट एजेंट की मार्फ़त अपना फ्लैट किराये

पर दे गया था। वही लीव एंड लाइसेंस वाला चक्कर।''

''ठीक, तो आगे...''

''आगे हुआ ये जी कि जब मैंने ग्यारह महीने बाद फ्लैट खाली कराने के लिए किरायेदार को लन्दन से खत भेजने शुरू किये तो उसने एक का भी जवाब नहीं दिया और न ही किराया ही मेरे खाते में जमा कराया न एजेंट को ही दिया।

''ठीक।''

''जब मैंने उसे लन्दन से फोन किये तो उसने गिड़गिड़ाना शुरू कर दिया कि वह कुछ तक़लीफ़ों में हैं और उसे छः महीनों के लिए रहने की मोहलत दे दी जाए। अब मैं लन्दन में बैठ कर मोहलत देने के अलावा कर भी क्या सकता था। जब मैंने उससे पिछले किराये की बात की तो उसने बताया कि वह किराया चन्द्रकान्त भाई को लगातार देता रहा है, पचास हजार उसने एडवांस के दिये थे।''

''ठीक।''

''वो जी मैंने तब चन्द्रकान्त भाई को फोन किया तो उसका फोन एक बार भी नहीं मिला। बाद में मेरे दोस्तों ने बताया कि इस पते और फोन नम्बर पर कोई इस्टेट एजेंट नहीं है। तब मैंने लन्दन से अपने किरायेदार को कई बार फोन करके बताया कि मैं फलाँ तारीख़ को बम्बई मकान खाली कराने आ रहा हूँ तो हर बार उसने यही कहा कि आपके आने से दो दिन पहले मैं मकान खाली कर दूँगा और आपके आते ही आपको चाबी थमा दूँगा।''

''फिर?''

''फिर जी, आज मुझे बम्बई आए हुए आठ दिन हो गये हैं। वह मकान खाली करने को तैयार ही नहीं है। मैंने कई जगह पूछ के देख लिया कि शायद कहीं से बदमाश चन्द्रकान्त भाई का पता चल जाए, लेकिन वह कहीं नहीं मिल रहा है।''

''ठीक।''

''अब मुसीबत ये है कि मैं तीन बार अपनी टिकट कैंसिल करवा चुका हूँ। उधर लन्दन में मेरे काम का हर्जा हो रहा है और ये कमबख़्त किरायेदार मकान खाली करने को तैयार ही नहीं है।''

''क्या कहता है।''

''पहले तो वह मेरे आने वाले दिन बड़े प्यार से मिला और कहने लगा, परसों सुबह आप चाबी लेने आ जाएँ। घर आपको खाली मिलेगा। जब मैं दो दिन बाद बाद पहुँचा तो दो दिन वो घर ही नहीं आया। फिर पता चला जनाब केरल निकल गये हैं अपने होम टाउन शादी करने।''

''आपको कैसे पता चला?''

''उस घर में, मेरा मतलब है मेरे घर में एक जवान लड़की और उस किरायेदार

का ड्राइवर रह रहे थे। लड़की ने बताया कि आप बेशक़ घर खाली करा लें, लेकिन अंकल दो दिन बाद वापिस आ रहे हैं सिर्फ़ दो दिन रुक जाएँ। मैं रुक गया तो ड्राइवर से पता चला कि वो तो शादी करने गया है। किसी तरह से हमने उससे केरल का नम्बर लेकर फोन किया और उसे याद दिलाया कि उसे इस तरह से बिना घर खाली किये नहीं जाना चाहिए था। उसने फिर वायदा किया कि वह तीसरे दिन कैसे भी करके वापिस आ कर घर खाली कर देगा।''

''फिर?''

''अब वह वापिस आ गया है शादी करके और अब तक उसने रहने का कोई इन्तज़ाम नहीं किया है।''

''करता क्या है?''

''उस पर विश्वास किया जाए तो वह अपने आपको मॉडल कोऑर्डिनेटर बताता है।''

''और आपको क्या लगता है कि वह क्या है।''

''मुझे तो जी वह लड़कियों का दलाल ही लगता है। बिल्डिंग वाले भी बताते हैं कि उस घर में रात-बेरात तरह-तरह की लड़कियों का आना-जाना था।''

''उम्र कितनी होगी उसकी?''

''यही कोई पचपन के आस-पास।''

''और आप बता रहे हैं कि वह कल ही शादी करके आया है।''

''मुझे तो जी उसकी शादी भी ड्रामा ही लग रही है।''

''बिल्डिंग की सोसायटी, मेरा मतलब सेक्रेटरी वगैरह को आपने विश्वास में लिया था क्या?''

''वैसे तो सेक्रेटरी भला आदमी है और मेरी तरफ से पूरी कोशिश भी कर रहा है कि मेरा मकान मुझे वापिस मिल जाए लेकिन दिक़्क़त यही है कि जो भी उसे दो पैग पिला दे और फिश फ्राइ खिला दे, वह उसी की तरफ हो जाता है।''

''और कोई बात?''

''देखिए मैं अपने मकान को लेकर पिछले कई दिनों से इतना परेशान हूँ कि क्या बताऊँ। कुछ समझ में नहीं आ रहा कि यहाँ कब तक मैं कैम्प डाले पड़ा रहूँगा और उस बदतमीज़ किरायेदार की लन्तरानियाँ सुनता रहूँगा। उस कमबख़्त ने छः महीने से न बिजली का बिल जमा कराया है और न ही टेलीफोन बिल ही। और तो और उस साले ने, गाली देने को जी चाहता, साल भर से मेरी डाक तक दबाकर रखी हुई थी। आज सुबह उसने मुझे कोई सौ चिट्ठियों का बंडल पकड़ा दिया कि ये डाक है आपकी। दिल तो किया मेरा कि उसका वहीं खड़े-खड़े गला घोंट दूँ।''

''देखिए महेशजी, तनाव में आने से तो बात और बिगड़ेगी। मैंने आपकी पूरी

बात सुनी है। मुझे आपसे पूरी हमदर्दी है। जहाँ तक मैं समझ पाया हूँ, आप हमारे पास दो उम्मीदें ले कर आये हैं। पहली कि किसी भी तरह से आपका मकान खाली कराने में आपकी मदद करूँ और हो सके तो आपके उस एजेंट को ढूँढ़ने में आपकी मदद करूँ।''

''सही फर्माया आपने। मैं हर तरफ़ से निराश होकर आपके पास आया हूँ। पुलिस...''

''देखिए ऐसे मामलों में पुलिस कोई मदद नहीं कर पाती, पुलिस ने यही कहा होगा न कि आप मकान किराये पर देते समय अगर उन्हें भी फार्मली ख़बर कर देते तो वे शायद कुछ मदद कर भी पाते।''

''जी हाँ, यही कहा था।''

''और यह भी कहा होगा कि आप अपने आप किरायेदार से कैसे भी निपटें, वे बीच में दख़ल नहीं देंगे।''

''जी हाँ, मुझे नहीं पता था कि यहाँ की पुलिस इतनी गैर ज़िम्मेदार है और इतनी बेरुखी से पेश आती है।''

''अब क्या किया जाये। फिलहाल हम देखें कि आपकी कैसे मदद की जाए। जी।''

''देखिए, जहाँ तक चन्द्रकान्त की बात है, हमें भी पता चला है कि वह कई लोगों को धोख़ा दे कर भागा हुआ है। हमारा भी एकाध पार्टी का लेन-देन अटका हुआ है उसके साथ। ख़ैर, फ़िलहाल आपके मकान खाली कराने की बात है तो उसका एक ही तरीका बचता है जो कई बार हमें भी अपनाना पड़ता है और वो है मसल पावर।''

''जी मैं समझा नहीं।''

''देखिए ये इस शहर की खासियत है कि यहाँ आपको एक से बढ़कर एक टेढ़ा आदमी मिलेगा और दूसरी तरफ आपके जैसे शरीफ़ आदमी भी हैं जो अपना ख़ुद का मकान वापिस पाने के लिए भटक रहे हैं। तो ऐसे में हमारी जो ये नेचर है ना, कुदरत, सही बेलेंस करती है, टेढ़े आदमियों को सीधा करने के लिए यहाँ कुछ मसल मैन भी हैं। वे लोग पैसे तो लेते हैं, लेकिन सिर्फ़ टेढ़ी उँगली से ही घी निकालना जानते हैं। निकाल कर दिखा भी देते हैं। तो जनाब अगर आप चाहते हैं कि किसी ऐसी एजेंसी की सेवाएँ ली जाएँ तो आगे बात की जाए।''

''आप क्या सजेस्ट करते हैं सर?''

''देखिए महेशजी, वह आदमी आपके लन्दन में होने का पूरा फायदा उठाएगा। उसे पता है, आप शरीफ़ आदमी हैं। यहाँ हमेशा के लिए नहीं ठहर सकते। न उसका सामान बाहर फिकावाएँगे। ज़्यादा-से-ज़्यादा ग्यारह महीने का लीव और लाइसेंस दोबारा करवा लेंगे, लेकिन वह आपको मकान तो तुरन्त खाली करके देने के मूड में

नहीं लगता। और फिर आप बता रहे हैं कि उसका धन्धा भी कुछ इस तरह का है।''

''ये देखिए, मैंने उसे फ्लैट देते समय ही लिखवा लिया था कि वह मुझे फ्लैट का खाली पोजेशन दे रहा है।''

''लेकिन सर, आप कागज के बलबूते पर भी फ्लैट कहाँ खाली करवा पाए? वह जब तक हो सके टालेगा। एक-एक दिन, एक-एक घंटा। ताकि एक बार फिर आपके लौट जाने का टाइम आ जाए।

''तो इसका मतलब...''

''घबराइए नहीं, हम आपकी मदद करेंगे। फीस लगेगी 25,000 रुपये और 24 घंटों में मकान खाली कराने की गारंटी।''

''रेट कुछ ज़्यादा लग रहे हैं।''

''आप जितनी टेंशन में हैं और अपना ब्लड प्रेशर बढ़ा रहे हैं, उसके मुकाबले कम। और फिर दस-बारह आदमियों की टीम होती है, कहीं कुछ मारपीट हो जाए तो उस सबका इन्तज़ाम करके चलता पड़ता है। इस बात का भी ख़याल रखना पड़ता है कि पुलिस केस न बने। तो समझें फाइनल?''

''आप तो मुझे इस्टेट एजेंट कम और साइक्रियाटिस्ट ज़्यादा नज़र आ रहे हैं।'' अब जा कर इतने दिनों के बाद महेश के चेहरे पर हँसी आयी है। मुझे भी लगने लगा है कि ये आदमी काम करवा सकता है।

''आपकी जानकारी के लिए मैं रुढ़की युनिवर्सिटी का बी.ई. हूँ और मैं इस लाइन में आने से पहले इंजीनियरिंग पढ़ाता रहा हूँ।''

''तो इस लाइन में कैसे आ गये?''

''आप जैसे लोगों की सेवा करने के लिए। तो जनाब हम फाइनल समझें?''

''ठीक है। तो यही सही। जहाँ मकान ने सवा लाख का घाटा दिया है वहाँ डेढ़ लाख का सही।''

''तो कब? कितने बजे?''

''तीन बजे ठीक रहेगा।''

''ठीक है तीन बजे आपके पास राजू अपनी टीम ले कर पहुँच जाएगा। अपना पता और फोन नम्बर दे दीजिए। वैसे उसकी दुल्हन कहाँ है?''

''क्यों, वहीं पर ही है?''

''तो आप एक और काम कीजिए, अपने किसी दोस्त की बीबी को भी बुलवा लीजिए, पूरे परिवार से घर खाली कराने के मामले में जरा सम्भलकर रहना पड़ता है। जस्ट फार सेफर साइड।''

''हो जाएगा।''

"पेमेंट अभी कर रहे हैं या राजू के हाथ भिजवा देंगे।"

"पेमेंट की चिन्ता न करें। आप तक पहुँच जाएगी। तो मैं चलता हूँ।... ओके।"

"ओके।"

"और हम बाहर आ गये हैं।"

महेश पूछ रहा है मुझसे, "क्या ख़्याल है ये आदमी काम करवा देगा?"

"यार लग तो मुझे भी रहा है कि इस आदमी की बात में दम है और ये काम करवा भी देगा।"

"चलो एक कोशिश और सही।"

और हम लौट आये हैं महेश के मकान के नीचे। हमने पास ही रहने वाले एक दोस्त और उसकी बीवी को भी बुलवा लिया है।

इस समय बिल्डिंग के नीचे महेश, दो-तीन लड़के, हमारे दो-तीन दोस्त, एक की बीवी वगैरह खड़े हैं। बिल्डिंग का बूढ़ा-सा सेक्रेटरी और कुछ तमाशबीन भी आ जुटे हैं।

महेश सेक्रेटरी से पूछ रहा है, "अब क्या कहता है पुरी साहब वो सेक्रेटरी—देखिए महेशजी, मैं अभी-अभी उससे बात करके आया हूँ और वह अब कल सुबह तक ही मोहलत माँग रहा है। अभी भी दोस्त के रिश्तेदार के मरने वाला किस्सा दोहरा रहा है कि इसीलए चाबी नहीं ला पाया।"

बीच में किसी ने टाँग अड़ायी है, "मतलब ही नहीं है जी मोहलत देने की। साले ने बिल्डिंग में कब से गन्द मचा रखा है।"

अब दूसरे को भी हिम्मत आ गयी है। सबको लग रहा है आज जो ड्रामा यहाँ होगा, उसे देखे बिना कैसे चलेगा।

अब दूसरा बोल रहा है, "मैंने भी उसे एक मकान दिखाया था, सिर्फ़ आठ हजार भाड़े पर और डिपाजिट भी सिर्फ़ बीस हज़ार। ये बन्दा उसके लिए भी राजी नहीं।"

"अरे जब मुफ्त में हनीमून मनाने के लिए इतना बड़ा फ्लैट मिला हुआ है तो वह क्यों जाएगा कहीं और।"

"साले ने बिल्डिंग में रंडीखाना खोल रखा है। पता नहीं ये भी बीवी है या नहीं, बेचने के लिए लाया होगा। देखा नहीं कितनी छोटी है इससे और डरी हुई भी थी।"

ये बातें हो ही रही हैं कि तभी मोटरसाइकिल पर छः फुट तीन इंच का जवान आया है। पूछ रहा है, "यहाँ आप में से महेशजी कौन हैं?"

महेश आगे बढ़ कर बता रहा है।

"मैं ही हूँ जी।"

"वह गर्मजोशी से हाथ मिलाता है।"

"मेरा नाम राजू है। कहाँ है वो आपका किरायेदार?"

"लेकिन आपकी टीम राजू?"

"कौन सी टीम, अरे हम वन मैन आर्मी हैं। हमारे साथ सिर्फ़ माँ भवानी है। दिखाइये कहाँ है वो चूहा, बस मुझे सिर्फ़ दो-तीन आदमी दे दीजिए सामान बाहर निकालने के लिए और मुझे बिलकुल भी भीड़ नहीं चाहिए। ओके।"

सब लोग हैरानी से इस देवदूत सरीखे आदमी को देख रहे हैं और उसके लिए रास्ता छोड़ दिया है। हम भी हैरान हैं कि ये कैसा आदमी है जो अकेले के बलबूते पर घर खाली कराने चला है। आज तक न देखा न सुना। अगर घर खाली कराना इसके लिए इतना आसान है तो शहर में इसकी कितनी माँग रहती होगी।

वह हमारे साथ सीधे ही ऊपर चला आया है और उसी ने फ्लैट की घंटी बजायी है। दरवाज़ा गोपालन ने ही खोला है। इससे पहले कि वह कुछ कह सके, राजू ने दरवाज़ा पूरा खोल दिया है और सोफा बाहर की तरफ खिसकाना शुरू कर दिया है।

गोपालन को इसकी उम्मीद नहीं है कि ऐसा भी हो सकता है।

"ये क्या करता है आप साब, आप कौन है, हम महेशजी से बात करेंगे।—महेशजी इसे रोको। मैं आपसे बोला ना कल सुब्बू तक का टाइम माँगता है। हम कल सुबे ही मकान खाली कर देंगी।"

"वो तो आप पिछले चार महीने से बोल रहे हैं गोपालन जी, मैं थक गया हूँ आपके वायदे सुनते-सुनते।"

गोपालन गुस्से में राजू को रोकने की कोशिश कर रहा है, "आप इस तरह से मेरे घर में घुस के मेरे सामान को हाथ नहीं लगा सकता। मैं तुमको बोला नये शरीफ़ आदमी का घर है। हमारा वाइफ क्या सोचेंगा, उसको अभी यहाँ आया एक दिन भी नहीं हुआ है और आप..."

हम सब तमाशबीन बने देख रहे हैं।

राजू ने उसे परे हटा दिया है, "ओये हट पीछे...बड़ा आया शरीफ का चाचा। क्या कर लेगा तू ओये ओये।" राजू एकदम गोपालन के सीने पर सवार होने लगा है और उसने अपनी कमीज़ की बाहें ऊपर कर ली हैं, "बोल। तब तेरी शराफ़त कहाँ गयी थी जब मकान दबाकर बैठ गया है!"

गोपालन अब वाकई घबरा गया है और महेश की तरफ मुड़ा है, "महेशजी, महेशजी, महेशजी इस आदमी को हटाओ, ये मुझे मार डालेंगा। ये गुंडा मवाली..."

ये सुनते ही राजू ने उसका गला पकड़ लिया है, "आये, मवाली किसे बोला,

ओये, किसे बोला तू मवाली, माँ भवानी की कसम। मैं तेरा ख़ून पी जाऊँगा।''

अब गोपालन को भी गुस्सा आ रहा है, ''तुम... तुम मेरे घर में घुसकर मुझे नहीं मार सकता। मैं मर जाएँगा तो तुमको पुलिस पकड़ कर ले जाएँगी। मैं मैं...'' अब सेक्रेट वगैरह राजू को पकड़कर पीछे कर रहे हैं कि कहीं वाकई कुछ हो न जाए, लेकिन राजू पर जैसे खून सवार है। वह बार-बार आगे आ रहा है।

दोनों में अभी भी गाली-गलौज हो रहा है—देख लूँगा। देख लूँगा कर रहे हैं दोनों। गोपालन ने आखरी कोशिश की है, ''महेशजी, यू लिव मी सम टाइम टू थिंक। जस्ट टेन मिनट्स। ऐ जैंटलमन रिक्वेस्ट। प्लीज। रिक्वेसट।''

महेश, ''ठीक है। आपको हम दस मिनट दे रहे हैं। उसके बाद आपको कोई भी नहीं बचा पाएगा।''

गोपालन मान गया है। शायद अपना आखरी दाँव चलना चाहता होगा। हम सब यहीं ड्राइंगरूम में ही घेरा डालकर बैठ गये हैं। पता नहीं कौन सबके लिए कोल्ड ड्रिंक ले कर आ गया है। वैसे इसकी ज़रूरत भी थी। सभी का तो ख़ून खौल रहा है।

गोपालन कह रहा है, ''ओ के। प्लीज। प्लीज...''

तभी हमारी निगाह सामने बेडरूम के दरवाज़े के पीछे से सहमी हुई-सी उसकी बीवी पर पड़ती है। उसके चेहरे पर भयातुर हिरणी जैसे भाव हैं। उसने अपने सीने से एक छोटा-सा कुत्ता दबा रखा है। औरत बेहद डरी हुई है। वह जिस तरह से सारा नजारा देख रही है उससे मैं अचानक सकपका गया हूँ। मैंने अपनी पूरी ज़िन्दगी में किसी औरत की आँखों में डर नहीं देखा होगा। उफ़... मैं उसकी तरफ देखने की हिम्मत ही नहीं जुटा पाता। मैं अपने हाथ की कोल्ड ड्रिंक की बोतल वहीं एक कोने में रख कर बाहर आ गया हूँ। मैं कल्पना भी नहीं कर सकता था आँखों में इतने डर की।

हमारे साथ आयी कपूर की बीवी ने भी शायद उसकी आँखों में तैर रहे डर को पढ़ लिया है। उसने गोपालन की बीवी के पास जा कर उसके कन्धे पर हाथ रखा है।

''डोंट वरी। घबराओ नहीं, कुछ नहीं होगा। वह उसका कन्धा थपथपा रही है।'' मुझे राहत मिली है कि मैं अकेला नहीं हूँ जिस तक उन डरी हुई आँखों का सन्देश पहुँचा है। इस बीच गोपालन ने तीन-चार जगह फोन किये हैं। कहीं मलयालम में तो कहीं टूटी-फूटी हिन्दी, अँग्रेज़ी और मलयालम में। बता रहा है कि उसे अभी घर खाली करना है। वह सब जगह से आख़िरी मदद माँग रहा है, लेकिन उसके चेहरे से लगता नहीं कि कहीं से भी उसे सही जवाब मिला होगा। उसने फोन रख दिया है और सिर झुकाकर बैठ गया है और अपने बालों को पकड़कर खींच रहा है। सब लोग इन्तज़ार कर रहे हैं कि अब क्या होगा।''

महेश ने उसके पास जा कर बहुत ही ठंडे और ठहरे हुए लहजे में कहा है, "अब आपके दस मिनट पूरे हो गये हैं मिस्टर गोपालन।"

गोपालन कह रहा है, "प्लीज, ट्राइ टू अंडरस्टैंड।"

"मिस्टर गोपालन आपके पास और कोई बात हो तो बताओ। आपका टाइम पूरा हो चुका है।"

गोपालन, "मुझे कल सुबह तक का टाइम चाहिए। मैं जिदर सामान..."

"दैट इज नॉट माइ प्रॉब्लम। ओके"

"आप सुनेगा नहीं तो हम बात कैसे करेंगे। जस्ट वन डे।"

राजू बीच में टपक पड़ा है, "नहीं मिलेगा। और कुछ?"

गोपालन, "देखिये मिस्टर मैं महेशजी से बात कर रहा हूँ। मुझे बात करने दें आप। महेशजी आप इसे बोलो, हम हार्ट पेशेंट हैं। हमको कुछ हो गया तो हमारा..." राजू अब गुस्से में आ गया है, "मैं तेरे किसी नाटक में आने वाला नहीं। हटो जी, उतारो सामान। बहुत हो गया साले का ड्रामा।"

गोपालन अब रुआंसा हो गया है, "हम ड्रामा करता है? हैं हैं हम ड्रामा करता है। आप क्या बोल रहा है कि हम ड्रामा करता है।"

राजू ने उसकी नक़ल उतारी है, "हाँ ड्रामा करता है। और इतना कहते ही उसने सामान उठा कर दरवाज़े के बाहर ले जाना शुरू कर दिया है।"

हम सब तमाशबीनों की तरह खड़े देख रहे हैं। अब कोई भी बीच में नहीं आ रहा। सबको पता है, बीच-बचाव कराने की घड़ी जा चुकी। इस बीच काफी चीज़ें बाहर ले जायीं जा चुकी हैं। अब सबने मिल कर सामान निकालने में मदद करनी शुरू कर दी है। मैं अभी भी गोपालन की बीवी की सहमी-सहमी आँखों के बारे में सोच रहा हूँ। मुझे लग रहा है उस बेचारी के साथ गलत हो रहा है। उसे तो बम्बई आए चौबीस घंटे भी नहीं हुए। शादी भी दो-तीन दिन पहले ही हुई होगी। पता नहीं क्या-क्या सपने ले कर आयी होगी और क्या-क्या सब्ज़ बाग दिखाए गये होंगे उसे। लेकिन सचाई तो वही है जो वह अपनी डरी-डरी आँखों से देख रही है।

वह अब रसोई के दरवाज़े पर आ गयी है। मैं कनखियाँ से देखता हूँ, उसकी आँखों से धारोधार आँसू बह रहे हैं।

गोपालन कह रहा है, "वन मोर चांस प्लीज़। जस्ट वन फोन प्लीज़।"

महेश ने इजाजत दे दी है, "ओके एक और फोन कर ले।"

गोपालन एक और फोन कर रहा है। वह फोन पर गिड़गिड़ा रहा है। इस बीच राजू और दूसरे लड़कों ने रसोई में जा कर सामान समेटना शुरू कर दिया है।

गोपालन ने फोन नीचे रख दिया है और फिर सिर पकड़कर बैठ गया है। वह अब अपने आप से बोल रहा है। वह अपने आप से बातें कर रहा है—"माय बैड

लक। क्या-क्या ड्रीम्स ले कर आया था। वाइफ को बोला तुम्हें अक्खा-मुम्बई घुमाएगा। एन्जाय कराएगा। अभी जर्नी का थकान भी नहीं उतरा और ये लोक मेरा सारा सामान सड़क पर डाल दिया है। इनसानियत मर गया है। इन्सान का अब कोई भरोसा नहीं रहा। मैं कितना रिक्वेस्ट किया, लेकिन कोई सुनने वाला नहीं है। ये शहर डैड लोगों का शहर है। आदमी मर जाएँगा। तो भी कोई पूछने के वास्ते नहीं आएँगा। हम अपनी लाइफ का क्रीम इस शहर को दिया। आज हमारा ये हालत है कि हमारा सारा सामान सड़क पर है। हमारा वाइफ क्या सोचता होएँगा कि हमारा अक्खा इस शहर में एक भी फ्रेंड नहीं है। लोक हमारा कितना रिस्पेक्ट करता था। हम किस-किस का मदत नहीं किया। आज जब हमको मदद का ज़रूरत है तो कोई नहीं हैं। कोई नहीं, ओह गॉड आइ एम अलोन। हेल्प मी गॉड। माइ लाइफ माई ड्रीम्स... माई कैरियर गॉन। माइ गॉड।'' उसने अचानक रोना शुरू कर दिया है। तय है उसका कोई इन्तज़ाम नहीं हो पाया है।

मैं एक किनारे खड़ा देख रहा हूँ कि इस बीच सारा सामान नीचे उतार दिया गया है। गोपालन अपनी वाइफ का हाथ पकड़कर नीचे आ रहा है और धीरे-धीरे चलते हुए सामान के ढेर पर बैठ गया है। उसकी वाइफ अभी भी बहुत डरी हुई है और सहमी हुई निगाह से चारों तरफ देख रही है।

मैं अपने आप से पूछता हूँ—ये सब क्या हो रहा है। हमने ये सब तो नहीं चाहा था। मैं सोच भी नहीं पा रहा कि इस सब में मेरी क्या भूमिका है। मैं नीचे आ गया हूँ और मुझे कुछ भी नहीं सूझ रहा। गोपालन की बीवी की आँखों में पसरे डर ने पता नहीं मुझ पर क्या असर कर दिया है। बाकी सब लोग अभी भी ऊपर ही हैं।

धीरे-धीरे अँधेरा घिर रहा है। गोपालन सड़क पर रखे अपने सामान पर बैठा हुआ है। अचानक उसने अपना सीना दबाना शुरू कर दिया है। उसे शायद सीने में दर्द महसूस हो रहा है। उसने अपने ड्राइवर को इशारा किया है। वह दौड़ कर पास की दुकान से उसके लिए सोडा ले कर आया है। वह सीना दबाये सोडा पी रहा है। उसकी बीवी और ज़्यादा डर गयी है। उसने कुत्ते को नीचे उतार दिया है और पति के पास आ कर उसके कन्धे पर हाथ रख कर खड़ी हो गयी है।

मेरी निगाह ऊपर की तरफ जाती है। वहाँ बॉलकनी में खड़े राजू, महेश और उनके दोस्त खुशियाँ मनाते हुए बीयर पी रहे हैं।

मैं समझ नहीं पा रहा कि मुझे महेश का मकान खाली होने के लिए खुश होना चाहिए या गोपालन और उसकी नयी ब्याहता बीवी से इस तरह सड़क पर आ जाने के कारण उसके कन्धे पर हाथ रख कर उससे सहानुभूति के दो बोल बोलने चाहिए।

उसकी बीवी अभी भी डरी-सहमी खड़ी है।

❑❑❑